Toni Jordan
Neun Tage

Toni Jordan

Neun Tage

Roman

Aus dem australischen Englisch
von Ulrike Wasel und Klaus Timmermann

Piper München Zürich

Mehr über unsere Autoren und Bücher:
www.piper.de

Die Originalausgabe erschien 2012 unter dem Titel »Nine Days«
bei The Text Publishing Company, Melbourne.

Von Toni Jordan liegen im Piper Verlag vor:
Tausend kleine Schritte
Die schönsten Dinge

ISBN 978-3-492-05596-3
© Toni Jordan, 2012
© der deutschsprachigen Ausgabe:
Piper Verlag GmbH, München 2014
Gesetzt aus der Stempel Garamond
Satz: Fotosatz Amann, Memmingen
Druck und Bindung: GGP Media GmbH, Pößneck
Printed in Germany

*Für Robbie,
aus Dank für alles – natürlich*

Kip

An manchen Tagen braucht nur ein kleiner Lichtstrahl durch die Vorhänge zu lugen, und zack! Du springst aus dem Bett wie von der Tarantel gestochen, als hättest du die ganze Nacht bloß dagelegen und darauf gewartet, dass der Tag endlich anfängt und deine Beine sich bewegen können. Die sind kribbelig und nervös, wollen, dass es endlich losgeht, wie wenn du im Kino sitzt und es kaum erwarten kannst, dass der Film anfängt. *Was wird heute passieren?*, denkst du. So ist das meistens. Ich hätte mir also denken können, dass irgendwas gehörig schieflaufen würde, weil ich nämlich überhaupt keine Lust hatte aufzustehen. Die Bettdecke lag so schwer auf mir drauf, als wollte sie sagen: *Kip! Mach keinen Quatsch und bleib, wo du bist!*

Ich schaue rüber zu Ma in dem anderen Bett: Sie schläft tief und fest, das Gesicht zur Wand, ein Berg unter der Decke und einem Haufen Klamotten: Mäntel und Pullover und sogar Dads alte Sachen hat sie hervorgekramt. Francis liegt dicht neben mir, sein offener Mund ganz rosa und weiß, Zähne wie in Marshmallows gesetzte Grabsteine. Er hört sich an wie eine Kuh, die eine Trillerpfeife verschluckt hat. Sein Kopfkissen ist vollgesabbert. Ma und ich müssen uns leider ein Zimmer mit Francis teilen. Connie hat Glück. Sie darf auf dem Feldbett in der Waschküche schlafen, weil junge Damen mehr Privatsphäre brauchen als Jungs oder Mütter. Hör sich einer das Geschnarche an! Die arme Frau, die ihn mal heiratet, wird keine Nacht mehr anständig durchschlafen, nie wieder. Die wird Augenringe kriegen, so groß wie Untertassen. Und wie der aussieht! Der große Hoffnungsträger. Francis kann froh sein, weil er erst in gut zwei Stunden aufstehen muss, und ich soll schön leise sein, damit seine königliche Schlauheit nicht gestört wird, aber ein bisschen Störung könnte ihm nicht schaden, wenn's nach mir ginge.

Es wird nicht leichter werden, und es ist wie ein Sprung in den Yarra, so kalt ist es, also tue ich so, als wäre ich Antarktisforscher Douglas Mawson, und ziehe mich schnell an und schleiche dann an Mrs Keith' Zimmer vorbei, weil die immer bis kurz vor zehn schläft, und schon bin ich zur Hintertür raus, wo meine Stiefel warten. Die Luft schlägt mir ins Gesicht, und ich bin von jetzt auf gleich hellwach. Bald wird sich der Himmel rosarot färben, und die Sterne sind an der Reihe mit Schlafengehen, aber jetzt spürst du in der kalten Dunkelheit, wie die große Stadt erwacht. Wenn ich seitlich am Haus entlangschauen würde, durch das Tor zur Rowena Parade, würde ich Männer in dreckigen Schuhen und abgetragenen Mänteln sehen, die auf dem Weg sind zur IXL-Marmeladenfabrik, die Lennox Street runter und über die Swan, oder weiter zur Streichholzfabrik Bryant and May. Fast kann ich ihre schweren Schritte hören, Schuhe auf Kopfsteinpflaster, die Mützen über die Ohren gezogen. Das sind die Arbeiter. Ein ganz anderer Schlag Männer mit weißem

Hemd und Krawatte, Weste und Hut und Zeitung unter dem Arm geht ebenfalls die Lennox runter Richtung Swan, um von dort mit der Straßenbahn ins Stadtzentrum zu fahren. Da teilen sich die Männer dann in richtige Arbeiter und Büroleute auf.

Ich gehöre zu den richtigen Arbeitern. Von unserem kleinen Garten aus kannst du jede Fabrik in Richmond riechen, wenn der Wind richtig steht. Zwischen der Football-Endrunde und Ostern steigt dir als Erstes die warme Süße der Marmeladen in die Nase, dann die Tomatensoße, als Nächstes die Würze von Malz und Hopfen. Jetzt, mitten im Winter, riecht man bloß die Gerberei und den Yarra, und es stinkt, als hätte der Jauchewagen einen festen Parkplatz in der Gasse hinterm Haus, deshalb bleibe ich nicht stehen, um den Geruch einzuatmen.

In unserem Garten sprießt Gras durch die ausgelegten Backsteine und die Risse auf dem Weg. Das Gras hat weiße Spitzen, und es knistert unter meinen Füßen. Ich bin King Kong und zertrete Eingeborenenhütten. Knirsch, knirsch. Entschuldigt, Eingeborene. Dann bin ich zum Tor hinaus und in der Gasse und um die Ecke, und ich öffne den Riegel bei den Hustings.

Drinnen schwenke ich die obere Hälfte der Stalltür auf, und da ist er, Charlie der Feuer speiende Drache. Er nickt, schüttelt dann den Kopf, als hätte er Wasser in den Ohren. Das ist Pferdisch für *Schön, dich zu sehen*. Ich reibe die Handflächen aneinander und hauche sie an, denn wie Ma sagt, *Kip, es ist nicht lustig, jemandem die kalten Hände auf die warme Haut zu legen*, womit sie meint, *vor allem nicht auf Francis' Hintern unterm Nachthemd früh am Morgen*. Wir haben unterschiedliche Auffassungen von lustig, Ma und ich. Außerdem hat Francis damit angefangen.

Als meine Hände warm sind, streichele ich den schiefen Stern zwischen Charlies Augen, und dann kraule ich ihn hinter den Ohren, und er drückt den Kopf in meine Hand und stampft mit den fellbehangenen Hufen. *Nicht aufhören*, sagt er. Weiter streicheln, weiter kraulen. Charlie ist das schlauste Pferd im ganzen Universum, und prompt fängt er an, an meinem Ärmel entlangzuschnüffeln. Er findet immer die richtige Tasche. Charlie vertut sich nie. Heute: ein schrumpeliger Apfel aus der Gasse, minus ein kleiner Bissen. Gewerkschaftsbeitrag, erkläre ich ihm. Ein kleiner Abzug zum Wohl des arbeitenden Mannes, das heißt meinem. Ich halte den Apfel auf der flachen Hand, und es kitzelt, und schwups, verschwindet er in Charlies Maul und ist zwei Bissen später Geschichte.

»So, alter Junge«, sage ich. »Wir können nicht den ganzen Tag hier vertrödeln. Schließlich wartet Arbeit auf uns.«

Er nickt und wiehert, um mir zu zeigen, dass er verstanden hat. Bevor Mr Husting rauskommt, hole ich einen Eimer Wasser an der Pumpe auf der anderen Hofseite und fülle den Trog auf, gebe Charlie Hafer und schließe den Futterkasten wieder ganz fest, weil, wenn auch nur eine kleine Maus da reinkommt, kriegst du es ewig unter die Nase gerieben. Während Charlie frisst, miste ich den Stall aus und bringe den Dung zum Misthaufen. Charlie hat eine gute Verdauung, wie meine Grandma sagen würde. Meine Grandma redet viel über Respekt, vor allem über meinen Mangel an selbigem, aber sie kann sich nur für zwei Sorten Menschen begeistern: den König und Königin Elizabeth und die Prinzessinnen, von denen sie immer die Fotos aus der *Women's Weekly* ausschneidet und an die Küchenwand klebt, und Leute mit einer guten Verdauung. Würde mich nicht wundern, wenn sich der Wachwechsel vor dem Buckingham Palace nach den Verdauungsgewohnheiten des Königs richtet.

Ich striegele Charlie, bis sein Fell glänzt. Lange, gerade Streichbewegungen. Er mag das. Mr Husting sagt immer: Der erste Eindruck zählt, mein Junge! Ich würde lieber im Nachthemd zur Arbeit antanzen, als zuzulassen, dass ein Kunde Charlie mal nicht gestriegelt und geschniegelt sieht. Ich gehe raus auf den Hof, und prompt kommt Mr Husting aus der Hintertür, in Anzug und Strickweste und mit seinen fingerlosen Handschuhen. Er sieht müde aus. Sein Gesicht ist länger. Er sagt Guten Morgen und fragt nach Charlie.

»Er ist eine Pracht, Boss.«

»Guter Junge, Kip.« Er streckt die Hand aus und verstrubbelt mir die Haare, was ich mir nur von ganz wenigen Leuten gefallen lasse, immerhin bin ich schon vierzehn und kein Kind mehr, aber als mein Boss genießt Mr Husting gewisse Vorrechte.

»Das Pferd sieht aus wie aus dem Ei gepellt. Besser denn je.« Und dann hält Mr Husting mir die flache Hand hin, und statt eines Apfels liegt da ein Schilling. »Für dich, Kip.«

Wahnsinn! Ein ganzer Schilling reicht dicke für eine Eintrittskarte in die Eislaufhalle, wenn ich mich an der Kasse etwas kleiner mache. Schlittschuhlaufen! Stellt euch das mal vor! Vielleicht wird der Tag ja doch ganz gut. Jetzt kommt's drauf an, dass ich den Schilling irgendwo verstaue, wo Francis ihn nicht findet. Ich brauche ein Versteck wie das von Connie, ein lockerer Ziegelstein unten am Haus. Sie weiß nicht, dass ich dahintergekommen bin, aber mir entgeht hier fast nichts. Ich nehme die Münze, stecke sie in die Tasche, und genau in dem Moment ertönt ein Geräusch, und das Fenster im Obergeschoss wird hochgeschoben, und Mrs Husting beugt sich halb raus, noch im Nachthemd mit einem Schultertuch um.

»Guten Morgen, Liebes«, ruft Mr Husting.

»Guten Morgen, Mrs Husting«, sage ich. »Wie schön, Sie zu sehen. Wie geht es Ihnen an diesem herrlichen, sonnigen Tag?«

Sie wirft mir ihren üblichen Blick zu, soll heißen, den Blick, den sie an mir übt, für den Fall, dass sie eines Tages das Fenster öffnet und einen Haufen toter Fische im Hof liegen sieht.

»Sylvester. Hast du dem Jungen einen Penny gegeben?«

»Nein, mein Schatz, hab ich nicht.«

»Das Tuch steht Ihnen sehr gut, Mrs Husting«, rufe ich zu ihr hoch.

»Wir zahlen seiner Mutter nämlich einen anständigen Lohn, wie du weißt.«

»Ja, das weiß ich, mein Täubchen.«

»Ein hübsches Blau. Passt zu Ihren Augen.«

»Ich frage mich, wer außer uns es wohl hinnehmen würde, dass Burschen wie er morgens und abends hier rumlungern und noch dafür bezahlt werden. Zig Jungs im Umkreis von zwei Meilen sind auf der Suche nach Arbeit, gute Jungs, keine Faulenzer. Jungs, die ihre Chancen nicht verspielen wollen.«

»Ich bin heute bei den Shearers. Die ziehen um. Brauchen das Bett von ihrer Tochter nicht mehr, jetzt, wo sie verheiratet ist. Eine Garnitur Stühle. Ein fast neues Fahrrad und einen alten Waschkessel. Ich kann unterwegs was einkaufen.«

»Brausebonbons und Karamellkonfekt. Und komm heute Abend nicht so spät nach Hause. Ich habe ein schönes Stück Corned Beef, und Elsie macht einen Blumenkohl-Käse-Auflauf. Ist bestimmt eine ganze Weile her, dass Jack einen so guten Blumenkohl-Käse-Auflauf gegessen hat wie den von Elsie.«

»Er hat geschlafen wie ein Murmeltier, als ich an seinem Zimmer vorbeigegangen bin, wie früher als kleiner Junge«, sagt Mr Husting.

»Er ist bloß müde von der Reise«, sagt sie.

Die ganze letzte Woche hab ich jeden Backstein im Hof geschrubbt und die Fensterbänke neu gestrichen und im Garten Unkraut gejätet, während Mrs Husting und Elsie jeden Winkel im Haus geputzt haben, nur weil Jack gestern nach Hause gekommen ist. Ich finde das die größte Zeitverschwendung, seit wir in der Schule mal dazu verdonnert wurden, die Tintenfässer sauber zu machen. Wenn ich achtzehn Monate weg von Ma und Connie gewesen wäre, würde ich es nicht mal sehen, wenn der Garten von vorne bis hinten nur noch Unkraut wäre. Aber die Hustings sind nicht die Einzigen: Egal, wo du hinguckst, überall sind die Leute in Bewegung, machen was fertig, bringen irgendwas in Ordnung.

Mrs Husting hat das Fenster schon fast geschlossen, da fällt ihr Blick auf mich, wie ich so dastehe mit Charlies Bürste in der einen Hand, die schon ganz taub vor Kälte ist, die andere Hand tief in der Tasche, wo sie den Schilling umklammert. »Und sag dem Burschen, er soll den Dreck von der Ladung Schaufeln kratzen, ohne sie zu ruinieren.«

»Dreck?«, sage ich. »Sie meinen wohl das bräunliche Zeug, oder?«

Sie wirft mir einen Blick zu, der Stahl zum Schmelzen bringen könnte. Ein Wunder, dass noch keine amerikanischen Agenten mit Fallschirmen auf der Straße gelandet sind, um Mrs Husting mitzunehmen, sie wäre nämlich eine tolle Geheimwaffe. Wenn sie den Kopf nur einen Zentimeter zu weit drehen würde, würde ihr Blick mich verfehlen und die Ställe in Brand setzen. Charlie schnaubt. Sogar er spürt das.

»Das kann er machen, wenn wir von der Nachmittagsfuhre nach Hause kommen«, sagt Mr Husting.

»Behalt ihn bloß gut im Auge«, sagt sie. »Ich weiß, was das für einer ist.«

Als sie das Fenster schließt, lächelt Mr Husting mich wieder an und tippt sich mit dem Finger seitlich an die Nase. »Der Schilling bleibt unser kleines Geheimnis. Gentlemen-Ehrenwort.« Er streckt mir die Hand hin, genau wie Dad das früher gemacht hat.

Ich nehme und schüttele sie. Ich sage sogar auch: »Gentlemen-Ehrenwort«, genauso, wie er es gesagt hat. Für so viel Blödheit gibt es keine Entschuldigung.

Als größter Faulenzer und Chancenverspieler von ganz Richmond bekannt zu sein ist eine große Verantwortung. Vielleicht liegt das an den fehlenden sieben Minuten. Vielleicht wäre ja alles anders, wenn nicht ich, sondern Francis sieben Minuten später gekommen wäre. Dann wäre ich jedenfalls noch auf der Schule. Aber als Nachzügler bin nun mal ich hier der Stallbursche, verantwortlich für Pferdemistbeseitigung und Schaufelreinigung bei den Hustings. Es gefällt mir, meistens. Es gibt haufenweise Gründe, weswegen ich die Schule nicht vermisse. Das könnt ihr mir glauben.

Je mehr du zu tun hast, desto schneller vergeht der Morgen, und im Nu ist es Zeit zu frühstücken. Das ist das Beste daran, nebenan zu arbeiten: Bloß zehn Meter die Gasse runter, um die Ecke zu unserem Gartentor, und schnell wie *Das Phantom* bin ich zu Hause. Erst als ich eintrete, merke ich, wie kalt mir war. Connie steht schon am Herd, und Francis, mit Schulhemd und -krawatte, trinkt seine Tasse Tee, und es riecht nach brutzelndem Schinkenspeck.

»Hast du saubere Hände?«, fragt Connie.

Bei meinem Ruf wäre jede Antwort sinnlos, also strecke ich die Hände vor mir aus, die Nägel nach oben.

»Sieh lieber gründlich nach, Connie«, sagt Francis, der sich gerade eine gebutterte Toastscheibe in den Mund schieben will. »Sonst stinkt noch die ganze Küche nach Pferdemist. Vielleicht sollte er besser draußen essen. Wie es sich für seinen Stand gehört.«

Jetzt wünschte ich, ich hätte die Hände nicht bloß kurz unter den Wasserhahn gehalten, bevor ich von den Hustings nach Hause gegangen bin. Ich seh da nämlich was unter dem Daumennagel, das vielleicht von Charlie stammt, vielleicht aber auch nicht. Connie ist nicht blind.

Sie nimmt meine Hände und dreht sie um, und dann sieht sie Francis an. »Tadellos«, sagt sie und gibt mir einen Kuss auf den Kopf. Dann nimmt sie zwei weitere Scheiben Speck aus dem Kühlschrank.

»Inspizier lieber auch *seine* Hände, Connie«, sage ich. »Sein Kopf sieht seinem Hintern dermaßen ähnlich, dass es auf dem Klo schon mal zu Verwechslungen kommt.«

Das ist vielleicht nicht der schlauste Spruch, wo unsere Köpfe praktisch nicht auseinanderzuhalten sind, aber egal, kaum sind die Worte raus, höre ich hinter mir ein Geräusch und weiß, dass es Ma ist. Und da ist sie auch schon, in ihrem schwarzen Kleid mit der weißen Schürze, um zur Arbeit zu gehen.

»Was hast du da eben zu Francis gesagt?«, fragt sie.

»Schon gut, Ma«, sagt Francis. »Ich bin dran gewöhnt.

Ich geb mir Mühe, der Erwachsenere von uns beiden zu sein.«

Ma blickt mich aus zusammengekniffenen Augen an. »Wir sind halb den Hügel hoch, und du redest, als wären wir noch in der Gosse. Warte, bis ich nach Hause komme. Glaub ja nicht, du bist zu groß für den Holzlöffel.« Sie sieht, dass Connie die Speckscheiben in die Pfanne werfen will. »Der Speck ist für Francis und Mrs Keith.«

»Kip hat seit vier Uhr gearbeitet«, sagt Connie.

»Francis braucht morgens Fleisch, für sein Gehirn. So, wie Kip sich benimmt, kann er froh sein, dass er Brot mit Schmalz kriegt.«

Connie legt die Speckscheiben zurück und nimmt das Schmalz aus dem Kühlschrank.

»Mrs Keith hat heute bestimmt Wäsche«, sagt Ma. »Und denk an die Tischtücher. Und das Bügeleisen ist schmutzig. Mach es sauber, bevor du anfängst. Und bügele beide Seiten, damit die Stickereien hervortreten.«

»Das mach ich doch immer«, sagt Connie.

»Und Kip soll noch mehr Holz hacken. Es ist eiskalt hier drinnen«, sagt Francis. »Natürlich nur, wenn er bei seinen vielen Pflichten dazu noch Zeit findet.«

»Genau«, sage ich.

»Aber übernimm dich bloß nicht«, sagt er. »Mach nur so viel, wie du schaffst.«

Ich esse mein Brot und bringe den Teller zur Spüle.

»Nicht, dass du noch einen Nervenzusammenbruch kriegst«, sagt Francis.

»Musst du nicht langsam los?«, fragt Connie.

»Ich hab noch zehn Minuten«, sagt Francis. »Mit Samthandschuhen, Connie, mit Samthandschuhen. Lass dich von Kips Arbeiterkonstitution nicht täuschen. Im Innern ist er eine zarte Blume.«

»Du bist ein lieber Junge, der an seinen Bruder denkt«, sagt Ma. »Ein Jammer, dass das nur einseitig ist. Ein Jammer, dass nicht alle Jungen eine gute Schulbildung zu schätzen wissen. Gladys hat mir erzählt, dass sie am Freitag in der Bridge Road Jungs vom St. Kevin's ohne ihre Krawatten gesehen hat.«

»Eine Schande«, sagt Francis. »Das sag ich Pater Cusack.«

»Darauf wette ich«, sage ich.

»Nicht in diesem Ton, Christopher Luke Westaway«, sagt Ma. »Francis tut seine Pflicht und hat sein Stipendium behalten. Und später bekommt er noch eins für die Universität, damit er Jura studieren kann, wie besprochen. Dafür mussten wir ja Mrs Keith aufnehmen, und ich putze den ganzen Tag auf allen vieren für andere Leute, wo wir doch eigentlich selbst eine Hilfe bräuchten. Deine Schwester musste die Kunstschule abbrechen. Weil sich bei deinem Vater alles gedreht hat.«

»Keine Sorge, Ma«, sagt Francis. »Ich bin doch ein helles Köpfchen.«

»Braver Junge«, sagt Ma.

»Übrigens ist morgen die Auswahl für die erste Mannschaft. Diesmal bin ich todsicher dabei«, sagt Francis.

»Bradman zittert bestimmt schon wie Espenlaub«, sagt Connie. Sie schiebt Francis' Speck mit einem Holzlöffel hin und her. Ich kann ihn brutzeln hören, und er duftet himmlisch. »Cricket kommt mir ziemlich kindisch vor für jemanden, der auf die Universität will.«

»Das ist ein weitverbreitetes Missverständnis. Eines hab ich nämlich gelernt: Alle richtig guten Leute spielen Cricket. Wer in der Welt was werden will, sollte auf jeden Fall in der ersten Mannschaft sein.« Francis nimmt Messer und Gabel und wirft die Krawatte über die Schulter, bereit, sich über den Speck herzumachen.

»Falls die Welt so bleibt, wie sie ist«, sagt Ma. »Dieser Mr Hitler. Weiß der Himmel, wozu der imstande ist. Beim letzten Mal sind Jungs in den Krieg gezogen, die nicht viel älter waren als du. Haben die Unterschrift ihrer Mutter gefälscht und so weiter. Da würde ich dich eher auf dem Dachboden verstecken. Ich möchte, dass du schön brav zur Schule gehst, statt rumzulaufen und auf die Einberufung zu warten.«

»Sei nicht albern, Ma«, sagt Francis. »Die verdammten Kommies, die sollten wir im Auge behalten. Diese gottlosen Russkis. Die Krauts haben beim letzten Mal ihre Lektion gelernt. Das wird im Sande verlaufen, sagen alle.«

»Reden die so auf der Universität, ja?«, sagt Ma. »Nicht solche Ausdrücke, Francis. Wie oft muss ich dir das noch sagen?«

Connie wischt sich die Hände an ihrer Schürze ab. »Wer ist alle?«

»Na, alle eben«, sagt Francis. »Pater Marlow, Pater Rahill.«

Connie wirft den Kopf in den Nacken und stößt ein kurzes Lachen aus. »Ach so, verstehe, alle. Die ganzen Fachleute aus dem Kloster. Wahre Männer von Welt.«

»Du hast echt keinen Schimmer. Es steht im *Argus*. Mr Chamberlain sorgt schon dafür, dass die Typen auf dem Festland spuren. Das sagt sogar Mr Menzies.«

Ich weiß nichts über Mr Chamberlain, weil ich schon lange nicht mehr darauf warte, dass Dad nach Hause kommt, damit ich seinen *Argus* lesen kann, und ich kenn mich auch nicht aus mit den Russkis oder den verdammten Kommies oder sonst was. Das ist nicht mein Leben, sondern das von Francis. Ich weiß bloß, dass jeder Arbeiterjunge in Richmond gespannt verfolgt, was passiert, und nicht weiß, ob er den Krieg fürchten oder herbeisehnen soll.

»Ma«, sage ich. »Was ich dir schon die ganze Zeit sagen wollte: Mr Husting wird mich bald im Laden arbeiten lassen, das hab ich im Gefühl. Er wird mir eine Krawatte geben und eine Schürze und mir alles über Antiquitäten beibringen.« Was eigentlich nicht geflunkert ist, weil ich weiß, dass er das machen wird. Hat er mir nicht eben erst einen Schilling gegeben?

»Das sind keine Antiquitäten«, sagt Francis. »Das ist ein Ramschladen, sagt sogar Ma.«

»Stimmt nicht«, sage ich. »Er handelt mit Möbeln, Porzellan und hat ein Fuhrunternehmen. Das steht an der Ladentür.«

»Oh, das würde ihr gefallen, was?«, sagt Ma. »Der gnädigen Frau Husting. Dann könnte sie dich den ganzen Tag rumkommandieren. Uns von oben herab behandeln, als hätten wir nicht schon genug Pech gehabt. Womit habe ich das verdient? Ich hab in den Augen des Herrn gesündigt. Eine andere Erklärung hab ich nicht dafür, dass ich so leiden muss.«

Achtung, Achtung, es geht los. Wenn die Leidenslitanei meiner Mutter erst einmal angefangen hat, gibt's kein Halten mehr. Wir drei wissen, jetzt hilft nur noch schweigen und ihren Blick meiden. Selbst Atmen kann dir Ärger einhandeln. Ich sitze still da und halte den Kopf gesenkt und kaue. Connie stellt den Teller mit Schinkenspeck vor Francis hin und wendet sich ab und setzt heißes Wasser für den Abwasch auf. Aus den Augenwinkeln sehe ich, wie Francis sich ein dickes Stück Speck in den Mund schiebt und mampft und die Augen verdreht, während Ma sich mit ihrer Schürze durchs Gesicht wischt und klagt und klagt.

Eine der Aufgaben, die für uns Arbeiternaturen als nicht zu anspruchsvoll gelten, ist Einkaufen. Am Nachmittag gehe ich für Connie zur Metzgerei in der Bridge Road. Sie gibt mir eine Liste, und ohne sie mir auch nur anzusehen, weiß ich, was draufsteht: Hammelrippe und noch mehr Schinkenspeck für Francis und Mrs Keith. Vielleicht ein paar Würstchen. Ma will nicht, dass Connie mir Geld gibt, deshalb wird alles angeschrieben.

Ich gehe gern zur Metzgerei. Metzger wäre ein guter Beruf. Wozu braucht ein Metzger die Schule? Er muss wissen, was gutes Fleisch ist, er muss stark sein, und er muss mit dem Bleistift Preise auf dem Rand des Einpackpapiers zusammenzählen können. Das würde selbst ich hinkriegen. Du bekommst eine lange, blau gestreifte Schürze und eine Messerscheide. Manchmal wäre es harte Knochenarbeit: die Tierhälften heben, die Messer schärfen, die Fliesen schrubben und den Fleischwolf reinigen und die Fenster putzen, das blutige Sägemehl auffegen und frisches ausstreuen. Ich mag die Farben: das Blau-Weiß der Fliesen, das Rot von dem Blut. Vielleicht könnte ich als Lieferjunge anfangen. Vielleicht könnte ich ein Fahrrad bekommen und Fleisch und Schinken und in Papier eingepackte Eier in Einkaufsnetzen austragen.

»Schwebst du wieder in den Wolken?« Der Metzger hebt eine Augenbraue.

»Genau.« Ich nehme das in weißes Papier eingeschlagene Fleisch und öffne die Tür, und die Glocke bimmelt, als würde sie mich auslachen.

Es ist schon spät. Es ist sicherer, wenn ich wieder zu Hause bin, bevor die Berufsschule aus ist, also gehe ich die Bridge Road runter und schlängele mich durch die Gruppe von Kerlen ohne einen Penny in der Tasche, die wegen des Biergeruchs auf dem Bürgersteig vor dem Pub stehen, und ihre Kippen erinnern mich an Dad, und von einigen bekomme ich ein Nicken oder ein *Wie geht's zu Hause, Kip?*, und alle reden über den Krieg, der kommen wird, der eine Verschwörung gegen den Arbeiter ist, und ich sage Hallo und nicke knapp zurück, wie es Arbeiter machen, und ich will gerade in die Church Street biegen, als ich sie höre, ehe ich sie sehe, eine Stimme wie die Glocke in der Metzgerei, nur süßer. Ausgerechnet sie und ausgerechnet jetzt, wo ich ein Paket mit gefüllten Schweinedärmen dabeihabe. Wieso läuft sie um diese Zeit hier durch die Gegend? Ich hechte in den Eingang von der Stoffhandlung, luge dann um die Ecke und erspähe glänzende schwarze Schuhe und dicke schwarze Strümpfe und weiß, dass sie es ist. Sie unterhält sich mit jemandem ein Stück weiter die Straße hoch, und wie soll ich jetzt nach Hause kommen? Wenn ich die andere Richtung um den Block herum gehe, komme ich zu spät, aber wenn ich weitergehe, sieht sie mich, und was mache ich dann?

Also warte ich und warte, und nach einer Weile höre ich sie nicht mehr lachen. Ich riskiere wieder einen Blick, und sie ist nicht da, Gott sei Dank, also trete ich wieder auf die Straße, und auf einmal sagt jemand etwas, und ich kriege einen Riesenschreck und lasse das Fleisch aufs Pflaster fallen.

»Hallo«, sagt sie.

»Menschenskind!« Ich drücke eine Hand flach auf die Brust. »Zum Glück hab ich keine schwache Pumpe.« Ich hebe das Fleisch auf, und auf dem Papier ist etwas Dreck, aber das wird keiner merken. Extra zart geklopft, Gratisservice.

»Du bist Francis' Bruder, stimmt's? Ich bin Annabel Crouch.«

Ich sage, dass ich mich freue, sie kennenzulernen, und ich schaffe es, nicht zu lachen. *Ich bin Annabel Crouch*, sagt sie, als hätte ich sie nicht jeden Sonntag, seit sie und ihr Vater hergezogen sind, in der Kirche gesehen. Als wüsste nicht jeder Junge im Umkreis von Meilen, der wegen unreiner Gedanken den Rosenkranz betet, wer Annabel Crouch ist.

»Ich kenn Francis aus der Tanzschule.«

Tanzen habe ich nie ausprobiert. Connie hat es eine Zeit lang gelernt, als sie noch zur Schule ging. Dad hat manchmal das Radio lauter gedreht, und sie sind in den Garten gegangen, weil sich zwei Leute bei dem wenigen Platz drinnen nicht hätten drehen können, und sie brachte ihm ein paar Schritte bei. Rüber zum Gemüsebeet, weiter zum Klo, quer rüber zum Baum und Drehung. Zwei Verrückte, sagte Ma. Die Vorstellung, wie Francis Mädchen herumwirbelt, ist alles andere als verlockend.

Ich klemme mir das Fleisch unter den Arm. »Francis auf dem Tanzparkett ist bestimmt ein Bild für die Götter.«

»Er sagt, tanzen zu können ist für den modernen jungen Mann ein unerlässliches gesellschaftliches Muss. Du siehst genauso aus wie er. Nur anders. Du bist nicht mehr auf der St. Kevin's, oder?«

»Ich und Schule. Ich hatte die Nase voll, gestrichen.«

»Schade. Hab gehört, du hast für einen Aufsatz einen Preis bekommen. Und auch in Kunst, richtig?«

»Die Zeiten liegen weit hinter mir. Von Lehrern und Mitschülern gepiesackt werden. Ich bin jetzt mein eigener Chef. Sozusagen.«

»Francis kann sehr gut tanzen. Er ist überhaupt gut in Sport. Und so aufmerksam. Letztes Jahr wäre er in die erste Cricketmannschaft gekommen, aber die wollten, dass er den Trainer unterstützt. Den anderen auf die Sprünge hilft. Aber das weißt du ja bestimmt schon alles.«

Ich stelle mir Francis in der Tanzschule vor. Neue Schuhe, Klavier in der Ecke, einen Arm um Annabel Crouch. Tee und Kekse. »Allerdings. Über Francis kannst du mir nichts Neues erzählen.«

»Und wie gut er alle Radioserien kennt«, sagt sie. »Wenn du ihn ganz nett bittest, spielt er dir was aus *Der Schatten* vor, dass du seine Version kaum von der echten unterscheiden kannst. Muss schön sein, einen Bruder zu haben.«

»Klar.« Ich schiebe das Paket unter den anderen Arm. »Ich kann vor Glück kaum schlafen.«

Dieses Reden mit hübschen Mädchen: Wer hätte gedacht, dass das so einfach ist? Hier stehe ich, samt Würstchen und allem, und plaudere mit Annabel Crouch, als wäre sie Connie. Ich strecke einen Arm aus und lehne mich gegen die Mauer, ganz lässig, als wäre ich in einem Film. Es läuft alles bestens.

Und dann. Katastrophe. Annabel Crouch lächelt. Schlagartig passiert etwas mit meinem Arm und meinen Augen und meinem Magen und meinem Adamsapfel. Ihr Lächeln hat eine direkte Leitung zu ihren Augen und ihrem Herzen. Schlagartig kann ich nicht mehr richtig schlucken. Wie hab ich vorher geschluckt, ohne drüber nachzudenken? Mein Arm, mit dem ich mich an der Mauer abgestützt hab, ist vor Verlegenheit erstarrt. Er weiß nicht, wieso er in so einem komischen Winkel ausgestreckt ist. Ich sehe nicht aus wie ein Filmstar, wie ich da so angelehnt stehe. Ich sehe aus wie ein Einarmiger, der versucht, eine Mauer am Einsturz zu hindern, ohne dass es jemand merkt. Wieso versuche ich, eine Mauer aufrecht zu halten? Ihre Lippen, ihre Zähne. Annabel

Crouch lächelt wahrscheinlich hundertmal am Tag so, gratis, aber jetzt und hier nur für mich. Ich kann hinter ihr Ohr sehen, wo das Haar straff zu einem Pferdeschwanz gebunden ist, die lange weiße Linie, wo ihr Hals in den Kopf übergeht und kleine weiche, blonde Locken entwischen. Es ist wie ein Bild: das Weiß ihrer Haut, das Blond, der rote Backstein des Gebäudes hinter ihr. Die Art, wie das Sonnenlicht auf der Straße tanzt, von den Wänden abstrahlt. Ich blinzele kurz, schnell. Um es festzuhalten.

»Gehst du zurück zur Rowena Parade?«, fragt sie.

Ich nicke. Der Arm an der Mauer hat keine Lust, sich zu bewegen.

»Jetzt?«

Mein Magen schlägt einen Purzelbaum. Wenn ich Ja sage, heißt das, sie will mich begleiten? Wie soll ich die nächsten fünf Blocks schaffen, ohne zu schlucken? Ich werde an meiner eigenen Spucke ersticken. Und was, wenn meine Beine vergessen zu funktionieren, wie mein Arm das vergessen hat? Ich schüttele den Kopf.

»Oh«, sagt sie. »Macht nichts.«

Dann winkt sie, und weg ist sie, ehe ich irgendwas Schlaues sagen kann, an das sich Annabel Crouch in fünf Minuten noch erinnern würde. Ich beuge mich vor, die Hände auf den Knien, und es dauert noch mal fünf Minuten, bis ich nicht mehr hechelnd atme.

Das wird sie nicht so schnell vergessen. Aufgekratzt, das war sie. Was denkt ihr Vater sich bloß dabei, sie allein durch die Straßen spazieren zu lassen? Wenn ich so eine Tochter hätte, ein Mädchen mit Annabels Haaren und Annabels Lächeln, würde ich sie garantiert nicht herumspazieren und mit Typen wie mir reden lassen. Und ich würde sie auf keinen Fall mit Francis tanzen lassen, nie im Leben.

Nach einer Weile weiß meine Kehle wieder, wie das geht, selbstständig zu schlucken, und jetzt denke ich, *Wieso hast du schon so früh Schule aus, Annabel* und *Ich tanze unheimlich gern, welcher ist dein Lieblingstanz, Annabel* und *Kann ich dich nach Hause bringen* und *Dein Haar ist wie Zuckerwatte*. Scheiße.

Die Gassen hinter den Häusern gehören mir, meistens. Ich kenne das ganze Netz, jedes Gässchen in Richmond. Ich weiß, an welchen Häusern ein »Zu vermieten«-Schild hängt, sodass sie eigentlich leer stehen müssten, aber hinten drin brennt Licht, was bedeutet, dass dort illegale Two-ups – Münzwurfwetten – laufen. Ich kenne die Ecke auf der anderen Seite der Coppin Street, wo du das Wellblech zurückbiegen kannst und an die Aprikosen von den Hagens rankommst. Und weiter Richtung Fluss die sumpfige Kurve, wo das Unkraut hüfthoch wächst und die Käfer sich im Sommer sammeln und du verrosteten Dosen und Karnickelinnereien ausweichen musst, und ich weiß, welche Katze über das Revier hinter dem Fischhändler herrscht, wo er die Köpfe hinschmeißt, aber, ob ihr's glaubt oder nicht, als ich in die Gasse auf der anderen Seite der Lennox Street komme, denke ich an Annabel Crouch, und zack!

Ich marschiere schnurstracks auf die vier Witzfiguren zu, die an der Ecke rumlungern, als wär's ein Wohnzimmer.

»Da schau her, Westaway junior«, sagt Mac.

»Jawoll«, sagt Cray.

Na bitte. Der Tag hat endlich Farbe bekannt. Er hat sich den schicken Lederhandschuh abgestreift, mir damit ins Gesicht geschlagen und ihn auf die Erde geworfen. Jetzt bin ich derjenige, der das blöde Ding aufheben muss. Aufgepasst, d'Artagnan.

»Hallo, mein kleiner Fisch fressender Freund«, sagt Jim Pike. »Machst du Besorgungen für deine Ma, du Muttersöhnchen? Vorschlag zur Güte: Nur um dir zu zeigen, dass wir hier alle Freunde sind, alle Fans der Richmond Tigers, geb ich dir einen halben Penny, wenn du mir die Schuhe putzt.«

»Hallo, Pike. Wie ich sehe, sind deine Schuhe wirklich etwas abgetragen, aber trotzdem: Nein danke. Ich weiß ja nicht, wo dein halber Penny schon überall war.«

Wir stehen am breitesten Teil der Gasse, Wellblech auf beiden Seiten, das Kopfsteinpflaster senkt sich in der Mitte zu einer Gosse, voll mit schlammigem Wasser und anderem Zeug, von dem ich gar nicht wissen will, was es ist. Am Zaun lehnt ein Junge, den ich nicht kenne. Er raucht, Hemd aus der Hose gezogen, Socken nach unten gerutscht, kein Pullover. Die Sorte, die sich nicht anmerken lässt, wenn sie friert. Er wirft seine Kippe in eine Pfütze, und sie zischt und qualmt. Er sagt: »Wer ist der denn, wenn er zu Hause ist?«

»Das, Manson, alter Freund, ist ein gewisser Kip Westaway, genannt ›die Null‹, der kleine Bruder von St. Francis«, sagt Pike. »Er ist der berühmteste Scheißeschaufler von ganz Richmond. Hat's von einem fetten Stipendium an der irisch-katholischen Kaderschmiede, samt Anzug und Krawatte und frommer Miene, blitzartig zu seiner derzeitigen Position am Hinterteil eines Pferdes geschafft. Wundert mich, dass du in Sydney noch nichts von ihm gehört hast.«

»Er hat geflennt, als er von der Schule abgegangen ist. Wie eine weinende Statue der Heiligen Jungfrau«, sagt Mac.

Mir ist sonnenklar, von wem sie das haben. »Ich würd gern weiter mit euch hier rumstehen und Tee trinken,

Ladys, aber ich muss los, mir meine halben Pennys selbst verdienen.« Ich will an ihnen vorbei, aber Cray packt mich an einem Arm und Mac am anderen. Das Fleischpaket fällt zu Boden. Schon wieder. Wenn das so weitergeht, komme ich noch mit Hackfleisch nach Hause.

»Übrigens«, sagt Pike. »Da, wo mein Dad arbeitet, ist eine Stelle frei. Am Fließband. Solltest mal da vorbeischauen, Kipper.«

Mac schüttelt den Kopf. »Bei dem Plan gibt's ein Problem, Mr Pike.«

»Ach ja, stimmt«, sagt Pike. »In der Stellenanzeige steht, Zecken brauchen sich gar nicht erst zu bewerben.«

Cray lacht los.

»Er ist also so ein irischer Kathole?«, sagt Manson. »Hochwürden MacMichael aus MacArsch der Welt?«

»Nur weiter so, Sydney«, sage ich.

»Soll ich dir die Geschichte von Kip der Null erzählen?«, sagt Pike. »Es ist eine lange und traurige Geschichte, die mich an so ein Märchenbuch erinnert. Wie hieß noch mal der Schriftsteller? Der alte Knacker, Kipper? Ich glaube, er war ein Protestantenhund, wie das bei euch so schön heißt. Engländer. Komm grad nicht auf den Namen.«

»Das müsste Dickens sein«, sage ich. »Schwachkopf.«

»Ach ja. Genau wie *Bloße Entartungen* fängt unsere Geschichte damit an, dass die Familie in etwas kargen Verhältnissen lebt, wegen des plötzlichen Ablebens von Kippers altem Herrn. Der ist auf der Swan Street aus der Straßenbahn geplumpst, weil er den einen oder anderen Whisky zu viel intus hatte, und auf den Kopf gefallen. Platsch, war die ganze Straße voll mit seinem Hirn. Ein trauriges Ende.« Pike zeigt seine Zähne. »Aus die Maus.«

Ich kann spüren, wie Mac und Cray ihre klebrigen Finger in meine Arme drücken. Das Herz rast mir in der Brust, als würde es jeden Moment rausspringen. Ich wehr mich nicht. Ich stehe regungslos da.

»Diese kurzsichtigen Männer, die voll erwerbstätig sind und es trotz eines guten Verdienstes versäumen, ihre Familien abzusichern für den Fall, dass sie durch einen Unfall zu Tode kommen oder arbeitsunfähig werden, haben es nicht besser verdient«, sagt Mac, dessen Vater in der Versicherungsbranche tätig ist.

»Jawoll«, sagt Cray.

»Ich sehe, die Rhetorikstunden zahlen sich aus, Cray«, sage ich. »Über kurz oder lang kriegst du bestimmt einen vollständigen Satz zustande.«

»Sehr witzig«, sagt Cray.

»Ein bisschen Respekt, Kipper.« Mac tritt mir mit einer dicken Schuhkappe in die Wade. Morgen werde ich einen hübschen Bluterguss haben, aber im Moment tut es so weh, als würde ich nie wieder einen kriegen. Ich dreh den Kopf zur Seite und gähne kräftig gegen meine Schulter.

»'tschuldigung«, sage ich. »Stör dich nicht an mir. Du hast ein Gesicht, das nur eine Mutter lieben kann, und noch dazu ein echtes Talent zum Geschichtenerzählen.«

»Danke für die Blumen, Fischfresse«, sagt Pike, aber auf einmal bin ich nicht mehr hier in der Gasse mit diesen Gorillas, sondern wieder zu Hause in der Küche, in den ersten Tagen, als ich wusste, dass wir Dad nie wiedersehen würden. Ich hatte an dem Morgen gelesen, als er aus dem Haus ging, war so tief in einem Buch versunken gewesen, dass ich kaum aufblickte. Bestimmt hatte er den Hut tief über die Ohren gezogen, wie immer, Umhängetasche unterm Arm, die Nägel schwarz von Druckerschwärze, und als er mir seine Hand auf den Kopf legte, sah ich kaum zu ihm hoch, und dann am Abend weinte Ma wie verrückt, unter Schock, wie der Arzt sagte, und Connie lief mit rot geränderten Augen durch den Flur, mit Tee und heißen Waschlappen und Tabletten aus der Apotheke. Ich weiß noch, dass an der Krempe von Dads Hut kleine schwarze Härchen klebten. Der Friseur hatte ihn nicht gründlich abgebürstet. Ich dachte, wir sollten ihm für die Beerdigung einen neuen Hut kaufen, weil er bestimmt nicht gern die ganze Ewigkeit mit diesen Härchen da verbringen wollte, aber ich traute mich nicht, Ma zu fragen, ihr Gesicht war ganz weiß vor der Totenmesse, und jetzt liegt er unter der Erde, und es ist alles zu spät.

Pike grinst jetzt, und der neue Junge, Manson, spuckt einen dicken Klumpen direkt neben meinen Schuh, mit beachtlicher Genauigkeit für so einen fetten Batzen, klar und schaumig weiß. Er lächelt. Damit meine ich, dass seine Mundwinkel hochgehen. Crays Finger an meinem Arm fühlen sich heiß an, und ich hab nur eine Chance, und die werde ich nutzen. Wozu soll ich mir Gedanken über irgendwelche Nachwirkungen machen, wenn ich sie sowieso nicht genießen kann, weil ich nicht mehr am Leben bin? Ich beuge mich ein bisschen vor. Unten an Crays Kinn sprießen ein paar vereinzelte Härchen.

»Cray«, sage ich. »Du drückst meinen Arm ganz schön fest und rückst mir ganz schön auf die Pelle. Kuschelt Mac in letzter Zeit nicht mehr genug mit dir?«

Er lässt los und zieht die Arme zurück und springt weg und Mac ebenso. Ich trete, so fest ich kann, gegen das Fleischpaket, und es segelt ein ganzes Stück durch die Gasse. Das Papier löst sich, und als ich das Paket aufhebe, verliere ich ein oder zwei Würste, aber ich hab gut zwanzig Meter Vorsprung gewonnen. »Hinterher!«, höre ich.

Aber ich bin Jesse Owens, ich bin Jack Titus, ich bin

Decima Norman, bloß dass ich kein Mädchen bin. Ich fliege aus der Gasse, meine Füße trommeln übers Pflaster, als wären mir Nazihorden dicht auf den Fersen, über die Straße rüber, und meine Verfolger keuchen schwer, und dann bin ich bei den Hustings vorbei und biege in unsere Gasse ein, und weil ich die Ecke zu scharf genommen habe, schlage ich, klatsch, peng, der Länge nach hin. Knie und Ellbogen schaben über das Pflaster, und es brennt wie bescheuert, aber dafür hab ich jetzt keine Zeit, springe auf, durchs Gartentor und verriegele es hinter mir.

Fünf Minuten später sitze ich noch immer auf der Stufe, den Kopf zwischen den Beinen, und schnappe nach Luft wie ein gestrandeter Fisch, als Connie zur Hintertür rauskommt. Ich sehe, was sie sieht; schmutziges Fleisch, das aus dem Papier auf die Erde gerutscht ist, ich mit bluttriefendem Knie und Ellbogen, eine Seite meiner kurzen Hosen und die Hälfte meines Hemdes voll mit nassem Schlamm und Dreck.

Sie setzt sich neben mich und legt einen Arm um meine Schultern, und sie ist warm, und sie ist Connie, und ich würde gern für immer so dasitzen und gehalten werden, wie als ich klein war, aber ich weiß, ich würde flennen, deshalb sage ich stattdessen, es sei nichts.

»Nichts, hm? Und wie ist dieses Nichts passiert?«

»Ich bin hingefallen.« Ich starre auf die Naht seitlich an meinem Schuh.

»Das seh ich.« Sie fragt nicht weiter nach, und ich bin froh, dass *sie* mich gefunden hat, nicht Ma oder Francis. Sie streckt eine Hand aus und zieht mich auf die Beine. »Komm, wir bringen dich wieder in Schuss.«

»Das mit dem Fleisch tut mir leid.«

Sie rümpft die Nase, sagt aber: »Das wasch ich gründlich ab, und für die anderen gilt: Was ich nicht weiß, macht mich nicht heiß. Von dir kann ich das allerdings nicht behaupten.«

Ich humpele mit ihrer Hilfe in die Waschküche, und dann holt sie einen nassen Waschlappen und etwas Seife und dieses fiese rote Zeug, und ich beiß mir innen auf die Lippe, während sie mich abtupft und mit der Pinzette pikst und mir Schottersteinchen aus Knie und Ellbogen pult, und sie ist ganz vorsichtig, und sie redet dabei vor sich hin, über nichts Besonderes, über ein Kleid, das sie in einem Schaufenster gesehen hat, und über die italienische Familie auf der Tanner Street, und ich weiß, sie will mich nur ablenken, als wäre ich ein kleines Kind. Ich bin kein kleines Kind, und schon bald reicht es mir.

»Mr Hustings Schaufeln«, sage ich.

Connie steht da, die Hände auf den Hüften, und blickt auf mein Knie. Sie hat fürs Abendessen hinten am Gartenzaun Chayoten gepflückt, und sie trägt ein altes Kleid von Ma, und ihre Schürze hat grüne Flecken, und ihr Haar ist aus dem Knoten gerutscht und hängt ihr in schwarzen Strähnen übers Gesicht.

Sie sieht jetzt anders aus als in der Zeit auf der Kunstschule. Müde. Als ich und Francis klein waren und sie uns immer ins Bett brachte, waren Connies Hände weich, und jetzt sind sie rau. An den Knöcheln hat sie eine rote, schuppige Stelle, die aussieht, als würde sie jucken und wehtun. Ihre Fingernägel sind alle abgebrochen.

»Meine ärztliche Meinung lautet: Du wirst es überleben. Ich mache nach dem Abendessen weiter. Die Flecken müssten eigentlich gut rausgehen. Mrs Husting kriegt Zustände, wenn sie dich so sieht. Leg die Hose und das Hemd in den Waschtrog, und ich lass die Sachen über Nacht einweichen.«

Ich tue, was sie sagt, und ziehe mich aus und frische

Sachen an, und ehe ich den Garten verlasse, peile ich die Lage. Die Gasse ist leer. Sie sind zurück zu Crays Mutter gegangen, um Rosinenkuchen zu essen, die braven kleinen Engelchen.

Bei den Hustings mache ich die Schaufeln sauber, und es ist eine schweißtreibende Arbeit, und ich will mein Taschentuch aus der Tasche holen, und es ist nicht da, was merkwürdig ist, weil ich heute Morgen ein frisches aus der Kommode genommen habe, wo Ma doch immer sagt, ihr wäre lieber, wir hätten kein Frühstück im Bauch als kein Taschentuch dabei.

Natürlich! Ich hab ja frische Hosen an. Und dann fällt es mir wieder ein. Der Schilling. Er steckt in meinen schmutzigen Hose im Trog. Connie traue ich natürlich. Aber bei Francis kann man nie wissen. Er hat zwar hoch und heilig geschworen, dass er es nicht war, aber es sind schon öfter Sachen aus meinen Taschen verschwunden: eine Glasmurmel, die ich gerade erst zurückgewonnen hatte, als ich noch auf der Schule war, zwei Sahnebonbons und der ausgebleichte Schädel von einem Kätzchen, den ich halb vergraben am Fluss gefunden hatte. Wenn ich noch einen Schilling bekäme, könnte ich Annabel Crouch in die Eishalle einladen, aber wenn ich den ersten jetzt nicht sofort hole, seh ich ihn nie wieder.

Wenn ich irgendwann tot bin und begraben werde, weiß ich, was auf meinem Grabstein stehen soll, falls ich einen Grabstein kriege, falls ich nicht wie eine streunende Katze auf der Müllhalde verscharrt werde. *Weil er mit einem Mädchen eislaufen gehen wollte, geriet sein sogenanntes Leben ins Schlittern.*

Ehrenwort, genau so war es: Ich bin früh zu Hause. Connie wird mich jeden Moment zum Abendessen rufen, und ich muss zu dem Trog, schnell, für den Fall, dass Francis rumschnüffelt. Die Sonne geht abends schon rasch unter, und es ist fast dunkel, aber ich könnte mich mit verbundenen Augen in der Waschküche zurechtfinden: das leicht schräge Dach über mir, Wäsche waschen rechts, Westaways waschen links, und ich stütze mich auf den Trog, um nach meiner Hose zu suchen. Der graue Zement ist rau und kratzig unter meinen Händen, bis auf ein paar glatte Stellen, auf denen Connie die Wäsche geschrubbt hat. Wir haben den Waschtrog kurz vor Dads Tod gekauft. Ma war so stolz. In der Ecke lauern der Kupferkessel und das Rührpaddel und daneben ein alter Blecheimer und die große Bürste. Im Trog liegt ein Haufen Schmutzwäsche, und ich finde meine Hose und stecke den Schilling flugs in die Tasche, und dann sehe ich irgendwas Seidiges in einem matten Grünton, fast so wie die Farbe des Kupferkessels, und ich frage mich, was das ist. Als ich es aus dem Klamottenhaufen rausgezogen habe und hochhalte, sehe ich, dass es eine Damenunterhose ist mit weißer Spitze an den Säumen, und Menschenskind, ist die groß. Der Hintern, der da reinpasst, muss ein ganz schönes Kaliber sein. Die Königin, nein, die Kaiserin aller Hintern. Die Unterhose sieht lustig aus, wie sie da so allein in der Luft hängt, ohne Damenhintern drin, und ich denke an Francis in der Tanzschule, und ich wackele die Hose hin und her, als wäre sie ein dicker, tanzender Hintern. Dann denke ich an die amerikanischen Fallschirmspringer, die Mrs Husting holen kommen, und ich werfe die Hose in die Luft, um zuzusehen, wie sie fällt, als wäre ich unter einem Fallschirm, wenn er sich öffnet, und sie fällt mir aufs Gesicht.

Genau in diesem Moment sehe ich das Licht in der Waschküche angehen und höre einen Schrei. Einen langen, lauten Schrei. Ich ziehe mir die Unterhose vom Kopf. Die Glühbirne schwingt an ihrer Kette, und das Licht sieht aus wie ein Heiligenschein um den Kopf von Mrs Keith, die da an der Tür steht und die Hände an die Wangen drückt, als hätte sie Zahnschmerzen, und sie schreit und schreit und schreit.

Francis und ich liegen auf dem Bauch im Flur, knapp außer Sicht. Es hat Abendessen gegeben und hysterisches Geschrei und einen Ohnmachtsanfall und ein Glas Sherry für medizinische Zwecke und jede Menge Krach. Connie hat den Ofen angemacht, aber Francis und ich haben die Decken vom Bett gezogen, und wir sind eingewickelt wie Mumien, den Kopf auf die Hände gelegt, und schauen einander an.

Dad fand es immer lustig, wenn wir so gespielt haben, als wir klein waren. Wir sahen einander an, bewegten die Arme, streckten die Zunge raus, wechselten von einer Seite auf die andere. *Ha!*, sagte Dad dann und: *Macht das noch mal* und kratzte sich am Kopf und sagte: *Ich weiß wirklich nicht, welcher der Spiegel ist!* Aber jetzt weiß ich es. Francis ist echt, und ich bin die Comicheftversion. Derjenige, der nicht allein nach draußen gelassen werden sollte.

»Du bist erledigt«, sagt Francis. »Restlos erledigt.«

Meine Zunge fühlt sich dick an, und mir tun noch immer Knie und Hüfte weh von meinem Sturz am Nachmittag, und mein Ohr tut mir weh, weil Ma mich daran bis ins Schlafzimmer gezogen hat. Ich würde am liebsten aus dem Fenster klettern, über den Zaun springen und abhauen. Ich könnte abhauen und niemals wiederkommen, wie Huckleberry Finn leben, wild und ohne Erwachsene.

»Schhh«, sagt Francis, obwohl ich mucksmäuschenstill

bin. Wir hören ihre Stimmen so klar wie nur was. Wir hätten nie und nimmer spitzgekriegt, was vor sich geht, wenn wir bei geschlossener Tür im Schlafzimmer geblieben wären, wie wir sollten.

»Keine Nacht länger, keinen Augenblick länger bleibe ich unter diesem Dach. Das ist pervers, nichts anderes. Widerlich! Ich sollte die Polizei rufen.« Ich brauch Mrs Keiths Gesicht nicht zu sehen. Ich weiß auch so, dass sie mit der Zunge die obere Gebissreihe runterdrückt, bis sie mitten im Mund hängt, um sie dann mit einem Klacken wieder hochschnellen zu lassen.

»Ach du lieber Gott«, sagt Ma mit dünner Stimme.

»Und wie lange schon? Sein *Gesicht*. Ich kann's nicht mal aussprechen«, sagt Mrs Keith.

»Heute Nachmittag haben Sie's aber ziemlich laut ausgesprochen«, sagt Connie.

»Barmherziger Himmel«, sagt Ma.

»Der Magen hat sich mir umgedreht«, sagt Mrs Keith. »Ich hab es gluckern hören.«

»Sie regen sich unnötig auf«, sagt Connie. »Er ist ein Junge. Er hat irgendein Spiel gespielt.«

»Wach auf, Mädchen«, sagt Mrs Keith. »Überall lauern Gefahren, im Ausland und hier in diesem Haus. Warte, bis er ausgewachsen ist. Er wird eine Bedrohung für anständige Frauen sein. Er wird sie in ihren Betten erwürgen. Er ist *widerlich*.«

»Schockschwerenot«, flüstert Francis. »Wenn du als Würger endest, kommen wir in den *Argus*.«

»Red ruhig weiter«, flüstere ich zurück. »Die Chancen, dass ich jemanden erwürge, erhöhen sich mit jedem Wort von dir.«

»Bruder des Würgers packt aus«, flüstert Francis. »Meine Jahre an der Seite eines Wahnsinnigen.«

»Er ist nicht widerlich. Ma. Sag's ihr«, sagt Connie in der Küche.

»Die Geschichte eines fast aussichtslosen Überlebenskampfes. Mut und Scharfsinn waren meine Rettung, sagt der Bruder des Würgers. Zahllose hübsche junge Frauen schreiben Briefe an den attraktiven jungen Mann, der sein ganzes Leben lang ein Zimmer mit dem Würger teilte«, flüstert Francis. »Foto von attraktivem jungen Mann, Seite sechs.«

»Foto von totem jungen Mann, nachdem sein Bruder der Würger ihn erwischt hat, Seite sieben«, sage ich.

Einen Moment lang blickt Francis ehrlich mitleidig, falls das Licht mir keinen Streich spielt. Er beugt sich vor und tätschelt mir die Schulter. »Die ist übergeschnappt. Wieso sollte jemand scharf auf die Unterhose von irgendeiner alten Lady sein?«, flüstert er. »Du hast das doch nicht wirklich gemacht, oder?«

»Natürlich nicht.«

»Dann erzähl ihnen, was passiert ist. Erzähl es ihnen.«

Ich drehe den Kopf zur Seite und schlage ihn gegen den Fußboden. Ich denke an Mr Hustings Hand in meiner. »Ich kann nicht. Gentlemen-Ehrenwort.«

Er verdreht die Augen. »Du bist eine Beleidigung für die Schwachköpfe dieser Welt.«

Ich überlege gerade, was wohl das Schlimmste wäre, was Ma mir antun könnte, wenn ich außerhalb meines Zimmers erwischt werde, und ob ich es trotzdem in Kauf nehmen würde, nur um Francis eine reinzuhauen, als ich Ma sagen höre: »Ich weiß nicht, was ich denken soll.«

Das kann nicht stimmen. Sie ist meine Ma. Sie weiß, was sie denken soll.

»Siehst du? Sogar eure Mutter weiß es. Er ist eine Gefahr«, sagt Mrs Keith.

»Jetzt reicht's mir aber, Sie alte Kuh«, sagt Connie.

»Heiliger Strohsack«, sagt Francis, »dafür kriegt sie den Mund mit Seife ausgewaschen.«

»Wie hast du mich gerade genannt, Mädchen?«, sagt Mrs Keith.

Ein Geräusch ist zu hören – vielleicht ein Stuhl, der über den Boden schabt.

»Es ist gut, dass Sie ausziehen«, sagt Connie, »weil Sie in diesem Haus nicht gern gesehen sind.«

»Bitte, bitte«, sagt Ma.

»Na los, gehen Sie schon«, sagt Connie. »Auf Nimmerwiedersehen.«

Ich und Francis verziehen uns rasch zurück in unser Zimmer – na ja, so rasch, wie es mir möglich ist, weil ich das Knie gerade halten muss, damit es nicht wieder anfängt zu bluten, und mir die Hüfte wehtut, als wäre sie von einem Rammhammer getroffen worden, und ich dank Mac einen fetten blauen Fleck an der Wade habe und weil wir die Bettdecken hinter uns herziehen –, und wir schließen die Tür so leise wie nur was. Wir lehnen uns von innen dagegen: ich mit dem Ohr flach ans Holz gepresst, Francis mit einem Auge am Schlüsselloch.

Und tatsächlich, Sekunden später höre ich Mrs Keith den Flur entlangkommen und die Tür zu ihrem Zimmer gleich neben unserem zuknallen. Alles ist still, dann höre ich ein anderes seltsames Geräusch. Ich öffne die Tür, und Francis zischt mich an, den Kopf einzuziehen, damit sie mich nicht sehen, aber das ist mir egal. Das Geräusch kommt von Ma, die weint.

»Was fällt dir ein, so mit ihr zu sprechen?«, sagt Ma zwischen langen, tiefen Schluchzern. »So schnell kriegen wir das Zimmer nicht wieder vermietet. Wo soll das Geld herkommen? Verrat mir das, Miss Oberschlau!«

Connie sagt nichts, und das ist das allerschlimmste Geräusch. Eine ganze Weile ist es still bis auf ein gedämpftes Stampfen und Knallen aus Mrs Keith' Zimmer. Francis sagt, ich soll zurückkommen, aber ich gehe durch den Flur, und da sind sie, in der Küche. Ma, die dasitzt und sich ihren Rock ans Gesicht drückt, Connie, die neben ihr kniet, ihre Arme festhält und leise summt, als wäre Ma ein Baby. Sie bemerken mich gar nicht.

»Ich seh keinen anderen Ausweg«, sagt Ma. »Von dem, was ich verdiene, können wir nicht leben. Francis wird die Schule abbrechen müssen.«

Ich spüre jemanden an meiner Schulter, und dann flüstert Francis mir ins Ohr: »Wenn ich die Schule abbrechen muss«, sagt er, »breche ich dir sämtliche Knochen im Leib.«

»Nein«, sagt Connie. »Ich such mir Arbeit. Wenn wir keinen Untermieter haben, muss ich auch nicht zu Hause bleiben. Die Hausarbeit mach ich dann nach Feierabend.«

Ma hebt den Kopf aus den Rockfalten und wischt sich die Augen. »Und wer, bitte schön, soll einem Mädchen wie dir Arbeit geben? Ich hab deinen Vater angefleht, dir eine sichere Stelle in der Verwaltung zu besorgen. Das wäre sinnvoller als malen, hab ich gesagt. Etwas Solides. Aber er hat nicht auf mich gehört. Wer gibt denn einer *Bildermalerin* Arbeit?«

»Ich geh zum *Argus*, spreche mit ein paar Freunden von Dad«, sagt Connie. »Die haben das auf der Beerdigung gesagt. Haben uns den hübschen Korb geschenkt und gesagt, ich soll mich an sie wenden, falls sie irgendwas tun können.«

Ich kann sehen, wie Ma und Connie einander anblicken. Ich kann die Umrisse ihrer Gesichter sehen, das, was gleich ist, wie die Form ihrer Lippen und Brauen, und die Unterschiede, wie die Falten um Mas Augen.

»Das zeigt nur, wie naiv du bist.« Ma schnieft. »So was sagen Leute nun mal auf Beerdigungen. Es gibt ihnen das Gefühl, lebendig zu sein, noch etwas tun zu können, anders als das arme Schwein in der Kiste. Das ist doch nur Gerede. Darauf würde ich keinen Pfifferling geben.«

Stanzi

Mein Zwei-Uhr-Termin hat ein Vaterproblem. Sie entscheidet sich für den großen roten Sessel mit Aussicht auf den Park, nicht für einen der schlichten Stühle in Schwarz und Chrom mir gegenüber. Man muss nicht Freud sein, um das zu durchschauen. Sie betrügt ihren fünfundfünfzig Jahre alten Ehemann mit einem Mann, der Mitte sechzig ist. Und sie ist jünger als ich. Zusammen mit ihrer Essstörung und der Neigung zur Kleptomanie liefert uns das reichlich Verhaltensstoff zum Aufdröseln. Als gäbe es bei mir ein monatliches Sonderangebot: drei Probleme zum Preis von einem.

»Wenn ich mich an meine Träume erinnern könnte«, sagt sie. »Das wäre doch hilfreich, oder?« Sie zappelt in meinem roten Sessel wie ein unterernährtes Kind auf einer Schaukel. Ihre Beine pendeln vor und zurück, vor und zurück. Es wirkt hypnotisch.

Therapeuten interessieren sich nicht besonders für Träume. Die sind was für Psychiater mit Anspruch auf Rezeptblöcke und für Psychoanalytiker mit Anspruch aufs Unbewusste. Sie kommt seit über einem Jahr zu mir; sie muss das wissen.

»Ich frage mich, warum Sie das sagen, Violet«, sage ich.

Sie antwortet nicht sofort, sondern zieht die Beine unter sich auf die Sitzfläche, nackte Füße, die über mein Leder reiben. Ich kann ihre Zehen sehen. Sie sind perfekt gepflegt, gelackte Pfirsichmonde glitzern, aber die Selbstverständlichkeit, mit der sie die Schuhe abgestreift hat, ist aufschlussreich. Entweder sie weiß nicht, was für eine Vertrautheit das voraussetzt, oder es ist ihr egal. Nur keine Hemmungen, Daddys Liebling. Fühl dich wie zu Hause. Morgen muss da jemand anderes sitzen, aber mach dir deshalb keinen Kopf.

Vor dem Bücherregal posiert meine Couch wie eine künstlerische Installation. Die Couch hat ein kleines Vermögen gekostet. Ich habe sie gekauft, als ich vor über zehn Jahren in diesen Praxisraum gezogen bin, als ich noch vorhatte zu promovieren. Therapeuten benutzen eigentlich keine Couch. Ich hätte von dem Geld Urlaub machen können. Während ich an einem Dienstagnachmittag hier sitze und ihr zuhöre, könnte ich in Erinnerungen schwelgen an zwei Wochen sonnenverwöhnte Herrlichkeit auf den Malediven, wo ich Mojitos getrunken hätte, während mir ein braun gebrannter halb nackter Malediver namens Omar die Füße massierte. Aber ich wollte es richtig machen. Manche Klienten würden vielleicht gern eine Couch benutzen, dachte ich. Wenn auch nur ironisch.

»Träume sind wichtig«, sagt Violet ganz arglos, als hätte sie mich nicht gerade auf meinen Platz verwiesen. »Als würde mein Gehirn weiterdenken, während ich schlafe.«

»Dem kann ich nicht widersprechen.« Ich notiere mir ihre Formulierung, für später, wenn ich unter Pseudonym mein Buch darüber schreibe, was Leute in Therapiesitzungen alles von sich geben, das Buch, das mich so reich machen wird, dass ich auf die Malediven ziehen kann, wo ich mit Omar zusammenlebe. Falls die Airlines je wieder zur Normalität zurückfinden, falls je wieder jemand fliegt, falls ich meine Chance nicht für immer verpasst habe. Es ist ein herrlicher Frühlingstag. Die Magnolien draußen auf der Straße erwachen zu einer rosa Blütenpracht. Wir sollten über unseren Heuschnupfen fluchen und beten, dass der Essondon Cricket Club die Gegner aus dem Norden am Samstag im MCG-Stadion vernichtend schlägt, statt uns zu fragen, ob die Welt sich je wieder erholt.

Ich blinzele ein paarmal. Na los, Stanzi. Konzentrier dich darauf, warum sie hier ist, warum sie dir gutes Geld zahlt. »Haben Sie Ihren Vater diese Woche gesehen?«

»Er hat mich gestern zum Lunch eingeladen.« Ihre einzeln beweglichen Zehen zucken, als würde sie mit ihnen auf einem winzigen unsichtbaren Klavier spielen, ein Anblick, den ich ein wenig gruselig finde, aber auch faszinierend. Lunch mit ihrem Vater ist wie ein Date: Sie überlegt, was sie anziehen soll, hadert mit ihrer Frisur, fragt sich, was sie bestellen soll, was er von ihr denken wird. So viel Theater, nur um was zu essen.

»Was für Gedanken hat das bei Ihnen ausgelöst?«

»Er ist zu dünn. Cheryl sorgt nicht gut für ihn. Michelle, meine vorige Stiefmutter, konnte besser kochen. Italienisch. Jede Menge Pasta. Damals hab ich gedacht, sie mästest ihn.«

Sie findet, *er* ist zu dünn? Was ist er, eine Zimtstange? Aber sie hat schließlich mit dem Thema Essen angefangen. Ist vielleicht keine schlechte Idee, darauf einzugehen. »Was für Pasta hat sie gekocht?«

Sie starrt mich an, als hätte ich sie nach dem Kaloriengehalt von Rotze gefragt. »Seh ich aus wie eine italienische Mamma? Keine Ahnung. Pasta eben. Verschiedene Formen. Mit Soße drauf.«

Schon gut. »Und worüber haben Sie und Ihr Vater beim Lunch gesprochen?«

»Dies und das.« Sie schwingt die Beine nach unten und setzt sich aufrecht hin. Einen Moment lang sieht sie sehr klein aus, ein winziges Mädchen, das in einem riesigen Möbel hockt. »Worüber Väter so reden. Wie ist Ihr Vater denn so?«

»Meiner?« Sie hat mich überrumpelt, was selten vorkommt. Ich hätte nicht gedacht, dass sie sich für das Leben von anderen interessiert. Irgendwie ist das süß. Möglicherweise begreift sie allmählich, dass es außer ihr noch andere Menschen auf der Welt gibt. Vielleicht antworte ich deshalb.

»Witzig. Mein Dad ist witzig.« Das ist die Kurzversion, die *Kommunikationswege-in-beide-Richtungen-offenhalten*-Antwort. Die lange Version wäre: Mein Dad ist Fotograf, ein toller Fotograf. Kunst und Werbung. Er fotografiert für sein Leben gern. Und er ist richtig gescheit. Was er als einziger Mann in einer Femokratie allerdings auch sein muss. Meine Mutter, meine Schwester und ich: Wir sind ganz schön raumgreifend.

»Witzig, aha«, sagt sie in einem gleichgültigen Tonfall, der mir verrät, dass es ihr schnurzpiepegal wäre, wenn mein Vater als Star auf dem Melbourner Comedy Festival auftreten würde. Dann steht sie auf, bohrt die nackten Zehen in meinen hochflorigen Teppich und reckt die Arme über den Kopf, als wäre sie gerade aufgewacht. »Jedenfalls. Ich war Samstagvormittag shoppen in der Chapel Street. Ich hab wieder einiges mitgehen lassen.«

Das muss nicht unbedingt ein Rückschlag sein. Manchmal können sich Probleme für eine Weile verschlimmern. Wenn wir versuchen, ein Verhalten aufzugeben, das wir als Teil von uns definieren, kann es vorkommen, dass wir uns umso fester daran klammern. Es bringt nichts, unsere Schwierigkeiten direkt zu bekämpfen. Das Unbewusste lässt sich nur besiegen, wenn man sich behutsam an es heranschleicht. Ich muss daran denken, dass schon allein der Vorsatz, eine Diät zu machen, unweigerlich zur Gewichtszunahme führt. Warum? Sagen wir, wir fassen den Entschluss an einem Mittwoch. Wann wird die hypothetische Diät anfangen? Montagmorgen. Aber bis dahin sind es noch vier lange Tage. Da wir ja am Montag anfangen, können wir uns doch heute noch mal ein bisschen was gönnen. Ein kleines Stück Kuchen, ein Scheibchen Käse, kosten wir's noch mal aus. Unabhängig davon, was am Montagmorgen passiert, die bewusste Entscheidung gewinnt nie.

Und überhaupt, bei dem, was in letzter Zeit auf der Welt los ist. Die ganze Anspannung – kein Wunder, dass das bei uns Spuren hinterlässt. Die Kunst besteht darin, Violets persönliches Muster zu erkennen, ihren speziellen Trigger.

»Ich frage mich, ob es irgendwas mit dem Laden zu tun hat. Oder mit irgendwas darin.«

»Glaub ich nicht. Hübsche Sachen natürlich. Die, die da arbeiten, sind alles Idioten. Die erwischen mich nie.« Sie lächelt engelhaft und klimpert mit den Wimpern. »Die achten auf gefrustete Jugendliche aus der Vorstadt. Auf Loser. Nicht auf Leute wie mich.« Sie geht zu dem hohen Fenster und blickt über den Park. »Wenn ich in der Ferne ein Hochhaus sehe«, sagt sie, »rechne ich manchmal fast damit, dass gleich ein Flugzeug reinfliegt.«

Von meiner Praxis hier in Hawthorn aus kann ich die City sehen, die Wolkenkratzer, die sich zusammendrängen wie ein ausgeflippter Wald. Ich weiß, was sie meint. Wenn ich die Augen schließe, kann ich es auch sehen: wieder und wieder, aus unterschiedlichen Blickwinkeln. Letzte Woche war eine Klientin bei mir, die eine Geschäftsreise nach Sydney plante und ihrer Familie das beim Abendessen erzählte. Ihr sechsjähriger Sohn wurde hysterisch; er weinte und schrie und schmiss mit Sachen um sich und klammerte sich an ihr Bein. Als sie ihn beruhigt hatte, begriff sie, dass er dachte, jede Wiederholung der Bilder, jede Perspektive wäre ein anderes Flugzeug, das sich in einen anderen Wolkenkratzer bohrte. Er dachte, all die Hunderte von Flugzeugen würden überall in Hochhäuser krachen, und die Quantas-Maschine von Tullamarine nach Mascot würde das auch tun.

»Die letzten Wochen haben uns alle belastet, keine Frage«, sage ich. Ich spreche langsam, mache offene Gesten, um ihr das Gefühl zu geben, sich jederzeit einschalten zu können, mir sagen zu können, wie sie sich fühlt. »Unsere Sicht der Welt hat sich für immer verändert. Es ist beängstigend. Viele meiner Klienten erzählen mir von verstärkten Ängsten. Von Schlafstörungen und dergleichen.«

Sie verdreht die Augen. »Was für Weicheier.« Sie lässt ihre Schuhe stehen und geht durch den Raum, streckt die Zehen, als würde sie *Schwanensee* tanzen, und fährt mit den Fingerspitzen über mein Bücherregal. Sie hinterlässt platte Fußabdrücke und eine silbrige Spur gegen den Strich des Teppichs. »Ich meine, es war belastend für die Leute, die tatsächlich *dort* waren. Wir sind hier am anderen Ende der Welt. Wer *hier* lebt und Angst hat, ist einfach bloß hysterisch.«

»Es ist interessant, dass Sie genau zu der Zeit wieder mehr Ladendiebstähle begehen, wo von einem neuen Krieg die Rede ist. Einem Krieg im Nahen Osten. Was denken Sie darüber?«

Am Ende des Bücherregals stützt sie sich mit einer Hand an einem Brett ab und macht ein Plié. Ihre Füße sehen lebendig aus, wach, als wären sie für sie da. Dann verlagert sie das Gewicht und balanciert gekonnt auf einem. Meine Füße sind nicht für mich da. Meine Füße hassen mich. Sie schmerzen in einem Maß, das ich unmöglich beschreiben kann, in jedem Knochen und jeder Hautzelle. Sie sind überheblich. Sie halten es für unter ihrer Würde, mich den ganzen Tag durch die Gegend zu tragen. Dank ihrer Trotzhaltung habe ich einen Schrank voller Schuhe, die ich nicht anziehen kann, und selbst in diesen altjüngferlichen Mary Janes humpele ich.

»Das ist einfach dumm«, sagt Violet. »Die Amerikaner marschieren da nicht ein. Wir sind im einundzwanzigsten Jahrhundert. Man benutzt die Menschen nicht mehr als Futter für den militärisch-industriellen Komplex. Wir haben uns weiterentwickelt. Wir sind«, wieder ein Plié, »aufgeklärt.«

»Wenn es einen neuen Krieg gäbe, würde Sie das beunruhigen?« Sie war ein Teenager während des Golfkriegs. Ich dagegen kann mich noch ganz deutlich erinnern: Ich war die ganze Nacht auf, konnte einfach nicht fassen, was für schreckliche Dinge da in Farbe auf dem Bildschirm erschienen.

Sie verdreht die Augen. »Und falls sie es doch tun, brauchen sie höchstens sechs Wochen, um da Ordnung zu schaffen. Die sind schließlich nicht umsonst die größte Macht der freien Welt. Die schwimmen in Geld, und sie sind nicht blöd. Bestimmt hat Bush auf seinem Schreibtisch ein Schild, auf dem steht: *Grundregel für den Oberbefehlshaber: Kein Bodenkrieg in Asien!* Wenn die angreifen, schicken sie die Air Force, um die Sache zu regeln. Spätestens um fünf sind alle zurück im Offizierskasino und genehmigen sich einen Drink. Das weiß doch jeder.« Sie klingt völlig anders als sonst, und mir wird klar, dass sie soeben meine Frage beantwortet hat, worüber sie und ihr Vater beim Lunch gesprochen haben. Also sage ich erst mal nichts. Schweigen ermuntert Klienten, die Lücke zu füllen.

Und sie tut es. »Wenn wir uns wegen irgendwas Sorgen machen sollten, dann wegen SARS und Briefanschlägen mit Anthrax. Damit erwischen sie uns.«

»Ist das für Sie ein Grund zur Besorgnis? Postsendungen öffnen?«

»Klar.« Sie reibt sich mit den Händen die Arme, als wäre ihr kalt. Ihr ist nicht kalt. Wenn ja, würde sie mich anweisen, die Heizung hochzudrehen, sofort. »Nur ein Idiot hat vor so was keine Angst. Wir sind so anfällig. Wir sind wie mit Blut gefüllte Ballons. Die kleinste Verletzung, die kleinste Bazille. Manchmal denke ich, wir sollten mit unserem eigenen unsichtbaren Kraftfeld durch die Gegend laufen. Alles Mögliche kann uns umbringen. Das Böse ist überall. Gucken Sie denn keine Nachrichten?«

Der anonyme Tod, der eine unter Tausenden, die symbolischen, repräsentativen, unpersönlichen Morde: Davor hat sie absolut keine Angst. Sie hat Angst vor dem Absichtlichen, dem Gezielten. Jemand müsste es speziell auf sie abgesehen haben. Das ist keine logische Einschätzung der Risiken, obwohl ich ihren Standpunkt verstehen kann. Wenn jemand dich umbringen will, sollte es wenigstens auch um *dich* gehen.

Sie beendet ihren Rundgang vor meinem Schreibtisch. »Was ist das?«

Ich weiß sofort, was sie meint. Mein Schreibtisch ist normalerweise leer wie jede Fläche hier und zu Hause in meinem Zimmer. Ich mag es karg, spärlich, minimalistisch. Unordnung tut meinen Augen weh. Charlotte und die Kinder, das Chaos macht mich wahnsinnig.

Manchmal spreche ich ein Machtwort. Als wir einzogen, hat Mum uns eine Garnitur Zierdeckchen geschenkt. Zierdeckchen. Sie waren in einem gestreiften Leinengeschirrtuch eingepackt, mit einem Holzlöffel, der die Schleife an Ort und Stelle hielt. Mir ist also klar, woher Charlotte das hat. Das Haus unserer Eltern – Gott, dagegen sind die Kitschläden in aller Welt harmlos. Bei ihnen finden Gemälde von Hunden, die Poker spielen, eine warme Zuflucht, jede Fläche steht voll mit Schäferinnenfigürchen und Kristallkoalas und Miniaturautos. Und natürlich Fotos. Neuere von den Kindern und ältere von uns dreien. Dad ist nie darauf, weil er immer das Foto macht. Man könnte meinen, meine Schwester und ich wären von einer alleinstehenden Mutter großgezogen worden, die dauernd Fotos mit Selbstauslöser gemacht hat. Und es bringt auch nichts, sich Hilfe suchend an Dad zu wenden. Trotz seines weltberühmten Sinns für Schönheit und seines angeborenen guten Geschmacks sagt er kein Wort zu Mum. Er lässt sie schalten und walten, wie sie möchte, seit eh und je.

Aber heute ist mein Schreibtisch nicht leer. Heute liegt eine alte Münze darauf, ein Schilling. Ich hätte ihn in die Schublade legen sollen, zu meiner Handtasche, gleich als ich kam. Ich weiß nicht, warum ich es nicht getan habe. Meine Theorie der Praxis erlaubt ein gewisses Maß an Selbstoffenbarung. Eine offene Reaktion kann bewirken, dass sich Klienten sicher fühlen, zumal Violets Verhältnis zu ihrem Vater der Kern ihrer Probleme zu sein scheint.

»Die Münze gehört meinem Vater. Er hängt sehr daran. Mum hat sie aus seinem Arbeitszimmer geschmuggelt. Ich lasse sie einrahmen, als Genesungsgeschenk von mir und meiner Schwester.«

»Komisch, an so was sein Herz zu hängen.«

»Er sagt, sie erinnert ihn an das Gute im Leben.«

»Geld? Das ist wirklich was Gutes. Da bin ich ganz seiner Meinung.«

Wenn sie wüsste, wie sehr sie danebenliegt. Er hängt einfach an dieser Münze. Sie wäre das Erste, was er mitnähme, wenn das Haus niederbrennen würde. Die Kunstwerke, Mums Schmuck, sogar seine Erstausgaben würde er den Flammen überlassen.

»Mich würde interessieren, an welche Dinge Sie Ihr Herz gehängt haben«, sage ich.

Sie antwortet nicht. Den Rest der Sitzung versuche ich, das Gespräch wieder auf ihren Vater zu lenken, ihren Mann, ihren Geliebten und ihre Gewohnheit, Dinge in Jackentaschen und offene Handtaschen zu stecken. Stattdessen redet sie über ein neues Nagelstudio, das in ihrem Viertel aufgemacht hat, über ihre Absicht, ihren Bruder mit einer ihrer Freundinnen zu verkuppeln, über eine Bekannte, die während des Urlaubs auf der Mornington-Halbinsel das Hotelfenster aufließ, und eine Ente flog rein und schiss auf ihr Gepäck, ohne Rücksicht darauf, dass es von Louis Vuitton war, weshalb sie alle dann am Abend aus Rache Ente bestellten.

Ich weiß nicht, warum sie mir solche Sachen erzählt. Ich weiß nicht, warum sie hier ist. Noch beunruhigender ist, dass ich nicht weiß, warum ich hier bin.

Schließlich ist die Zeit um, und ich fühle mich wie schon seit Monaten: wie ein Kind, das dem langatmigen Gerede des Lehrers zuhört, dann höre ich die Schulglocke klingeln und weiß, dass ich endlich nach Hause darf. Mein Herz macht einen Sprung; ich kann richtig spüren, wie es in seinem Käfig einen kleinen Hüpfer tut.

Violet schlüpft in ihre Schuhe und macht mit mir einen Termin für nächste Woche aus. Als wir uns verabschieden, sagt sie wie immer: *Ich fühl mich nach unserem Gespräch besser, Stanzi.* Ich winke, als sich die Aufzugtüre schließt, und humpele dann zurück in mein Sprechzimmer.

Am besten mache ich mir jetzt gleich Notizen. In der Gemeinschaftsküche, in der sich die schmutzigen Tassen von der Zahnarztpraxis nebenan türmen, koche ich mir einen Kaffee. Ich brauche etwas Zucker, um mich zu konzentrieren, deshalb ess ich ein paar Plätzchen aus der Packung in meiner Schreibtischschublade. Nach einer Sitzung mit Violet habe ich immer Hunger. Ich bin lang genug in der Branche, um mich mit der Macht der Suggestion auszukennen.

Wortassoziation: Violet.

Violet Crumble, mein Lieblingsschokoriegel.

Wo sind bloß all die Plätzchen hin? Ich habe gestern extra die mit Cremefüllung gekauft, die ekelhaften, die wie gesüßter Parmesan schmecken, damit sie nicht so schnell weg sind, und was hat das gebracht? Ich habe mich durch eine ganze Packung Cremeplätzchen gefuttert, die ich nicht mag, wo ich einen Kuchen hätte haben können. Verzicht ohne Sinn und Nutzen. Das Leben ist zu kurz für Cremeplätzchen. Ich könnte morgen in einem einstürzenden Wolkenkratzer stecken, und das alles wäre eine tragische Kalorienverschwendung gewesen.

Heute war ich produktiv. Ich hatte Sitzungen mit einer Auswahl meiner üblichen weißen Mittelschichtsklientel – meistens, aber nicht immer, Frauen mit einer schwindelerregenden Vielfalt von Vorstadtproblemen, die sich in der Regel auf folgenden Punkt bringen lassen: *Ich war immer ein braves Mädchen, aber das Leben hat seinen Teil der Abmachung nicht eingehalten. Als ich jünger war, dachte ich, ich würde etwas Besonderes werden. Ich dachte, es würde irgendwas passieren. Ich würde reicher werden oder hübscher oder berühmter oder mächtiger.* Oder (und das scheint ausschließlich auf Frauen zuzutreffen): *Ich bin wütend. Ich spüre, wie diese Wut in mir aufsteigt, und ich bin so verdammt wütend, ich könnte mit der Faust gegen die Wand schlagen. Meine Familie kann nicht der Grund für meine Wut sein. Ich liebe sie. Ich lebe für sie. Aber ich weiß nicht, auf wen ich sonst wütend sein könnte oder weswegen.*

Sie können die Wut nicht unterdrücken, diese Frauen: Sie trinken zu viel, sie begehen Ladendiebstähle, sie schlafen mit ihren Tennisdoppelpartnern, sie schreien ihre Kinder an, sie bezahlen jemanden dafür, dass er an ihren Augen oder Brüsten oder Mägen rumschnippelt. Sie kehren die Wut nach innen und entwickeln eine so tiefe Depression, dass sie nicht mehr aus dem Bett kommen. Die Frauen kommen zu mir und reden eine Weile mit mir und fühlen sich besser. Und wenn sie mit ihren Freundinnen oder ihren Männern reden, können sie sagen: *Meine Therapeutin sagt*, sodass jeder weiß, es liegt nicht bloß an ihnen, es ist nicht bloß irgendein Bedürfnis, über *mich mich mich* zu reden. Es ist ein echtes Problem, und zum Beweis haben sie eine echte Therapeutin.

Erst später, als ich langsam die Mary Janes von den Füßen streife und für die Wanderung zum Auto meine Sneakers anziehe, meine Termine für morgen checke und meine Handtasche packe, merke ich, dass die Münze meines Vaters weg ist.

Sobald ich im Auto sitze, rufe ich bei Charlotte im Laden an, schnell, ehe sie Feierabend macht und ich warten muss, bis sie mit dem Fahrrad zu Hause in der Rowena Parade angekommen ist. Sie will kein Handy haben, weil die Strahlung ihre Gehirnzellen töten könnte. Ich habe den Verdacht, dass dieser Zug bereits abgefahren ist.

Irgendein Hippie geht an den Apparat, und wie immer warte ich, weil im Hippieland Zeit relativ ist, wie Einstein sagte: Charlotte und ich sind zwar im Abstand von sechs Minuten geboren, aber manchmal hab ich das Gefühl, es waren sechs Jahre. Sie ist mit einer Kundin beschäftigt oder fegt den Fußboden mit einem Besen aus Freilandstroh, das eines natürlichen Todes gestorben ist, oder singt dem Weizengras »Kumbaya« vor, um es karmisch auszugleichen. Schließlich ist sie am Apparat, und ich frage sie so behutsam wie möglich.

»Du willst *was* wissen?«

Ich seufze. »Die Jahreszahl auf dem Schilling. Welche war das?«

»Wieso willst du das wissen?«

»Ich spiele mit dem Gedanken, über die Zufallsverteilung von Vorkriegsmünzen in Melbourner Vorstädten zu promovieren.« Der Verkehr ist ein Albtraum. Ich weiche einem Auto aus, das nach rechts rüberschwenkt, und streife fast einen Lkw. In solchen Momenten wünschte ich, ich hätte Blaulicht und Sirene.

»Hast du sie denn noch nicht vom Einrahmen abgeholt? Die haben gesagt, sie brauchen bloß eine Woche.«

»Ja. Deshalb rufe ich an. Ich hab sie abgeholt. Sie liegt vor mir. Ist wunderschön geworden. Polierte Holzleisten, in grünem Samt eingelassen. So wie wir's besprochen hatten.«

»Du hast sie noch nicht mal hingebracht. Stimmt's?«

An der Ampel schaue ich hinüber zu einer kuhartigen Frau im Auto neben mir. Sie starrt geradeaus, käut wieder, ihr Haar hat eine Farbe, die es in der Natur nicht gibt. Sie bemerkt mich nicht. Als die Ampel auf Grün springt, wechselt sie mit der Unbekümmertheit der Privilegierten auf meine Spur. »Nicht direkt«, sage ich.

Im Hintergrund höre ich Ladengeräusche: die leisen Stimmen von gelassenen Menschen, ein Klopfen, Metall, das über Metall gleitet. »Ich hab doch gesagt, ich würde es machen. Ich hab gesagt, ich würde in der Mittagspause zu dir rüberradeln und sie abholen und dann zum Einrahmen bringen.«

»Und ich hab gesagt, es ist einfacher, wenn ich das erledige. Ich habe ein mit fossilem Brennstoff laufendes Fahrzeug und mache mir keine Gedanken darüber, in welchem Maße ich zur Umweltverschmutzung beitrage.«

»Wenn du den Schilling noch nicht zum Einrahmen gebracht hast, kannst du die Jahreszahl doch einfach ablesen.«

Mir bleibt nichts anderes übrig. Ich erzähle, fast wahrheitsgemäß, von meiner schwierigen Klientin und ihrer Vorliebe fürs Klauen in Geschäften und von den Widrigkeiten meines Lebens im Allgemeinen.

»Verstehe«, sagt sie, und da ich sie schon mein ganzes Leben lang kenne, weiß ich, was *verstehe* bedeutet. »Da gibt es nur eins.«

»Was denn?« Ich biege von der Glenferrie Road in eine Seitenstraße und fahre an die Seite, dann nehme ich das Handy aus der Freisprechhalterung und drücke es mir ans Ohr. Ich wappne mich innerlich.

»Violet ist ein belasteter Name. Schlechtes Feng-Shui. Erinnert zu sehr an *violent*, klingt brutal. Sie sollte sich anders nennen. Vielleicht Viv, Viv ist ein hübscher Name.

Vivian. Das ist hell und freundlich. Dann kann sie ihre Initialen behalten. Es sei denn, ihr Nachname endet auf -on. Vivian Morrison. Vivian Davidson. Das würde nicht funktionieren. Vanessa ginge auch. Noch so ein luftiger Name. Leicht gewagt. Vanessa die Contessa.«

»Wow. Danke. Könnten wir uns jetzt bitte erst mal auf den Schilling konzentrieren und mir die Problemlösung überlassen? Ich bin dafür ausgebildet. Ich bin Profi.«

»Bist du dir ganz sicher, dass sie ihn mitgenommen hat? Er liegt nicht vielleicht irgendwo unter deinem Schreibtisch?«

Ich spüre, wie meine Lippen sich anspannen, die Augen schmaler werden. Sie meint: *Du hast sie vom Schreibtisch gestoßen, ohne es zu merken.* Sie denkt, ich habe ein so schlechtes Raumgefühl, dass mein Gehirn nicht weiß, was meine Hüfte macht. Dass ich eine plumpe, tollpatschige Regal-Remplerin bin, eine Gläser-Umkipperin, eine Nippsachen-Umstoßerin. Ich lehne mich zurück gegen die Kopfstütze. Ich will ein neues Auto, mit einer durchgehenden Sitzbank vorn und hinten und Heckflossen und einem Lenkrad, das so groß ist wie das Ruder der *Queen Elizabeth II*. Wieso ist alles in meinem Leben so klein und mittelmäßig?

»Oh. Mein. Gott. Du hast recht. Wie immer. Sie ist unter meinen Schreibtisch gefallen. Ich bin eine Vollidiotin, die nicht mal weiß, ob ihr ein unbezahlbares Familienerbstück unter der Nase weggeklaut wurde. Ein Wunder, dass ich überhaupt noch lebe, bei meinem IQ hätte ich doch längst das Atmen vergessen können.« Ich überlege, die Warnblinkanlage einzuschalten. *Warnung! Jeder Kontakt zur Fahrerin auf eigenes Risiko!* »Weißt du nun die Jahreszahl auf dem Schilling oder nicht?«

»Ich versteh noch immer nicht, warum du –« Sie

kreischt auf, als wäre sie von irgendwas gebissen worden. »Stanzi! Oh nein!«

»Oh nein, *was*?«

»Du kannst ihn nicht einfach durch eine andere Münze ersetzen! Er gehört Dad. Es muss genau der sein.«

»Charlotte. Es ist bloß eine Münze. Ich finde bestimmt eine mit derselben Jahreszahl in einem der Läden in der Flinders Lane.« Schweigen. »Charlotte? Charlie?«

»Das kommt absolut nicht infrage.«

Herrgott noch mal. Wieso in aller Welt bin ich ausgerechnet mit der Karma-Polizei verwandt? »Ach, komm schon. Das merkt er nie.«

»Darauf kommt's nicht an. Wieso siehst du nicht, dass es darauf nicht ankommt?«

»Es geht um ein Geldstück, das früher mal im Umlauf war. Es geht nicht um die Bundeslade. Die wurden millionenfach hergestellt. Ihre eigenen Mütter konnten sie nicht auseinanderhalten.«

Dann landet sie den Todesstoß. »Ich bin sehr enttäuscht«, sagt sie, und ich kann mir vorstellen, wie ihre Augenwinkel sich nach unten verziehen. Da sie »sehr« gesagt hat, vielleicht auch ihre Lippen.

»Na schön, meinetwegen. Ich fahr bei Vivian vorbei. Violet. Ich hol ihn zurück.«

»Stanzi. Wenn es ein anderer ist, merk ich das.«

Nachdem sie aufgelegt hat, sitze ich noch einen Moment da, das warme Telefon in der Hand. Ich stelle mir die Schallwellen vor, die durch die Luft pulsiert sind, sich durch die Blechmoleküle meines Autos geschlängelt haben, um dann die Straße entlangzusirren, wo sie sich mit weiteren Schallwellen von anderen Handys verbanden, die die ganze Stadt überfluten, ein unsichtbares Gitter, ein Netz von Nachrichten. Und was sind das für weltbewegende Botschaften, die dank einer Technologie übermittelt werden können, deren Entwicklung Abermillionen Dollar und unzählige Arbeitsstunden gekostet hat? *Haben wir noch Pesto da* und *Ich bin jetzt im Zug* und *Vergiss nicht,* Sex and the City *aufzunehmen.*

Ich denke an die Zeit zurück, als wir klein waren, als wir Teenager waren und dann in den Zwanzigern. Wenn jemand mich danach fragt, sage ich immer: *Dieses ganze mystische Zwillingsgetue ist Quatsch.* Oder: *Wenn ich eine übersinnliche Verbindung zu meiner Schwester hätte, glaub mir, das wüsste ich.* Oder: *»Psychotisch« trifft es eher.* All die Dinge, die sie irgendwie einfach wusste. Zum Beispiel einmal, als ich mir beim Fußballspielen den Arm gebrochen hatte und zu Hause anrief, aber Mum nicht da war, weil sie Charlotte wegen mysteriöser Schmerzen im selben Arm ins Krankenhaus gebracht hatte. Oder einmal, auf der Uni, als ich mit meinem Freund Schluss gemacht hatte, obwohl ich gedacht hatte, er wäre *der Richtige*, und dann zu Hause feststellte, dass sie das Gefrierfach mit fünf verschiedenen Sorten Eiscreme gefüllt hatte.

Zufall und Suggestionskraft, Märchen für leicht beeinflussbare Menschen. Alles Blödsinn.

Die Adresse in Violets Akte ist eine Wohnung in Kew – das Haus beigefarben, *neoedwardianisch* beziehungsweise nachgemacht georgianisch mit schwarzem schmiedeeisernem Tor und ohne Dachtraufen und mit an der Fassade hochgezogenem Efeu. Ich bin zweimal um den Block gefahren, finde aber keinen Parkplatz in der Nähe, sodass ich schließlich in die erstbeste Lücke steuere und einen winzigen Mars-Riegel verputze, den ich noch im Handschuhfach gefunden habe. Heutzutage brauchst du Lupe und Pinzette, um ein Mars zu essen. Schuld daran sind diese multinationalen Dreckskonzerne und ihr zynisches, profitgeiles Schrumpfen von ehemals normal dimensionierten Süßwaren.

Ich hatte keine Wahl. Ich musste herkommen. Wenn ich Violet anrufe und sie überreden kann, die Münze zurückzugeben, muss ich eine Woche warten. Bis dahin wird Dad gemerkt haben, dass sie weg ist. Mum wird lächeln und sagen: *Stanzi, Schatz. Meinst du nicht, du hättest Charlotte das erledigen lassen sollen? Wir wissen, wie beschäftigt du bist.* Was auf Mutterisch so viel heißt wie: *Deine Schwester liebt uns mehr als du, und überhaupt, du bist eine schlechte Tochter.* Oder vielleicht weiß er schon, dass die Münze weg ist. Mum kann einfach kein Geheimnis bewahren. Oder noch schlimmer: Die Ärzte liegen falsch, und der Schrittmacher funktioniert nicht. Das Genesungsgeschenk wäre ziemlich sinnlos, wenn er nicht mehr lange genug durchhält, um es entgegenzunehmen.

An der Haustür habe ich Glück. Einem Pizzalieferanten ist gerade per Summer die Tür geöffnet worden, und er hält sie für mich auf, sodass ich nicht klingeln und über die Sprechanlage den Grund meines Besuchs erklären muss. Wir fahren zusammen im Aufzug hoch, und ich rieche nur noch Peperoni und geschmolzenen Käse, ölig und scharf und absolut unwiderstehlich. Pizzageruch ist wie radioaktiver Abfall: Er ist wahrscheinlich schon in den Stoff meiner Kleidung gedrungen, und ich muss alles chemisch reinigen lassen, sonst krieg ich jedes Mal Heißhunger, wenn ich dieses Outfit trage. Es ist nach sieben, und ich hab bisher bloß eine Banane und einen Latte mit fettarmer Milch und dann um elf noch einen Muffin zu mir genommen. Für Mungobohnen-Charlotte mag das kein Problem sein. Ich hab einen effizienten Stoffwechsel. Früher, als der Mensch noch in Höhlen lebte, hätte sie den ersten harten Winter nicht mal bis zur Hälfte überlebt. Der Pizzatyp schafft es mitsamt Schachtel unversehrt aus dem Aufzug. Er ahnt nicht, was für ein Glück er hat.

Ich folge ihm den geschmackvollen Korridor entlang zu Violets Wohnung. Violet und Pizza, das passt nicht zusammen. Ich bleibe auf nicht bedrohliche Art ein wenig zurück und hole tief Luft, doch als die Tür aufgeht, kommt nicht Violet zum Vorschein, sondern ein Mann, der wohl Anfang vierzig ist, kurzes Haar mit grauen Schläfen. Er ist ausgezeichnet in Form; er steht so, wie fitte Leute das tun, als könnten die Muskeln den Körper ganz allein aufrecht halten, ohne Unterstützung durch die Knochen. Menschen, die Sport machen, sind so naiv. Sie denken, sie leben länger. Tja, ich wünsche ihnen viel Glück. Schade, dass die meisten von ihnen nicht intelligent genug sind, um zu erkennen, dass die Zeit, um die sich ihr Leben verlängert, wenn sie achtzig sind und zu alt, um damit irgendwas Produktives anzufangen, ungefähr all der Zeit entspricht, die sie im Fitnessstudio vergeuden, wenn sie jung sind und imstande, sich zu amüsieren.

Es findet ein rascher Pizza-Geld-Austausch statt, und als der Mann sich bedankt, beuge ich mich vor und sage: »Entschuldigen Sie.«

»Ja?« Einen Moment lang zieht sein Mund ein Lächeln in Erwägung.

Kann ich ein Stück haben? »Ich möchte zu Violet Church. Hab ich vielleicht die falsche Adresse?«

Er sagt, sie sei nicht zu Hause, und bietet an, ihr etwas auszurichten. Ich sehe Violet seit fast einem Jahr einmal die Woche. Dieser Mann ist zu jung, um der alte Ehemann zu sein oder der noch ältere Liebhaber.

»Kommt sie bald nach Hause?«

»Sind Sie eine Freundin von ihr?«

Wir könnten den ganzen Abend in dem Stil weitermachen. Einer von uns muss klein beigeben. Er sieht fit aus. Er hält die Pizzaschachtel, als wäre sie federleicht. Ich fühle mich schwach vor Hunger.

»Mein Name ist Stanzi Westaway. Ich muss kurz mit ihr sprechen. Sie kennt mich.«

Seine Mundwinkel ziehen sich nach unten. Er sagt meinen Namen, dreht und wendet ihn im Mund, als würde er eine Fremdsprache lernen. »Kommen Sie doch rein«, sagt er.

Ich bedanke mich, bewundere die Diele, die in einem anderen Beigeton gehalten ist, bestehe darauf, dass er sich nicht vom Abendessen abhalten lässt. »Pizzas schmecken kalt nicht so gut. Die Sardellen werden pappig. Lassen Sie sich von mir nicht stören.«

Er lacht, wenn man es so nennen kann. »Die hier?« Er hebt die Schachtel. »Die ist nicht für mich.«

Er stellt sie in der Küche auf die Marmortheke, ohne auch nur einen Blick hineinzuwerfen, führt mich ins Wohnzimmer und bedeutet mir, auf einem Zweiersofa in der Farbe von Haferbrei Platz zu nehmen. Dann fragt er, als ich mich gerade hinsetze: »Was ist das für ein Name, Stanzi?«

»Ein ganz normaler. Kurz für Constance.«

Er nickt, als hätte meine Antwort ihm irgendwas verraten. »Gut bezahlt, was? Die Arbeit als Therapeutin?«

»Wie, sagten Sie, ist Ihr Name?«

»Ich habe ihn noch gar nicht gesagt. Len Church. Violets Vater.«

Sieh an, sieh an. Ehe ich etwas erwidern kann, höre ich die Wohnungstür aufgehen. »Daddy?«, ruft Violet.

»Ich bin hier, Baby«, sagt er. »Du hast Besuch.«

Violet hat den Olivia-Newton-John-Stil gewählt: pastellfarbener Gymnastikanzug, hoher Pferdeschwanz, flauschige Schweißbänder. Als sie mich sieht, lässt sie ihre Sporttasche fallen, die klatschend auf dem Parkett landet. »Oh«, sagt sie. Ich sage Hallo und winke. Sie winkt nicht zurück. Dann sagt sie: »Ist die Pizza gekommen?«

Er zeigt Richtung Küche, und wir warten schweigend, während sie verschwindet und mit vier Stücken auf einem Teller zurückkommt: zwei unten und darüber zwei mit dem Boden darüber. Pizzasandwiches. Ich frage sie, ob ich kurz mit ihr reden könne, allein.

Len kneift die Augen zusammen, rutscht tiefer in seinen Sessel und legt die Fingerspitzen zusammen wie ein James-Bond-Bösewicht. Violet zuckt mit den Achseln und setzt sich auf die breite Armlehne seines Sessels, lehnt sich zurück, einen Arm über seine Schulter gelegt.

»Ich erzähl's ihm sowieso, wenn Sie weg sind.«

»Also schön«, sage ich. »Gut zu wissen, wie die Dinge liegen.«

Ich hole tief Luft, und dann führe ich behutsam und umständlich aus, auf eine Art, die unmöglich beleidigen kann, wie leicht man Dinge fallen lassen kann und wie nachlässig ich bin, wenn es darum geht, etwas wieder dahin zurückzulegen, wo es hingehört, bei den vielen Sachen in meinem Büro, und dass die Münze verschwunden ist, die ich ihr erst vor wenigen Stunden gezeigt habe. »Ich dachte, Sie haben sie vielleicht gesehen. Sie könnte in Ihre Handtasche gefallen sein oder in Ihre Jackentasche. Ich könnte sie aus Versehen vom Schreibtisch gewischt haben. Sie gehört meinem Vater. Sie ist ihm sehr wichtig.«

Violet starrt mich an, mit den Augen einer anorektischen Muppet-Puppe. Sie wirkt so verwundert, als würde ich Urdu sprechen. *Na bitte*, denke ich eine Sekunde lang. Dieser leere Blick ist eine Art Geständnis. Der Schock, dass sie erwischt und zur Rede gestellt worden ist, nach all der Zeit, nach all dem, was sie gestohlen hat. Dann schnaubt sie und lacht und hält sich die Hand vors Gesicht.

»Als ob ich so was Lächerliches klauen würde. Eine dreckige alte Münze. Was ist die wert? Nichts.«

»Ich wollte nichts unterstellen.«

»Nur zu Ihrer Information, ich bin Anwalt«, sagt Len.

»Was auch sonst«, sage ich.

Violet kichert bei dem Gedanken, sie könnte ihre Habgier und ihr Geschick für so etwas Albernes vergeudet haben, und mit einem Schlag weiß ich, dass die Münze nicht hier ist, nicht in Violets Handtasche oder Jackentasche oder verborgen in ihrem BH. Sie ist in meinem Büro, auf dem Boden unter meinem Schreibtisch, hochkant in meinem dicken Teppich. Genau da, wo Charlotte sie vermutet hat.

»Tut mir leid, dass ich Ihre Zeit verschwendet habe.« Ich stehe auf, eine Hand an meiner Handtasche.

Violet und Len stehen nicht auf. »Schatz.« Er nimmt ihre Hand und schließt die Finger um ihre Krallen. »Ich freu mich, dass du mit jemandem redest. Ich bezahle alles, was du dir wünschst. Aber sei ehrlich, bringt es dir wirklich was, zu dieser Frau zu gehen?«

»Und ob.« Violet lächelt mich verschwörerisch an. »Es bringt was. Jedes Mal, wenn ich bei ihr bin, fühl ich mich deutlich besser. Ich bin ihr richtig dankbar.«

Ich spüre auf einmal eine tiefe Zuneigung zu dieser dürren kleinen Person. Ich bin in der Absicht hergekommen, sie des Diebstahls zu bezichtigen, unsere Therapeutin-Klientin-Beziehung zu verletzen, und jetzt verteidigt sie mich gegenüber ihrem Plastikvater. Ich könnte sie fast umarmen.

»Danke, Violet. Schön, dass Sie das sagen.«

»Es stimmt. Jedes Mal, wenn ich Stanzi sehe, denke ich im Stillen: Ganz egal, was für Probleme ich habe, was sonst noch so alles in meinem Leben verkorkst ist.« Sie lächelt, und es ist das liebste, wärmste Lächeln, das ich je gesehen habe. Und dann sagt sie: »Wenigstens bin ich nicht fett.«

Und ich erstarre, stehe da, ein kolossales Abbild meiner selbst, aus Granit gehauen, die massige Hand auf der Tasche, die gewaltigen Beine halb gespreizt, als wollte ich gerade zur Tür gehen. Damals, als ich noch gehen konnte. Sogar mein Gesicht ist versteinert. Es bewahrt den Anschein eines warmen Lächelns, doch die Muskeln sind dazu verdammt, bis in alle Ewigkeit so zu verharren.

Violet steht auf. »Ich bring Sie zur Tür.« Dann fällt ihr Blick auf den Teller mit Pizza auf dem Couchtisch. Sie klappt die obere Hälfte um, sodass das Innere zum Vorschein kommt. »Ich bestelle immer zu viel. Es tut mir einfach leid, wissen Sie, wenn der Fahrer den ganzen Weg herkommt, bloß für eine kleine Pizza. Das lohnt sich doch für ihn gar nicht.«

Der Käse auf der Pizza ist hart geworden. Die Salamischeiben sind rund und glänzen hübsch rosa. Es könnten Schmuckstücke sein. Die Tomate sieht aus wie Rost. Mit einem Mal wundert es mich, dass so was überhaupt als essbar betrachtet wird.

Violet lächelt mich an. »Möchten Sie den Rest mitnehmen? Es ist eine Schande, Essen zu verschwenden, finden Sie nicht? Na los. Nehmen Sie schon. Sonst landet alles im Mülleimer.«

Ich sitze im Haus meiner Eltern in Malvern mit meiner Mutter in der Küche. Ich habe nur eine verschwommene Erinnerung daran, mich verabschiedet zu haben, hierher gefahren zu sein. Ich will nur hoffen, dass ich nicht geheult habe, ehe sich Violets Wohnungstür hinter mir schloss. Möglicherweise hab ich sie Vivian genannt.

Ich bin zurück in die Praxis gefahren, hab mich neben meinem Schreibtisch auf den Teppich gekniet – am Stuhl festhalten, schön langsam, erst ein Knie, dann das andere – und mit den Fingern den Flor durchgeharkt, bis ich die Münze fand. Sie ist in meiner Faust, in meiner Jackentasche, klebt an meinen schwitzigen Fingern. Ich weiß nicht, wie lange ich auf dem Teppich gehockt habe, bis ich endlich mühsam aufgestanden bin, aber jetzt bin ich hier. Es ist spät. Die Küchentapete ist mit orangenen Obstkörben bedruckt: orangene Orangen und orangene Birnen und orangene Trauben auf einem psychedelisch orangenen Hintergrund. Meine Mutter hat mir Tee mit Zitrone gemacht, stark und süß. Von der Arbeitsplatte starrt mich ein Foto von Charlotte und mir als junge Frauen an, die Arme umeinandergelegt, grinsend. Ich bin nicht auffällig dick, aber Wangen und Hals sind von einer gewissen Rundlichkeit, die meine Zukunft erahnen lässt. Charlotte sieht genauso aus wie heute. Sie trägt Mums Amethyst-Anhänger, also muss das Foto nach unserem achtzehnten Geburtstag entstanden sein. Ich rutsche hin und her. Diese Stühle sind unbequem, obwohl sie gepolstert sind, meine Oberschenkel hängen über die Seiten.

»Möchtest du lieber was anderes?« Mum trägt ihren Morgenmantel, den ich für sie gekauft habe, den mit den Ärmelaufschlägen aus Satin. Sie hat ihn fest um ihre schlanke Taille gezogen und mit einer Schleife zugebunden. Ihr Haar ist dünn und hat diesen Lilaton, der typisch ist für kleine alte Ladys. Ich halte ihre Teetasse mit einer Faust umfasst; ein fester Druck meiner Pranke, und sie würde zerspringen. Das Porzellan ist eierschalendünn, fast durchscheinend, und alt. So alt, dass ich mich frage, wie viele Hände die Tasse wohl schon gehalten haben, wie viele Lippen sich genau dort angeschmiegt haben, wo meine sein werden. Küsse von Fremden, von weit her via Porzellan übersandt. Ich hebe die Tasse und halte sie mir an die Stirn, dann an die Wangen, und die Wärme scheint den starken Schmerz in meinem Kopf zu lindern. Es ist spät, ich weiß. Meine Mutter hatte ihren Morgenmantel schon an, als sie mir die Tür öffnete. Ich sollte sie ins Bett gehen lassen.

»Mum«, sage ich.

»Bist du hungrig? Willst du was essen? Toast? Im Gefrierschrank steht noch Kürbissuppe. Braucht nur fünf Minuten in der Mikrowelle.«

Ich schüttele den Kopf, und sie wartet, wie das so ihre Art ist. Sie trinkt ihren Tee und blickt nirgendwohin, als ob sie mit sich und der Welt im Reinen ist, als ob alles, was sie sich je gewünscht hat, in Reichweite ist und es nichts zu suchen gibt, nichts zu tun. Gerahmte Fotos von uns an den Wänden, auf der Küchenarbeitsplatte, auf dem Büfett. In ihrer Jugend besaß sie eine strahlende Vollkommenheit, die sogar noch von den alten Fotos ausgeht, den Schwarz-Weiß-Fotos von ihr allein. Und dieses Lächeln! Selbst jetzt, wenn sie lächelt, gibt es nur dich auf der ganzen weiten Welt, und du kannst nicht anders, als zurückzulächeln.

Jetzt ist ihr strahlendes Gesicht ein kleiner verschrumpelter Apfel, rote Wangen, gespielte Entrüstung und ein listiges schiefes Lächeln. Bei entsprechendem Licht würde sie als Mitte fünfzig durchgehen. Sie hat ein zauberhaftes

Leben gehabt. Ist als Einzelkind bei ihrem Vater aufgewachsen, der kurz vor ihrer Heirat starb, ein herzensguter Mann, der sie über alles liebte. Dad war ihr erster Freund und ihre einzige Liebe; sie wechselte von der Obhut eines Mannes schnurstracks ins Bett eines anderen. Wenn du schön bist, ist das Leben leicht. Irgendwer kümmert sich immer um dich.

Die Tür schwingt auf. »Stanzi!«, sagt Dad. Er trägt einen altmodischen Pyjama mit blauen Streifen, die obligatorische Bettuniform eleganter Senioren. Tagsüber sieht er noch immer rüstig aus, *keinen Tag älter als fünfundsiebzig*, wie er sagt, aber jetzt wirkt er zerbrechlich und verwundbar, fast wie ein kleiner Junge, der darauf wartet, ins Bett gebracht zu werden. Schon allein sein Anblick geht mir zu Herzen.

»Ich hab dich gar nicht kommen hören. Wie geht's dir, Schätzchen? Stanzi?«, sagt er. Nicht: *Hast du geweint?* oder *Weißt du eigentlich, wie spät es ist?* oder: *Machst du deiner Mutter etwa Sorgen?* Er beugt sich vor, legt seinen Arm um meine Schultern und gibt mir einen Kuss. Mein Vater küsst zur Begrüßung und zum Abschied. Freunde, Familie und beliebige Fremde. Ich rühre mich nicht. Durch den Flanell kann ich seine Wärme und Knochen und Sehnen spüren. Ich hebe nicht mal meinen üppigen Arm, um seine Hand zu berühren. Ich möchte ihm sagen, dass es mir gut geht, dass alles in Ordnung ist. Ich schaue Mum an.

»Schlaf gut«, sagt Mum.

»Was?«, sagt er. »Wieso?«

»Später«, sagt Mum.

»Hab ich irgendwas gemacht? Ich kann es rückgängig machen. Oder aber, falls ich nichts gemacht hab, kann ich was tun. Ihr werdet schon sehen.«

»Es ist nichts, Dad.«

»Ich kann helfen, was immer das Nichts ist«, sagt er. »Ich bin Experte in nichts. Wenn jemand mal Hilfe bei nichts braucht, ruft er mich an.«

»Kip«, sagt Mum. »Bis morgen früh.«

»Geheime Frauensache, was? Tut doch einfach so, als wäre ich ein Mädchen. Ein etwas stark behaartes Mädchen.«

»Gute Nacht, Dad.«

»Das ist nicht fair. Das ist Diskriminierung, schlicht und einfach«, sagt er.

Normalerweise würde er noch länger bleiben und uns mit diesem alten Witz von ihm aufziehen. Als wir klein waren, fanden Charlotte und ich es immer schön, wenn er sich zu uns auf den Boden setzte und mit Puppen spielte. *Dass ich ein Junge bin, heißt noch lange nicht, dass ich nicht auch ein prima Mädchen abgeben könnte*, sagte er dann, und wir lachten über unseren albernen Vater, der so ganz anders war als die Väter unserer Freundinnen. Dad ist kein bisschen feminin, und das war natürlich der Witz an der Sache – wenn sich dieser große Kerl mit der schiefen Nase, die nach einem Bruch nicht gerichtet worden war, den riesigen Schuhen und breiten Manschetten zu uns auf den Boden hockte. Seine Prankenhände zogen kleine Puppen an, wiegten eine in den Schlaf, bürsteten einer anderen die Haare. Aber dies ist nicht der Zeitpunkt zum Spielen. Dad wirft einen Blick in das Gesicht meiner Mutter und gibt auf.

»Dann sag ich mal Gute Nacht, meine wunderschönen Mädchen.«

Er sagt das mit einem gewissen Unterton. Er sieht mich, aber er sagt es trotzdem. Ich blicke auf die Fotos ringsum: auf all die Alecs und Libbys, die Mums, Charlottes und mich. »Ich bin nicht wunderschön«, sage ich. »Mum und Charlotte ja, aber ich nicht.«

Er folgt meinen Augen. »Familienfotos aus fünfzig Jahren, aber keines von Connie. Wenn du sie gekannt hättest, würdest du's sehen. Du siehst aus wie sie. Wunderschön.«

Er gibt mir einen Kuss auf den Kopf, schlurft dann durch die Diele davon. Mum und ich sitzen noch eine Weile schweigend da, dann bricht es aus mir heraus, ohne dass ich sagen könnte, woher.

»Es sollte nicht wichtig sein, wie ich aussehe. Was spielt das für eine Rolle? Das macht mich nicht aus. Wieso soll mich interessieren, was andere denken? Wieso soll ich aussehen wie alle anderen?«

»Natürlich macht es dich aus. Es ist dein Körper, Stanzi, nicht der von jemand anderem. Deshalb ist er Teil von dem, was dich ausmacht. So ist das nun mal.«

»Ich fühl innerlich aber nicht so.«

Sie schenkt sich frischen Tee ein. Ihre Augen sind von einem ausgewaschenen Blau. Ich kenne ihre Augen. Sie schauen mich schon mein ganzes Leben lang an. Ihnen entgeht nichts.

»Das ist schade«, sagt sie. »Das Allermindeste, was wir uns erhoffen können, ist Selbsterkenntnis.«

»Ich komm kaum eine Treppe hoch. Meine Oberschenkel bluten, weil sie aneinanderscheuern. Die Füße tun mir weh. Ständig.«

»Ich weiß.« Sie beugt sich vor und zupft mir eine Fluse vom Blazer. »War jemand gemein zu dir?«

Ich bringe bloß ein Nicken zustande.

»War es jemand, an dem dir was liegt? Jemand, dessen Meinung dir wichtig ist?«

Ich denke an Lolita-Barbie, ihre spitzige kleine Nase,

ihren spitzigen kleinen Verstand, ihren Vater mit dem Gummigesicht. »Nein«, sage ich. »Niemand, an dem mir was liegt.«

»Eine Frau, was? Eine gemeine Frau. Klar.« Sie schiebt sich in einer dramatischen Geste die Ärmel ihres Morgenmantels hoch und fuchtelt mit ihrer kleinen Faust vor meinem Gesicht. »Ich steige jetzt ins Auto und fahre zu ihr nach Hause und klingle Sturm, und dann kriegt sie was von mir zu hören. Sie und ihre nichtsnutzigen Eltern. Manche Leute sind einfach schlecht erzogen, mehr nicht.«

Ich lächele. Ich kann nicht anders. Als ich klein war, saß ich gern auf ihrem Schoß, das Gesicht an ihren Hals geschmiegt, während sie mich umarmt hielt. An manchen Abenden konnte ich nur so einschlafen. Sie roch nach Babypuder und rohen Zwiebeln. Ich würde mich jetzt gern wieder an sie schmiegen, aber wenn ich mich auf ihren Schoß setze, landet sie auf der Intensivstation.

»Ich bin fünfunddreißig. Du kannst nicht die Eltern von jedem, der gemein zu mir ist, zur Schnecke machen.«

»Wieso nicht? Ich erinnere mich noch an Sharon Lisette, als ihr in der dritten Klasse wart. Sie war auch fies zu Charlotte. Charlotte die Kokotte, hat sie sie gerufen. Und was hat sie noch mal zu dir gesagt? Con Con stinkt nach Tampon? Ich hab mich bei ihrem Vater über ihr unflätiges Mundwerk beschwert. Du bist nie zu alt, um jemandes Kind zu sein.«

Charlotte und ich waren die Kinder von Eltern, die einander offensichtlich über alles liebten. Als Teenager begriff ich dann, was für ein Fluch das ist. Es bedeutet nämlich, dass ich nie so eine Ehe haben werde. Es ist schier unmöglich, jemanden zu finden, der mich so sehr liebt, ein absurder Gedanke, dass der Blitz in ein und derselben Familie gleich zweimal einschlagen könnte.

Und was habe ich schon für Möglichkeiten? Ich weiß, dass es da draußen Männer gibt, die auf vollschlanke Frauen stehen. Ich weiß, es gibt Fetischisten und Feeder, Menschen, die an meinen Polstern und Rundungen ihre Freude hätten. Doch ich will genauso wenig wegen meines Körpers geliebt werden wie trotz meines Körpers. Und die Nagelprobe für meine Akzeptanz und Selbstachtung, meine einzige Chance auf ein authentisches Leben? Die Wahrheit ist, dicke Männer törnen mich ab.

Mum streichelt meine Hand. »Willst du wirklich keine Suppe? Du fühlst dich doch immer gleich wieder besser, wenn du was isst.«

In meiner Faust liegt heiß das Ding, das mir den ganzen Ärger eingebrockt hat. Ich drehe die Münze auf der Handfläche um, und meine Finger streifen Mums.

Vielleicht ist ein Blitzschlag nicht die beste Analogie für Liebe. Vielleicht ist Liebe eher wie eine Münze: Sie wandert von Mensch zu Mensch, ständig, verbindet Menschen innerhalb einer Familie und um die halbe Welt, über Ozeane hinweg. Wenn wir den Weg einer einzelnen Münze nachzeichnen würden, den Weg, den sie zurückgelegt hat, würde sie uns mit allen möglichen Fremden verbinden.

»Einen Butterkeks? Nein?«

Scheiße, Scheiße, Scheiße. Mit einem Mal sehe ich es.

Nicht Violet war für den Bruch in unserer Beziehung verantwortlich. Ich war es. Ich habe die Grenze überschritten. Ich habe Violet zu Hause aufgesucht und damit meine eigenen Bedürfnisse über die der Klientin gestellt. Ein schwerwiegender Verstoß gegen mein Berufsethos. Ich kann diesen Beruf nicht länger ausüben. Nicht einen Tag.

In der Küche meiner Mutter zieht es, weil ein Fenster

aufgelassen wurde. Ich fröstele: Es läuft mir kalt über den Rücken.

»Es ist später, als ich dachte«, sage ich. »Zeit, dass ich mich auf den Weg mache.«

Jack

Als ich ein paar Stunden später wach werde, steckt mein Kopf zwischen Wand und Matratze. Meine Füße hängen über die Bettkante. Das zweite Kopfkissen ist im Laufe der Nacht auf den Boden gefallen, und das gusseiserne Gestell drückt kalt und hart gegen meine Wade. Ich bin es gewohnt, auf einer Matte oder Pritsche zu schlafen, aber dieses Bett ist kaum breiter als meine Schultern. Wenn ich mich einmal zu weit oder zu schnell drehe – wenn ich träume, bin ich wieder mitten zwischen den Pferden und Schafen und überquere im Zickzack die Koppel –, kippe ich vom Bett und lande mit dem Gesicht nach unten auf dem Linoleum. Drüben auf der anderen Seite des Zimmers, mindestens einen Meter entfernt, steht der kleine Stuhl mit meinen Klamotten darauf. So ist er immerhin für was gut. Er würde mein Gewicht nie und nimmer tragen.

Ich bin nun seit Monaten wieder zu Hause, und sie haben unten einen Laden voll mit Betten und Matratzen und Stühlen. Im Nu könnten Möbel von der richtigen

Größe hier oben sein. Aber sie sprechen das Thema nicht an. Anscheinend bin ich der Einzige, der gemerkt hat, dass ich gewachsen bin. Und ich sage auch nichts. Dieses Gulliver-Leben entspricht meiner Stimmung, ein Fremder in einem fremden Land.

Es klopft an der Tür. »Jack«, sagt sie. »Bist du wach?«

Ich sehe vor mir, wie sie durchs Schlüsselloch späht. Seit fast zehn Minuten tigert sie auf dem Flur hin und her, malt sich aus, was sie vielleicht unterbricht. Sie weiß nicht, wie sie einen erwachsenen Mann bemuttern soll.

»Ja.« Leise, aber sie wird es schon hören.

»Ich weiß, es ist Sonntag, Schatz. Aber wir schlafen nicht so lange. Normalerweise nicht.«

Sonntag oder nicht, jeden Morgen, seit ich zu Hause bin, klopft sie gegen sieben und sagt: *Wir schlafen nicht so lange.* Sie denkt, mir gefällt das, mein halbes Leben in diesem Klein-Jungen-Zimmer zu verschlafen. Sie fürchtet, ich sei faul geworden, obwohl ich im Laden mithelfe, den ganzen Tag Möbel schleppe, reinige und repariere. Sie kennt mich nicht. Nicht im Geringsten.

»Jack? Kommst du mit uns zur Kirche?«, fragt sie.

Mum und Dad hatten seit meiner Taufe keine Kirche mehr von innen gesehen, aber das änderte sich schlagartig, als der König alle bat, fürs Empire zu beten – darum zu beten, dass wir Deutschland schnell und endgültig besiegen. Seitdem gehen sie jede Woche, und sie sind nicht allein: St. Stephen's ist gerappelt voll. Das ist noch so etwas, das ich an dieser Stadt nicht verstehe. Wenn die Macht des Gebets groß genug ist, um Hitler in Schach zu halten, hätte sie sich doch schon früher als nützlich erweisen müssen.

»Heute nicht«, sage ich zur Tür. Ihre Schritte verklingen.

Man erstickt fast hier drinnen. Das Fenster ist zugenagelt. Als ich am ersten Abend von unten einen Hammer holen wollte, um die Nägel rauszuziehen, sagte Mum: *Nein, Jack, bitte nicht.* Ihr Gesicht verzog sich zu einem Knäuel aus Falten. Sie sah genauso aus wie meine Mutter, bloß älter. *Bei all den Wertsachen, die wir unten haben, und ich hab gehört, Einbrecher steigen auch durch Fenster im ersten Stock ein.* Damit war das Thema vom Tisch.

Es ist nicht nur dieses Zimmer, nicht nur dieses Haus. Sogar der Himmel hängt zu tief. Man sieht keine weiten, sonnenbeschienenen Ebenen. Unser Teil von Richmond hier auf dem Hügel ist eine Insel. Ich kann über die Dächer blicken, ein Durcheinander von Schindeln und rostigem Blech, das von Steinbrocken, Ziegeln und Benzinkanistern beschwert wird. Eine Armeleutefarm, ein endloses Feld aus kleinen Stücken. An jedem zweiten Zaun fehlen Latten, die im letzten Winter oder dem davor als Brennholz verwendet und nie ersetzt wurden. Reklametafeln an jeder Ecke, sodass kein Mensch ungestört seinen eigenen Gedanken nachhängen kann. Die Kargheit, die Hässlichkeit, die bedrückende Enge.

Ich verstehe beim besten Willen nicht, warum alle hierbleiben. Wissen sie nicht, was außerhalb der Stadt ist? Ein paar Stunden mit dem Zug, und ihre Lunge würde sich mit reiner Luft füllen, ihre Schultern würden sich entspannen, ihnen würde das Herz aufgehen.

Das Viertel erwacht. Ein paar Bäume kämpfen gegen den grauen Asphalt, schlaff in der flirrenden Hitze.

Gegenüber, in dem kleinen Nachbargarten, sehe ich eine junge Frau. Sie trägt eine Schürze und jätet Unkraut im Gemüsebeet. Sie kniet auf dem Boden, beugt sich vor, um irgendwas aus der Erde zu zupfen, lehnt sich zurück, sodass ihr Gewicht auf den aneinandergelegten Füßen ruht. Sie steht auf und nimmt die Gießkanne, streckt den Arm aus, um die Stangenbohnen hinten am Zaun zu erreichen. Sie ist dunkelhaarig, schlank und blass, ein Bäumchen, das sich vom Gewicht des Wassers biegt. Sie hebt die Kanne hoch. Das Wasser schießt im Bogen heraus, und ihr Körper richtet sich auf. Als sie mit Gießen fertig ist, fängt sie an, mit einer Grabgabel Kartoffeln aus der Erde zu holen. Es ist ein Wunder, dass in diesem miesen Boden, der mit Fabrikqualm durchtränkt und mit Unrat übersät ist, überhaupt irgendwas wächst. Sie reibt jede Kartoffel zwischen den Handflächen, als würde sie Wolle spinnen oder mit einem Stock Feuer machen. Wenn ihr die Kartoffel sauber genug ist, steckt sie sie in die Schürzentasche.

Die junge Frau ist Connie Westaway. Wir haben zusammen gespielt, bevor ich aufs Internat musste. Ihre Brüder sind zu jung für die Armee, und Kip arbeitet tagsüber für meinen Dad, ein gutes Werk meiner Eltern. Ich kann mich kaum noch an Connie Westaway erinnern.

Jetzt wischt sie sich die Hände an der Schürze ab. Jetzt hat sie den Besen genommen, der an der Rückwand des Hauses lehnt, und fegt den Weg, der zum Abfallbrennkorb führt. Ich bin fertig mit Anziehen. Ich sollte nach unten gehen. Mum hat sicher schon das Frühstück fertig, oder schlimmer noch: Sie steht am Herd und wartet auf meine Bestellung, als ob eine getippte Speisekarte auf dem Tisch läge. Aber ich stehe hier, die Hände auf der Fensterbank, und sehe in den Nachbargarten. Connie bewegt die Füße beim Fegen: eins, zwei, Seitwärtsschwenk.

Jetzt bleibt sie stehen. Spricht sie mit dem Besen? Sie hält ihn locker zwischen Daumen und Zeigefinger, während ihre andere Hand sich zur Brust hebt. Ich kann es von hier aus so gerade eben erkennen: Sie lächelt. Sie macht einen Knicks. Allen Ernstes, die Frau hat vor einem Besen einen Knicks gemacht, als wäre sie auf einem Ball oder in einem alten Roman. Wie gern hätte ich jetzt ein Fernglas. Ich schirme die Augen mit den Händen ab, um sie besser sehen zu können. Jetzt legt sie die andere Hand ans obere Ende des Besenstiels und hebt den Blick.

Ich fass es nicht. Sie tanzt!

Einen Fuß vor, dann den anderen. Den linken Fuß zur Seite, dann den anderen, so tänzelt sie zum Zaun, dann zurück zum Gemüsebeet, mit der einen Hand hält sie den Besen, mit der anderen ihren Rock. Jetzt wirbelt sie herum, sodass ihr Rock hochschwingt, wie in einem von ihr selbst erzeugten Wind. Um die Stange der Wäscheleine herum, auf der anderen zurück. Gut einen Meter vom Zaun entfernt in der Ecke zu unserem Grundstück steht eine junge Lilly-Pilly: Sie tanzt drum herum und streicht mit den Händen über den glatten Stamm. Auch wenn ich hier am Fenster stehe, die Hände flach an der Scheibe, spüre ich doch die Rinde an meiner Haut. Connie tanzt zurück, und ich sehe ihre Füße, flink, in kleinen schwarzen Stiefeln. So, wie sie sich bewegt, kann ich förmlich die Musik hören, als würde hinter dem Zaun ein zwölfköpfiges Orchester spielen. Die Klavierkadenz, während sie den Oberkörper vorbeugt, jetzt ein anschwellender Streicherchor. Während ich Connie beim Tanzen zuschaue, wie sie ihren Körper wiegt, den weißen Hals dreht, strömt mir die Musik durch die Adern.

Dann merke ich: Auch ich schwanke hin und her. Hätte ich hier mehr Platz, würde ich eine Jig tanzen. Sie hat die Freude des Morgens in sich, als wäre sie der einzige Mensch in Melbourne, der überhaupt weiß, dass ein neuer Tag begonnen hat. Stunden könnten vergehen, und ich würde Connie Westaway noch immer beim Tanzen zuschauen. Sie dreht eine Runde durch den Garten, einmal, zweimal, dreimal, schneller und schneller. Sie ist das Hübscheste, was ich in all den Wochen gesehen habe, seit ich aus dem Busch zurück bin.

Sie bleibt stehen. Der Besen rutscht ihr aus der Hand auf den Weg – ich stelle mir das Klappern vor, Holz auf Stein. Mrs Westaway ist aus dem Haus gekommen, und sie spricht schnell, die Arme verschränkt, und bewegt den Kopf ruckartig hin und her. Connie geht ins Haus, rasch, aber nicht im Laufschritt, die Augen geradeaus, nicht gesenkt. Den Besen lässt sie einfach liegen. Ihre Mutter verschwindet ebenfalls im Haus. Die Musik hat aufgehört.

Wieder klopft es, und diesmal öffnet Mum die Tür. »Jack. Was machst du da am Fenster?« Sie kommt herein und stellt sich neben mich, blickt kurz nach unten, dann in mein Gesicht. »Dein Vater hat schon gefrühstückt. Was möchtest du denn zum Frühstück? Ich dachte schon, du wärst wieder eingeschlafen.«

»Ich komm gleich«, sage ich bloß. Aber vielleicht hat sie recht, und ich war wirklich eingeschlafen. Vielleicht habe ich geträumt.

Ich habe viele verschiedene Eltern gehabt und in vielen verschiedenen Häusern gelebt. Das ist etwas, das nur meine Schulkameraden vom Internat verstehen. Tatsache ist, jeder verändert sich ein wenig, ständig. Wir altern und schrumpfen und wachsen und werden weicher und härter. Wenn du jemanden tagtäglich siehst, merkst du die Veränderungen nicht, wie wenn ein junger Hund irgendwann ganz allein Schafe zusammentreibt und du dich nicht mehr erinnern kannst, wann genau er aufgehört hat, ein Welpe zu sein. Aber wenn du weg bist, sind die Veränderungen merklich. Wenn du nach fünf Monaten vom

Internat nach Hause kommst oder nach fast achtzehn von der Arbeit auf einer Schaffarm – dann kommen dir Mum und Dad wie andere Menschen vor.

Diesmal bekommt mein alter Herr den Arm nicht mehr über Schulterhöhe, weil er sich letzten Sommer an einem Tisch verhoben hat. Auch Mum ist verändert. Sie schnuppert in der Luft, wenn sie über andere Leute redet. Die Frauen, die während meines letzten Besuchs dauernd zum Tee da waren, mit ihrem Strickzeug auf dem Schoß. Keine Spur mehr von ihnen.

Die Schulter und die fehlenden Freundinnen: Beides zusammen hat schon was zu sagen. Und wie sie ins Schnaufen geraten, wenn sie die Treppe hochgehen, wie Dad nach seiner Brille sucht, obwohl er sie auf den Kopf geschoben hat. Mum, die in der Waschküche mit zusammengekniffenen Augen die Socken anschaut, sie gegen das Licht hält, wenn sie sie von der Leine genommen hat, und trotzdem passt keines der zusammengerollten Paare in meiner Schublade zusammen. Eine schwarze, eine blaue. Eine mit einem Streifen oben am Rand, eine größer, eine kleiner. Ich habe ihr schon öfter gesagt, ich würde mir meine Socken selbst zusammensuchen, und ich lächele, wenn ich das sage, doch es verletzt sie dennoch über alle Maßen.

Natürlich reden wir dabei eigentlich nicht über Wäsche. Wir reden darüber, dass sie alt werden, ohne ihren Sohn bei sich zu haben. Sie denken, ich hätte nicht so weit in den Westen gehen müssen, wo ich arbeite, obwohl sie selbst mich doch weggeschickt haben. Wegen des Krieges können sie kaum fähige Hilfe für den Laden finden. Ich bin eigentlich nur zu Besuch da, aber jetzt, wo ich zurück bin, sollte ich bleiben.

Draußen auf der Farm ist alles so, wie es immer war. Die Hügel und Bäume und Felsen. Es sitzt immer ein

Kookaburra auf demselben Ast, Fische tummeln sich an derselben Flussbiegung. Wenn ich zurück in dieses Haus komme, ist es jedes Mal eine andere Welt.

Der Sonntag schleppt sich dahin. Ich hacke etwas Holz, putze meine Schuhe. Ich sehe Spatzen im Garten: unerwünschte Vögel auf einer Farm, aber dennoch lebendige, wilde Wesen. Ich beobachte, wie sie auffliegen, und freue mich über sie. *Na los, ihr kleinen braunen Lümmel.* Ich denke weder an Musik noch an Besen, noch daran, wie ein Rock sich dreht. Die Bewegungen von tanzenden Füßen.

Als es Mittag wird, hat Mum mich seit vier Stunden praktisch nicht aus den Augen gelassen, daher sag ich zu ihr, dass ich mir ein bisschen die Beine vertreten werde. Ich gehe zur Bridge Road, und im Park hinter dem Rathaus stehen gut hundert Burschen einfach so herum, rauchen oder schnorren Zigaretten, unterhalten sich. Ein Mann in einem schicken Anzug geht umher und verkauft Lotterielose, aber wer bei dem eines kauft, muss schon ein richtiger Hinterwäldler sein. Jemand hat einen Football mitgebracht, und am Zaun hängen Jacken und Hüte, und eine Horde kickender und werfender Männer rennt herum. Ein ganzer Haufen von ihnen begräbt den Burschen mit dem Ball unter sich, und alle, die auf ihm liegen, kriegen kaum Luft vor Lachen. Alberne Kerle.

Ich ziehe meine Jacke aus und hänge sie mir über den Arm. Es weht kein Lüftchen, und es sind nicht genug Bäume da, dass alle einen Platz im Schatten finden. Auf einer Seite des Ovals verkauft eine Imbissbude Pies, und der Duft hat eine kleine Menschenmenge angelockt. Ich suche in meinen Taschen nach Kleingeld, aber es ist zu heiß für Pies. Ich schnappe Fetzen von den Gesprächen um mich herum auf: schrille Stimmen, und es geht um den

Krieg. *Bloß weil noch nichts passiert, heißt das nicht, dass es nicht passieren wird*, sagt einer. *Alles wäre besser, als hier rumzuhängen*, sagt ein anderer. Bevor Premierminister Menzies erklärt hat, dass wir bedingungslos hinter England stehen, waren die Meinungen gespalten: Die einen waren für die Liebe zum Empire, die anderen fanden, wir sollten nur unsere eigenen Kämpfe ausfechten. Inzwischen hat sich das geändert – oder aber die Zweifler halten schlauerweise den Mund.

Ich kann beide Seiten verstehen. Ich gehöre nicht zu diesen Jungs, die das alles für einen großen Spaß halten, die es kaum erwarten können, endlich in den Krieg zu ziehen. Ich habe den Tod aus nächster Nähe gesehen. Ein Farmarbeiter, der von einem Wildpferd am Gatter einer Koppel zerquetscht wurde. Der Schafscherer, der sternhagelvoll ins Feuer gelaufen ist, Frauen aus den Aborigines-Lagern, die bei der Niederkunft starben oder von ihren Männern totgetreten wurden. Ich habe gehört, wie trockene Erdklumpen auf eine dünne Holzkiste aufschlugen, und selbst einmal den Sekundenbruchteil erlebt, wo alles zum Stillstand kommt und du denkst: *Das war's*. Ich habe eine Narbe auf der Stirn, direkt am Haaransatz, wo mich der abgeflogene Kopf einer Spitzhacke beinahe skalpiert hätte. Es ist reines Glück, dass ich noch da bin.

Trotzdem kann ich verstehen, warum junge Männer den Gedanken an Krieg eher aufregend finden als beängstigend. Der Haufen, der da unterm Baum steht; sie alle planen schon den Abschied von Müttern und Vätern und Freundinnen. Rempeln sich gegenseitig an, lachen. Ich kann es mit ihren Augen sehen, wie aufregend es ist, dein Schicksal dem Horizont anzuvertrauen und fest daran zu glauben, dass du unmöglich verlieren kannst. Ihre große Chance, einmal europäische Sterne zu sehen.

Meine Nackenhaare verraten mir, dass jemand dicht hinter mir steht, vielleicht mehr als einer. Ich drehe mich nicht um. Dann spüre ich einen Stoß, eine Schulter gegen meinen Arm. Zwei alte Männer, einer hinter dem anderen. Der Vordere knurrt irgendwas. Er hat weiße Speichelflöckchen im Bart. Das Haar klebt ihm schweißnass am Kopf. Es ist Sonntag, und die Pubs haben zu, aber ich kann seinen Atem riechen: malzig und säuerlich, schales Bier.

»Ich hab gesagt: ›Und du, Freundchen.‹« Seine Stimme klingt wie ein tiefes Bellen. »Warum bist du noch in Zivil?«

Die Männer, die um mich herum auf Pies warten, verstummen, während er spricht.

»Das ist wohl gegen das Gesetz, was?«

»Gegen mein Gesetz«, sagt der Alte. Er strafft die Schultern und spricht, als würde er mir auf seine Kosten einen Gefallen tun. »Ich hab bei Pozières gekämpft, junger Mann.«

Wenn ich einen Funken Verstand hätte, würde ich mich umdrehen und nach Hause gehen. Stattdessen sage ich: »Und das wünschen Sie noch anderen Menschen.«

Der Mann hinter ihm späht mit feuchten Augen aus fleckiger weißer Haut. »Ich bin halb taub, sagen sie. Ich hab mich zweimal mustern lassen, und beide Male haben die mich wieder nach Hause geschickt.« Er hält sich theatralisch die hohle Hand hinters Ohr. »Die Frage, die mein alter Freund gestellt hat, war: Was ist los mit dir?«

»Er sieht doch richtig fit aus, oder?«, sagt der Erste. Er umkreist mich. »Groß. Breit. Dem fehlt nichts, würde ich sagen.«

»Stark wie ein Ochse und fast genauso schlau«, sagt der Zweite.

Wenn es nichts gäbe, wofür ich mich schämen müsste, würde ich ihnen von meinen Eltern erzählen, die langsam alt werden und sich Sorgen machen, und dass ich ihnen helfen muss. Von dem Ausdruck in den Augen meiner Mutter, wenn sie hört, dass wieder ein Junge aus dem Viertel sich freiwillig gemeldet hat. Dass ich, wenn überhaupt irgendwohin, zurück in den Westen auf die Farm ginge, wo ich atmen kann. Ich würde ihnen sagen, dass ich nicht weiß, ob ich mich melde. Noch nicht. Aber ich sage nichts.

»Die ersten Soldaten sind schon drüben. Stand im *Herald*«, sagt der erste Mann.

»Vielleicht denkst du, du bist zu fein dafür«, sagt der andere.

»Vielleicht denke ich, meine Gründe sind meine Sache.«

»Na, na«, sagt er. »Jetzt bleib mal auf dem Teppich. Wir liefern doch bloß den Jungs, denen es vielleicht an Rückgrat fehlt, ein bisschen Mut.«

»Den Rückgratlosen«, sagt der Erste.

»Schwer zu sagen, welche Jungs statt Rückgrat bloß Wackelpudding haben.« Er verscheucht eine Fliege, die ihm vor dem Gesicht herumschwirrt.

Ich nehme den Hut ab und schlage ihn mir auf den Oberschenkel, um den Staub abzuschütteln. »Ich werd's ihnen sagen, wenn ich welche sehe. Jungs ohne Rückgrat, meine ich. Ich sag ihnen, dass Sie nach ihnen suchen.«

»Tu das«, sagt der zweite Mann. Keiner von beiden rührt sich von der Stelle. Sie stehen einfach da und schauen mir nach.

Zu Hause nimmt Mum einen Berg Stoffreste vom Küchentisch, rot-weiße Karos auf poliertem Holz. Sie hat die Stücke aussortiert, die sich von der Größe her noch für Flicken gebrauchen lassen, das Übrige kommt in den Abfall. Dann räumt sie ihr Nähzeug weg und fängt an, in der Küche zu hantieren. Ich sehe, wie sie die guten Tassen mit einem Geschirrtuch abwischt und dass Kuchenteller nebst Gabeln auf der Anrichte stehen.

»Jack«, sagt sie, als sie mich in der Tür sieht. »Wieso trägst du das alte Hemd? Ich hab dein neues gebügelt. Zieh doch das an.«

Ich soll das neue Hemd tragen, das sie bei Myer für Weihnachten gekauft hat. Jetzt, zum Nachmittagstee mit ihr und Dad. Ein seltsamer Wunsch für meine Mutter, die, nach über zwanzig Ehejahren, nur zweimal jährlich das Leinenzeug aus ihrer Aussteuertruhe räumt, und zwar, um frische Mottenkugeln dazuzulegen. Ich sage nichts. Ich gehe nach oben in mein Zimmer, wo das blaue Hemd an der Tür hängt, und ziehe es an.

Als ich wieder in die Küche komme, zupft sie meinen Kragen zurecht. »Wie du wieder aussiehst. Hast du dich heute Morgen rasiert? Wir sind hier nicht auf dem Land, weißt du. Wie wär's, wenn du dir mal gründlich den Hals wäschst? Im Trog liegt ein Stück Sunlight. Na los.«

Ich schnuppere an meinen Achselhöhlen. Ich kann nichts riechen. Es ist das erste Mal in sechs Wochen, dass sie mich dazu auffordert, deshalb tu ich ihr den Gefallen. Als ich zurückkomme, ist die Küche leer. Ich höre Gemurmel aus dem Wohnzimmer, Mums Stimme, wenn Besuch da ist, höher, mit weniger breiten Vokalen. Ich gehe hin, und da sitzen Dad und sie mit einer älteren und einer jungen Frau zusammen, einer jungen Frau mit braunen Haaren. Sie trägt ein rotes Kostüm und eine weiße Bluse, und ihr Gesicht glänzt, und ihr Haar ist mit einer roten Schleife hochgebunden. Als ich reinkomme, stehen alle auf. Die junge Frau hat ein gerades, freundliches Gebiss. Gute, starke Zähne. An ihrem Äußeren ist nichts auszusetzen.

»Jack«, sagt Mum. »Da bist du ja. Wir haben uns schon gefragt, wo du bleibst. Das sind Mrs Stewart und ihre Emily.«

Mrs Stewart nickt. Emily tritt vor, und ich schüttele ihr die Hand. Ihr Griff ist kühl und fest. Ein anständiger Händedruck, kein damenhaftes Hinhalten der Fingerspitzen.

»Die Stewarts gehen auch in unsere Kirche«, sagt Mum.

»Ich sehe Sie da nie, Jack«, sagt Mrs Stewart.

»Er muss sich erst wieder eingewöhnen«, sagt Mum. »Auf dem Land machen sie so einiges anders.«

»Männer machen einiges anders, meinen Sie. Mein Albert. Wenn der zur Kirche soll, tut er, als würde ihm ein Zahn gezogen«, sagt Mrs Stewart.

»Dad sagt, wenn der Herrgott ihn braucht, weiß er ja, wo er ihn findet«, sagt Emily.

»Trotzdem ist es gut zu wissen, wer bei einem in der Kirchenbank sitzt, nicht wahr, Jack? Ich hab keine Vorurteile. Gleich neben uns wohnt eine katholische Familie, und wir lassen ihren Jungen bei uns mit anpacken. Nicht, dass ich je bei denen im Haus gewesen wäre. Nicht, dass sie mich je eingeladen hätten. Wahrscheinlich steht bei denen alles voll mit Statuen von der Heiligen Jungfrau, und für Besuch ist kein Platz mehr.« Sie kichert. »Emilys Vater gehört der Handwerker- und Haushaltswarenladen in der Swan Street.«

»Ich bin Stammkunde da, kaufe ständig neue Schrauben, Farbe für Ausbesserungsarbeiten, irgendwelchen Kleinkram«, sagt Dad. »Wenn sich einer mit Lack auskennt, dann Albert.«

»Nicht nur mit Lack, Mr Husting. Auch mit Nägeln«, sagt Emily.

Als alle wieder sitzen, steht neben Emily noch ein leerer Stuhl. Mum sieht mich an. Ich blicke den Stuhl an, dann schaue ich zur Haustür. Sie ist zu, aber nicht verriegelt. Sie ist nicht weit weg. Ein halbes Dutzend Schritte.

»Jack«, sagt Mum.

Eltern ziehen uns groß und ernähren uns und kleiden uns und schicken uns zur Schule. Eine gute Schule in meinem Fall. Ballarat Grammar School, genau das Richtige für den einzigen Neffen eines kinderlosen Farmbesitzers. Geografie und Latein und Geschichte. Hinsetzen ist nicht zu viel verlangt. Na los, Jack. Knie sind nicht bloß Dekoration. Sie beugen sich, wenn sie die richtige Ermunterung erhalten. Es gibt Kuchen, wie ich sehe, mit Aprikosen und Marmelade obendrauf. Mum hat ihren Hut auf, den, den sie sich für die Hochzeit meiner Cousine Sarah gekauft hat. Wenn sie mich vorgewarnt hätten, hätte ich mich darauf einstellen können. Obwohl, ehrlich gesagt, dann wäre ich jetzt wahrscheinlich längst über alle Berge. Ich ziehe den Stuhl unter dem Tisch hervor. Ich setze mich.

»Sie haben einen Hof, wo sie das Holz lagern«, sagt Mum. »Einen richtig großen. Ich hab mir oft gewünscht, wir hätten so einen Hof für unser Geschäft.«

Ich blicke auf. Von diesem Wunsch höre ich das erste Mal.

»Die Hälfte der Arbeit findet draußen statt«, sagt Mrs Stewart. »Mein Albert versteht was von seinem Holz.«

»Gute Lagerung, darauf kommt's an«, sagt Emily.

Sie sitzt mit geradem Rücken, Knie und Füße zusammen. Ihre behandschuhten Hände hat sie auf dem Schoß gefaltet, und zwischen den Fingern blühen kleine dunkle Schweißringe. Ihre Beine und ihre Taille sind reglos.

»Unser Jack hat eine große Schwäche für Holz«, sagt Mum. »Na ja. Jedenfalls für Bäume. Kennt alle Sorten. Nicht bloß die normalen, Eichen und Ulmen und so weiter. Auch die Sträucher. Eukalyptus und so. Und Vögel. Jack ist gern in der freien Natur. Nicht wahr, Jack? Du liebst doch die Natur? Und Holz.«

»Wir haben überwiegend Araukarien. Aus Queensland. Für Fußböden«, sagt Emily. »Und Eschen. Natürlich von hier. Keine Neuseeländische Kaurifichte. Kauriholz ist nicht mehr zu kriegen.«

»Tatsächlich?«, sagt Dad.

Meine Mutter schneidet den Kuchen an: große Stücke für Dad und mich, schlanke für die Damen. Emily balanciert ihren Teller auf dem Schoß, auf eine elegante Art, an der nichts auszusetzen ist. Sie und ihre Mutter loben den Kuchen, die kleinen Gabeln, die Servietten.

»Hübsches Porzellan«, sagt sie. »Crown Derby, nicht?« Mum wird knallrot, dreht einen Teller auf den Kopf, um die Herstellermarke zu zeigen, das Zeichen, das den Frauen verrät, was Sache ist, wenn sie sich auskennen. Ich starre den Kuchen an. Der Kuchen starrt zurück, zwei Aprikosenhälften schielen mich an. Ich breche mit der Gabel ein Stückchen ab und zwinge es mit einem Schluck Tee herunter.

»Emily hat nur Schwestern«, sagt Mum. »Mädchen sind ein Segen für Mütter, aber für deinen Vater muss es schwer sein, Liebes.«

»Dad sagt immer, Mum soll sich keine Vorwürfe machen. Er sagt, sie hat bestimmt ihr Bestes getan.« Sie legt ihrer Mutter einen Handschuh aufs Knie.

»Ein guter Ehemann«, sagt Mrs Stewart. »Und so großzügig zu uns Mädchen.«

»Zu Weihnachten hat er uns allen Strümpfe gekauft, genauso welche wie die von der Herzogin von Kent«, sagt Emily. »Zweifädig, hauchdünn. In Zartbronze.«

»Ich bin mir sicher, du und unser Jack, ihr hättet viele Gemeinsamkeiten. Gehst du gern ins Kino? Unser Jack geht für sein Leben gern ins Kino, nicht wahr, Jack? Und Tiere, ich wette, du magst Tiere. Unser Jack hat bis vor Kurzem noch Pferde beschlagen, auf der Farm meines Bruders, im Westen, in der Nähe von Darlington. Natürlich hat er nicht nur das gemacht. Eine sehr verantwortungsvolle Position, nicht wahr, Jack, für einen so jungen Mann? Und«, sie stockt, bis sie anscheinend einen Geistesblitz hat. »Sehr lehrreich, das Beschlagen von Pferden. Was Nägel betrifft.« Sie schenkt Emily, die offensichtlich keine Ahnung hat, was sie mit dieser Erkenntnis anfangen soll, ein triumphierendes Lächeln.

»Du arbeitest auch«, sagt Dad. »Im Geschäft.«

»Wir alle. Meine Schwestern und ich. Dad kann nicht viel heben, wegen des Arms.«

»Ein Jammer.« Dad reibt sich beide Ellbogen. »Albert Stewart war damals der Beste bei den Unterneunzehnjährigen.«

»Der Weltkrieg. Da hat er ihn verloren.« Emily schüttelt den Kopf. »In Frankreich oder so.«

»Er ist ein Wunder, dein Vater«, sagt Mum. »Und nie irgendwelche Probleme mit dem Alkohol.«

»Er kann so gut wie alles selbst, außer sich die Hand waschen und den Hemdsärmel hochkrempeln und feststecken und sich die Nägel schneiden. Wir Mädchen machen das abwechselnd für ihn, schon seit wir klein waren. Im Geschäft arbeite ich überwiegend drinnen. Ich bin für die Waschmaschinen zuständig.«

»Waschmaschinen«, sagt Dad. »Das muss ganz schön

viel Verantwortung sein für eine so junge Dame. Wie alt bist du, Emily? Achtzehn?«

»Fast. Haben Sie auch eine Waschmaschine, Mrs Husting?«

»Ich bin mir sicher, für manche Familien sind die wunderbar«, sagt Mum, »aber ich hab eine Haushaltshilfe, die jeden Montag kommt.«

»Unsere neue Vakuumwaschmaschine hat einen Kupferbottich. Selbst die zarteste Seidenwäsche und Nylons kann man darin waschen. Kein Kochen, kein Rubbeln, kein Scheuern.«

»Nein, so was«, sagt Mum.

Das Gespräch dreht sich noch eine Weile um Waschmaschinen, dann um Fahrräder. Emily ist überzeugt, dass sie die Zukunft sind als preiswertes Transportmittel für die Arbeiter. Sie hält es für möglich, auf damenhafte Art zu radeln, und die Miene meiner Mutter verrät, dass sie das anders sieht. Emily glaubt auch, dass Pferde bald nur noch in Zoos leben und jede gute Familie ein Auto hat und es, wie das Beispiel ihrer Waschmaschinen zeigt, so viele arbeitssparende Geräte geben wird, dass die Frauen den ganzen Tag Zeit haben für Hobbys wie Malen und Handarbeit.

Nach gut einer Stunde sagt Emilys Mutter, sie müssten langsam nach Hause, und Mum sagt, wie nett ihr Besuch gewesen ist und ob Mrs Stewart etwas Kuchen für ihren Mann, den Guten, mitnehmen möchte. Sie müssten uns bald mal wieder besuchen.

Ich verabschiede mich und schüttele Emily wieder die Hand. Als sie gegangen sind, sagt Dad, was für ein schönes Mädchen, dass sie mal einen jungen Burschen stolz machen wird, und selbst jetzt, wo so viele junge Männer weg sind, kann ein Mädchen wie Emily sich jeden aussuchen, den sie haben will. Dann sagt Mum, was Emily doch für eine gute kleine Köchin ist und ihr Hasenbraten soll unübertroffen sein. Und wie schlau ihr Vater ist, ein eigenes Geschäft zu betreiben, statt Aufzugführer zu werden oder von der Stütze zu leben wie die meisten einarmigen Männer, die man sieht. Aufzugführer ist auf jeden Fall eine gute Arbeit, sagt Dad. Ein Job fürs Leben. Aufzugführer wird man immer brauchen; jedes neue Gebäude im Zentrum ist größer als das davor. Von Emilys Schwestern ist noch keine verheiratet – sie sind nicht so hübsch wie sie, und eine hat einen Anflug von Damenbart –, und mit Sicherheit wird der erste Schwiegersohn ins Geschäft einsteigen. Schön, es gibt größere Läden dieser Art. Aber was nicht ist, kann ja noch werden. Die Augen meiner Mutter leuchten.

Eine Stunde später stehe ich in einem gebügelten Hemd und in meinem guten Sakko bei den Westaways vor der Haustür, auf dem Arm einen alten Korb voller Zitronen.

Als die Tür aufgeht, klappt mir fast der Unterkiefer herunter. Ich werde von zwei Jungs begrüßt, die sich gleichen wie ein Ei dem anderen, aber trotzdem ganz verschieden sind.

»Ma! Hier ist jemand«, brüllt einer von ihnen. Sie sind schmächtig mit schlaksigen Gliedmaßen, die noch nicht richtig passen. Einer ist dünner als der andere. Sie haben dunkle und tief liegende Augen, einen breiten Mund und glattes Haar. Ich kenne Kip, er ist der, der mal wieder zum Friseur müsste. Dem anderen wurde offenbar gerade ein frischer Haarschnitt verpasst: hinten und an den Seiten kurz, oben länger.

»Mr Husting, hallo«, sagt Kip. Er schüttelt mir die Hand. Seine Nase ist krumm; irgendwer hat da nachgeholfen. Er hat ein verblasstes Veilchen und ein freches Grinsen, die Sorte Bengel, mit dem ich prima Unfug hätte anstellen können, als ich in seinem Alter war. Ein Jammer, dass uns gut sechs Jahre trennen. Ich sage, dass ich mich freue, ihn endlich richtig kennenzulernen.

»Du arbeitest bei ihnen, und ihr habt kein Wort miteinander geredet?«, sagt der andere.

Kip blickt verlegen. Ich ziehe die Augenbrauen hoch und zucke mit den Achseln. Wir nicken einander bei Gelegenheit zu, aber um ehrlich zu sein, Kip darf das Haus nicht betreten. Mum sagt, katholische Jungs haben sehr wahrscheinlich Läuse. Und was mich angeht, wenn ich Charlie streichele und ihn rieche und seine warme Flanke unter der Hand spüre, bekomme ich Lust, einfach aufzusatteln und nach Westen zu reiten, ohne vorher zu packen oder Auf Wiedersehen zu sagen. Im Haus komme ich nicht in Versuchung.

»Ich arbeite hinten im Hof«, sagt Kip. »Charlie ist ein richtig tolles Pferd.«

Das ist er wahrscheinlich. Jeder Junge denkt, sein erstes Pferd, seine erste Liebe, ist das einzig Wahre. Er wird Charlie nie vergessen, solange er lebt.

Der Adrettere der beiden schüttelt mir die Hand, sagt brav *Sehr erfreut* und spricht seinen Namen *Fraancis* aus. Im Internat würden sie ihm für die gezierte Art die Fresse polieren. Er ist nicht die Sorte Junge, der von seinen Freunden Frank genannt wird. Ich sage den beiden, sie sollen Jack zu mir sagen.

Ihre Mutter taucht hinter ihnen auf, Mrs Westaway, Hände auf den Hüften, das Haar offen und grau, mit Strähnen, die ihr in die Augen hängen. Sie könnte so alt sein wie meine Mutter oder auch jünger, aber sie hat keine Fettpolster. Sie hat scharfe Kanten und harte Züge, Augen wie Granitspäne. Plötzlich hab ich ein schlechtes Gewissen, weil mein Vater noch am Leben ist. Ich sage ihnen, dass meine Mutter mich mit einem Korb Zitronen schickt, von dem Baum in unserem Garten, der voller Früchte hängt.

»Deine Mutter, na, so was. Mrs Husting. Schickt uns einen Korb Zitronen.«

Ich habe Angst, dass mir die Stimme versagt, so, wie sie mich anstarrt, deshalb nicke ich, und sie zieht ein finsteres Gesicht und macht »hm«, und plötzlich steht Connie Westaway hinter ihr. Sie trägt nicht mehr ihre Schürze. Ihr Kleid hat die Farbe von jungem Weizen, und ihr Haar ist fast schwarz. Die Sommersprossen auf ihrer Nase sehen aus, als hätte sie sie sorgsam darauf verteilt.

»Wie nett.« Sie beugt sich vor, um den Korb zu nehmen. Einen Moment lang ist ihre Hand neben meiner. »Richten Sie Mrs Husting unseren Dank aus. Man kann nie genug Zitronen haben.«

»Ich habe noch nie so viele Zitronen bei euch im Garten gesehen«, sagt Kip.

»Ganz hinten«, sage ich. »Der Baum ist von dem Gewicht fast umgekippt.«

Er blickt mir direkt ins Gesicht. »Müsste mir doch eigentlich aufgefallen sein.«

»Hattest wohl zu viel Arbeit«, sage ich.

»Das sind prächtige Zitronen«, sagt Connie. »Findet ihr nicht auch, Jungs?«

»Sie sind jedenfalls ganz schön schwer.« Kip nimmt eine, wirft sie hoch und fängt sie wieder auf. »Und sie sehen auch gut aus.«

Francis zuckt mit den Achseln. »Kip ist Experte für Sachen, die auf Misthaufen wachsen, aber für mich sehen sie wie ganz normale Zitronen aus.«

»Für mich«, sagt Kip, »sehen sie aus wie die Zitronen vor dem Laden in der Swan Street, für einen Schilling die Tüte.«

»Wie groß sind Sie, Mr Husting? Eins achtzig?«, fragt Connie.

»So um den Dreh.«

»Ich habe ein Problem mit der Wäscheleine. Sie hängt stark durch. Würden Sie mal nachsehen?«

Wir lassen die Jungs – Kip mit verwundert gerunzelter Stirn – und Mrs Westaway – mit finsterem Blick – stehen. Connie führt mich den Flur entlang und durch die Küche, wo sie die Zitronen in eine Schüssel kippt, damit ich den Korb wieder mitnehmen kann: eine gute Idee; sonst merkt Mum noch, dass er fehlt. Im Garten habe ich die Wäscheleine im Handumdrehen repariert. Der hintere Pfosten steht ganz schief, und ich richte ihn auf und schlage ihn mit einem halben Ziegelstein wieder fest in die Erde. Lange hält er allerdings nicht mehr. Er muss ersetzt werden, sonst bricht er eines Tages, und eine ganze Wäscheladung landet im Dreck. Ich kann ein Stück Holz von zu Hause mitbringen und die Sache richten, sage ich zu ihr.

Sie bedankt sich, blickt zum Wäschekorb auf der Erde und sagt, ich soll die Arme ausstrecken. Sie nimmt die Hemden und Handtücher Wäscheklammer für Wäscheklammer ab, bringt sie mit einer raschen Bewegung aus den Handgelenken ordentlich Kante auf Kante und legt sie auf meine Arme. Es ist, als würden ihre Arme tanzen, genau wie ihre Füße heute Morgen. Erst eine Klammer abnehmen, dann die nächste, das Handtuch strecken, umschlagen und falten. Ihre Haut sieht in der Sonne weiß aus, wie Sahne und wie Perlmutt. Sie trägt ein Armband. Rosig golden, winzige Traubenbüschel an einer Kette. Wenn sie die Hände hebt und senkt, rutscht das Armband hin und her: Erst baumelt es oben an ihrer Hand, dann sitzt es straff an dem drallen weißen Fleisch ihres Arms. Eine Weile ist alles still. Bloß die üblichen Spätnachmittagsgeräusche: Vögel, spielende Kinder, Wasser, das in einem Garten auf der anderen Seite plätschert. Ein fernes Radio.

»Wo gehen Sie eigentlich hin? Nachts?« Sie sieht mich nicht mal an. Sie widmet sich weiter ihrer Aufgabe, als hätte sie nie im Leben so faszinierende Handtücher gesehen. »Wenn nebenan die Lichter ausgegangen sind.«

»Wohin ich gehe?«

Sie nickt. »Nachts. Wenn alle in ihren Betten schlafen.«

»Nicht alle schlafen. Sie zum Beispiel nicht. Sonst hätten Sie wohl kaum bemerkt, dass ich irgendwohin gehe.«

Sie nimmt den Stapel von meinen Armen und legt ihn in den Korb. Jetzt faltet sie ein Bettlaken, indem sie es sich unters Kinn klemmt und die Arme ausbreitet. Ich nehme ein Ende, und wir stehen da, das Laken zwischen uns wie ein breiter weißer Fluss, dann kommt sie auf mich zu. Nah, näher, mit ausgestreckten Armen, und unsere Fingerspitzen berühren sich, als sie meine Ecken des Lakens mit ihren zusammenlegt. »Mum und ich teilen uns das Zimmer nach vorn raus. Ich weiß, dass Sie versuchen, leise zu sein, aber dabei macht man immer den meisten Lärm. Und ich schlafe nicht besonders fest.«

Mir kommt der Gedanke, dass sie es verstehen würde. Ich habe Mum und Dad kein Wort gesagt, aber sie haben bisher nichts bemerkt und auch nicht gefragt. Connie Westaway habe ich erst vor zehn Minuten kennengelernt, richtig kennengelernt, aber ich habe sie in ihrem Garten mit einem Besen ohne Musik tanzen sehen. Irgendwas sagt mir, dass sie wissen würde, was ich meine, wenn ich ihr erzählen würde, dass der Himmel im Busch anders ist, dass ich nachts das Gefühl habe, die Zimmerdecke senkt sich herab. Dass ich in dem kleinen Zimmer nur schlafen kann, wenn ich mich erst im Morgengrauen hinlege, so müde, dass mir die Augen zufallen.

Doch stattdessen sage ich: »Tut mir leid, wenn ich Sie störe. Ich gehe spazieren, laufe am Fluss entlang oder durch die Stadt. Manchmal in den Botanischen Garten. Mehr nicht.«

»Sie Glückspilz. Wenn ich ein Mann wäre, würde ich das auch die ganze Nacht machen. Einfach nur laufen und laufen.« Sie fragt nicht, warum ich nachts herumlaufe. Sie scheint es schon zu wissen.

»Die Stadt ist im Dunkeln anders.«

Sie nickt. »Kein Wunder. Die Nacht ist schließlich nicht einfach der Tag ohne Sonne. Sie ist völlig anders. Wenn Ma und die Jungs eingeschlafen sind, hab ich das Gefühl, nur ich allein lebe und die ganze Welt gehört mir.«

»Sie sollten mal die Dunkelheit draußen im Busch erleben. Man kann sie fast anfassen. Man kann sie an den Fingerspitzen spüren.«

»Warum sind Sie dann zurückgekommen? In die Wildnis von Richmond?«

Ich würde es ihr sagen, wenn ich es wüsste. Stattdessen stehe ich da im Garten der Westaways und halte Bettlaken, stumm. Connie Westaway hat eine ungezwungene Art zu plaudern. Als wären wir uns gar nicht fremd, als würde sie mich schon ihr Leben lang kennen. Sie hat einen neuen Job, beim *Argus*. Ihr Chef ist sehr nett. Sie assistiert den Fotografen. Sie archiviert für sie die Fotos, tippt Etiketten, führt Buch über ihre Einsätze, kümmert sich um die Kameras. Manchmal begleitet sie sie, manchmal darf sie die Kamera halten und sogar ein Foto machen, obwohl sie noch immer lernt. An manchen Tagen wird ihr das alles zu viel, sagt sie, von morgens bis abends auf den Beinen, dann für die Jungs kochen und sauber machen, wenn sie nach Hause kommt. Aber trotzdem hat sie danach keine Lust zu schlafen. Und sie liebt die Fotos.

»Erinnerungen verblassen«, sagt sie. »Aber nicht die Bilder. Die sind wie das echte Leben, nur eben flach und frisch. Genau das mag ich an ihnen. Sie währen ewig. Irgendwann möchte ich selbst fotografieren, berufsmäßig.«

Ich höre ein gedämpftes Prusten von der Seite des Hauses, und zwei glänzende Gesichter erscheinen.

»Der Schatten weiß alles!«, brüllt Kip und kommt um die Ecke gesprungen.

Ich höre zwar nie Radio, aber selbst ich weiß, dass sich hinter dem Schatten Lamont Cranston verbirgt, ein amerikanischer Held, der Verbrechern den Garaus macht und von Jungen in aller Welt verehrt wird.

Francis folgt Kip auf den Fersen. »Der *Schatten*. Im Ernst, Kip. Du bist so ein Baby.« Er verdreht die Augen, um uns alle in seine Verachtung mit einzubeziehen. »Fotografin.« Er hebt die Arme und zieht an der Wäscheleine, was ihren Zustand erklärt. »So was Blödes.«

»Fotografie ist auch eine Art Kunst«, sagt Connie. »Du musst dir ein Bild vorstellen und es realisieren. Du musst dir im Voraus überlegen, wie das Foto wirken wird, wenn jeder es sehen kann. Was für eine Geschichte es erzählt. Guck mal, Kip. Siehst du die Wand da? Siehst du, wo das Licht darauf fällt?« Sie hält den Jungen an den Schultern und dreht ihn so, dass er auf die Seite des Hauses blickt, zeigt dann auf den Saum des Sonnenlichts, das auf die Bretterverkleidung scheint. »Da sieht sie näher aus, nicht? Ist sie aber nicht. Sie wirkt nur durch das Licht näher.« Sie bildet mit Daumen und Zeigefingern ein Rechteck und späht hindurch. Kip steht vor ihr und macht es ihr nach.

»Das Licht bestimmt, wo du zuerst hinschaust«, sagt sie.

Kip nickt. »Das Licht ist der Boss, und deine Augen machen bloß, was ihnen gesagt wird.«

»Fotografie ist nichts Seriöses.« Francis lehnt sich gegen die Rückwand des Hauses. »Eine unsichere Sache. Wie die Arbeit bei Rosella, wenn die neue Ernte reinkommt. Ein guter Job ist ein fester Job. An einem Schreibtisch, bei einer Behörde.«

»Connie hatte erst letzte Woche was in der Zeitung, nicht, Connie?«, sagt Kip. »Erzähl Jack von dem Regenschirm. Connie macht nämlich manchmal Vorschläge.«

Sie lächelt, und zum ersten Mal kommt mir der Gedanke, dass sie in anderer Gesellschaft schüchtern sein könnte. »Für die Modeseiten hauptsächlich.«

»Letzten Montag hatte sie die Idee, dass eines von den Mannequins sich einen Schirm über die Schulter legen sollte, und das Foto ist dann prompt in die Zeitung gekommen«, sagt er.

»Reines Glück«, sagt sie.

»Ich würde Fotos von Bränden und Autounfällen machen wollen«, sagt Francis. »Mode. Wer interessiert sich schon dafür?«

»Du, schon bald«, sage ich. »Mode hat mit hübschen Mädchen zu tun.«

»Sie hat den Job sowieso nur bekommen wegen Dad. Er war da Setzer. Deshalb hat Mr Ward sie genommen. Ma sagt, deshalb verwöhnt er sie auch nach Strich und Faden. Fährt sie nach Hause und schenkt ihr Pralinen und lädt sie zum Essen ein, wenn sie Überstunden machen. Wegen Dad.«

»Stimmt es, dass du ein Pferd beschlagen kannst?«, fragt Kip.

Danach fällt kein Wort mehr über Fotografie oder Mr Ward. Ich erzähle Kip von Jasper, der mithilfe der Sterne allein nach Hause finden kann, der niemals angebunden werden muss, der zwei Männer stundenlang tragen kann, ohne müde zu werden, und Charlie doch anscheinend in jeder Hinsicht unterlegen ist. Die Sonne geht unter. Ich habe gar nicht gemerkt, wie die Zeit vergangen ist. Ich verabschiede mich, und die drei bringen mich noch zum Gartentor.

»Danke noch mal für die Zitronen«, sagt Connie.

Kip schüttelt den Kopf. »Ein ganzer Schilling. Wie kann man bloß so blöd sein.«

Als ich nach Hause komme, frage ich Mum nach den Westaways. Wie sie klarkommen, seit Tom Westaway gestorben ist. Sie missbilligt Connies neue Arbeit.

»Sie war immer so ein nettes Mädchen«, sagt Mum beim Abendessen. Sie fragt, ob ich noch einen Nachschlag Püree möchte, und als ich verneine, klatscht sie mir noch einen Löffel voll auf den Teller. »Alle in der Straße waren besorgt, als sie die Untermieterin verloren haben. Sie war eine anständige Frau, hat nie geheiratet, hatte nie Besuch. Hat immer freundlich Guten Tag gesagt, was man von dieser Jean Westaway weiß Gott nicht behaupten kann. Mit einer Untermieterin kann eine katholische Familie doch auf ehrbare Weise die Haushaltskasse aufbessern. Dann haben wir von Connies neuer Arbeit gehört. Zuerst dachten wir, es wäre gut für sie, gut für die ganze Familie. Sie sieht adrett aus in ihrem neuen Kostüm und den Nylons, ordentlich frisiert statt immer nur mit Pferdeschwanz. Hübsches Mädchen, vom Teint her nicht sehr irisch. Vielleicht ein bisschen breit im Gesicht.«

»Nicht jede Frau kann so feine Gesichtszüge haben wie du, Schatz«, sagt Dad. Er ignoriert meinen Blick.

Mum nimmt Dads Teller und schiebt die Bohnen auf meinen. »Dad muss davon aufstoßen.«

Ich lade mir die Bohnen, weich und grau, auf die Gabel.

»Wir haben Wikingerwangenknochen in unserer Familie, hat mein Pa immer gesagt«, sagt Mum. »Jack kann froh sein, dass er nach uns schlägt. Was für eine Kinnpartie. Hat Emily nicht hübsche Wangenknochen? Die Wangenknochen verraten immer, aus welchem Stall jemand kommt.«

Wie ich höre, ist Connie Westaways neue Arbeit nicht nur deshalb problematisch, weil eine Zeitung kein seriöser Arbeitsplatz ist, sondern auch, weil Connie keine anständigen Arbeitszeiten hat. Sie kommt häufig spät nach Hause, wird von ihrem Chef gebracht, der ein Auto hat. Der schmucke Mr Ward, ein Witwer mit zwei kleinen Jungs, sollte da vorsichtiger sein. Er sollte bei einer jungen Frau, die bei ihm angestellt ist, mehr auf Anstand achten. Jedenfalls die neueste Nachricht ist folgende: Mrs Westaway hat Joyce Macree aus der Tanner Street anvertraut, die es Mrs Arnold, der Frau vom Stoffhändler, erzählt hat, die es wiederum Mum streng vertraulich erzählt hat, dass Mrs Westaway Hoffnungen auf Mr Ward setzt. Sie ist sich so gut wie sicher, dass es bald eine Verlobung geben wird, trotz des Altersunterschieds. Dann wird Connie nicht mehr arbeiten können.

Und es liegt auf der Hand, was das für die Familie bedeuten würde. Mrs Arnold sagt, Ward war bei den Westaways zum Tee und fand auch, dass Francis ein vielversprechender Junge ist und auf die Universität gehen sollte, und das kostet Geld, selbst mit Stipendium. Die Jungs und ihre Mutter würden vielleicht sogar mit ihnen in seinem großen Haus in Hawthorn leben. Obwohl, sagt Mum, Kip selbst dann nichts aus sich machen wird (»das ist klar«), und wenn wir schon Jungs nach Übersee in den Krieg schicken müssen – an dieser Stelle wirft sie mir einen nervösen Blick zu –, »dann sollten das doch wohl die Faulenzer ohne Pflichtgefühl sein, die Kip Westaways dieser Welt«.

Zum Nachtisch serviert meine Mutter die Reste des Aprikosenkuchens und klärt mich darüber auf, dass man glücklicher ist, wenn man bleibt, wo man hingehört, und nicht versucht, etwas zu werden, was man nicht ist. Als schlagenden Beweis erzählt sie mir die Geschichte von dem O'Riordan-Mädchen aus der Highett Street, mit dem sich Sid Lindsay eingelassen hat, und wie schlimm das für alle Beteiligten ausgegangen ist. Wenn Mum Connie Westaway einen Rat geben dürfte, würde sie sagen: *Vergiss nicht, wo dein Platz ist*. Aber wenn Connie es wirklich auf Ward abgesehen hat, dann wird es höchste Zeit, dass sie sich verloben. Junge Frauen können nicht vorsichtig genug sein. Natürlich will Mum keinesfalls andeuten, das Mädchen hätte irgendwas Unrechtes getan, trotz der fehlenden väterlichen Aufsicht; wenn der Mann im Haus trinkt, ist die Familie manchmal ohne ihn besser dran. Und die Mutter, Mum spitzt die Lippen, so wie immer, wenn sie jemanden *gewöhnlich* findet. Dennoch, niemand kann behaupten, Connie hätte sich etwas zuschulden kommen lassen. »Eine Schande«, sagt meine Mutter abschließend, »wie viel auf der Welt getratscht wird.«

Als ich nach dem Essen nach oben in mein Zimmer gehe, sind Vorhänge am Fenster. Neu, straff auf der Stange, schwierig zu öffnen. Rot-weiße Karos.

In der Nacht gehe ich nicht ans Flussufer, sondern lehne

stattdessen am Zaun gegenüber von den Westaways. In Connies Zimmer brennt noch Licht. Dann und wann kann ich sehen, wie sich eine Gestalt hinter dem Vorhang bewegt. Würde sie das Fenster öffnen, würde sie mich hier stehen sehen. Sie liest oder näht vielleicht. Denkt an ihre Fotos, an ihre Zukunft als Frau ihres Zeitungsmannes, dass sie seine Jungs großziehen und ihre Familie retten wird. Sie atmet dieselbe Luft wie ich, auf derselben Straße.

Es ist gut, dass Connie jemanden gefunden hat, der sich um sie kümmert, jemanden mit Geld auf der Bank und einer guten Arbeit und einem Haus. Jemanden, der vielleicht mit ihr tanzen geht, jemanden, der vorhat, in dieser Stadt zu bleiben, und sie nicht von ihrer Familie wegholen will. Mum sagt, sie wohnen schon nebenan, seit ich ein kleiner Knirps war. Bloß einen Zaun entfernt. Ich zermartere mir das Hirn, doch ich kann mich an keine einzige Geschichte erinnern, an kein Detail. Was bin ich für ein Idiot gewesen.

Nach einer Weile höre ich auf, zu ihrem Zimmer zu starren, weil es mir irgendwie nicht richtig vorkommt, wie etwas, wofür ein Mann sich schämen sollte, und gehe los, bis ich am Fluss bin. Im Mondschein sieht er aus wie gehämmerter Zinn, klumpig vor lauter Abfall. Ich denke an Emilys Vater und seinen Laden. *Er kann so gut wie alles*, hat sie gesagt, aber ich kann mir nicht vorstellen, dass er ein Pferd reiten oder einen Zaun bauen oder ein Schaf scheren kann. Vielleicht bin ich ja ein Feigling, aber ich würde lieber mit dem Arm im Krieg fallen, als ohne zu überleben, trotz der garantierten Anstellung als Aufzugführer. Eben noch Soldat des Empire, der für König und Vaterland gegen die Deutschen kämpft, dann ein erwachsener Mann, der in einem kleinen Kasten auf einem Schemel hockt und Männer mit weichen Händen hoch und runter befördert. Ich denke an Emily und ihre Schwestern als kleine Mädchen, wie sie mit ihren kleinen Händen und Fingern die breite, schwielige Hand mit Wasser und Seife waschen. Seine Scham, ihre Zärtlichkeit. Wie sie die Hand abtrocknen, mit dem Handtuch betupfen, als wäre er eine Puppe. Aber nicht mal dieses Bild weckt ein Gefühl in mir.

Ganz gleich, wohin ich heute Nacht gehe oder was ich sehe, ich bin noch immer im Garten der Westaways und schaue zu, wie Connie mit ihren flinken Händen Handtücher faltet. Ich denke daran, wie es sein wird, nebenan zu wohnen, wenn die Nachricht von ihrer Verlobung die Runde macht. Wie ich von meinem kleinen Fenster aus sehe, wenn sie zur Kirche geht. Ihre Mutter, die vor Stolz strahlt; Connie, die bereit ist, sich von ihrem Mann bei der Hand nehmen zu lassen und ihr großes Abenteuer zu beginnen. Ich frage mich, wie lang es dauert, bis ich Mum und Dad so weit habe. Ich frage mich, wann die Musterungsstelle aufmacht.

An dem ersten Abend nach meiner Rückkehr nach Hause – nein, nicht nach Hause, so kann ich es einfach nicht nennen –, an dem ersten Abend nach meiner Rückkehr ins Haus meiner Eltern hatte ich noch das Rattern des Zuges in mir. Ich schwankte den Flur entlang und musste Mum überzeugen, dass ich nicht schon im Pub gewesen war. Am ersten Abend – bevor ich mich, zehn Minuten nachdem im Schlafzimmer meiner Eltern das Licht ausgegangen war, auf Strümpfen, Schuhe in der Hand, zur Haustür schlich und nach draußen verschwand –, an dem Abend wusste ich nicht, wie ich einschlafen sollte. Ich hatte versucht, meinen alten Herrn davon abzuhalten, ins Bett zu gehen. Wir saßen im Wohnzimmer, und ich erzählte ihm

Geschichten über jeden Scherer und jedes Schaf und über Jasper, bis er kaum noch die Augen aufhalten konnte. *Tagsüber kriegt er kaum den Mund auf*, sagte er kopfschüttelnd. *Aber wenn Schlafenszeit ist, hört er nicht mehr auf zu reden.* Ich sagte, ich würde eine Münze werfen: Kopf, noch zehn Minuten; Zahl, sofort ins Bett.

Der Ärmste. Er ist Frühaufsteher, war er schon immer. Er konnte einfach nicht mehr. *Ich muss wirklich ins Bett, mein Sohn*, sagte er, als ich meine Münze warf. *Wir müssen ja nicht schon alles in den ersten Abend packen.* Er schnappte sie im Flug. Pflückte sie wie eine Zitrone, als sie am höchsten Punkt verharrte, und steckte sie in die Tasche. Jammerschade. Das war nicht bloß irgendeine alte Münze. Letzten Winter hab ich damit beim Two-up auf der Farm meinen neuen Sattel gewonnen. Das war mein Glücksschilling.

Charlotte

Da ist er wieder, dieser leichte Druck im Unterleib, den ich gespürt habe, als ich mich in der Nacht auf die Seite drehte. Kein Ziehen oder so. Eher eine gewisse Schwere. Eine Verdichtung im Fleisch. Ich spüre es, wenn ich am Anfang vom *Surya Namaskar* die Arme über den Kopf strecke und dann wieder bei der *Vrikshasana*. Meine Fußsohle drückt auf die Matte, und die Zehen sind gespreizt, fest, aber nicht verkrampft. Ich atme und spüre, wie die Muskeln reagieren, locker werden. Der erste Kurs am Tag bringt die Energie der Sonne, und diese vertrauten Haltungen gleichen aus und machen wach und stärken. Die Luft ist noch frisch; diese alten Heizkörper brauchen einige Zeit. Alle Kursteilnehmer stehen vor mir aufgereiht, konzentriert. Ihnen ist nichts Ungewöhnliches aufgefallen. Sie machen meine Bewegungen nach, befolgen meine Anweisungen für jede Haltung, aber ich fühle mich nicht im Gleichgewicht. Irgendetwas stimmt nicht.

»Drückt die Innenseite des rechten Oberschenkels nach außen«, sage ich. »Spannt den Oberschenkelmuskel an.

Spannt das Knie an. Zieht die Haut an der Innenseite des linken Beins nach hinten.«

Manche im Kurs sind beweglich und manche nicht. Ich habe Mitgefühl mit den Steifen, die sich Woche für Woche mit etwas abmühen, das ihnen nicht leichtfällt. Es gibt mir Hoffnung. Es führt mir die Widerstandskraft und die Entschlossenheit des Lebens vor Augen.

»Entspannt das Gesicht, atmet entspannt.«

Als ich das sage, konzentrieren sich alle darauf, entspannt zu sein. Sie sehen keinen Widerspruch darin. Sie begreifen nicht, welchen Mut es erfordert, einfach loszulassen. Ich muss lächeln.

Manchmal mache ich den Abendkurs, aber dieser frühe, vor Sonnenaufgang, ist der bestbesuchte des ganzen Tages. Matte liegt an Matte – schwarz für die Männer, lila für die Frauen –, ausnahmslos Büroangestellte oder Manager in Shorts und Gymnastikanzügen. Die Männer legen eine intensive Konzentration an den Tag, als würden sie im Herabschauenden Hund eine Unternehmensübernahme aushandeln. Die Frauen haben die Haare straff nach hinten gebunden, und sie tragen Lippenstift und Mascara und Ohrringe. Ihre Anzüge und Businesskostüme hängen in den Umkleideräumen: Supermänner und Superfrauen. Wenn sie wieder gehen, sind sie hellwach, bereit, den Tag in Angriff zu nehmen. Ich hege die Hoffnung, dass dieser Morgenfriede, den sie im Herzen tragen, sie zu freundlicheren Wirtschaftsprüfern und Bankern, zu nachsichtigeren Immobilienmaklern macht. Das habe ich mal zu Stanzi gesagt.

Sie schüttelte den Kopf. »Träum weiter. Hitler konnte den Herabschauenden Hund aus dem Effeff, aber milder ist er erst durch Stalingrad geworden.«

Ich bin mir ziemlich sicher, dass Hitler kein Yoga gemacht hat, aber es bringt nichts, Stanzi zu widersprechen, wenn sie meint, sie sei witzig.

Ich hab als Teenager mit Yoga angefangen, und damals begann meine Lehrerin den Kurs immer mit einem Chant. Wir saßen auf Decken oder Matten im Lotussitz, so gut wir konnten, und sprachen die Worte mit, klar und laut, ernst wie bei einer Zauberformel. Aber es war keine Zauberformel. Es war Sanskrit, und keiner von uns verstand, was wir da eigentlich sagten. Manchmal stellte ich mir in diesen Anfängerkursen vor, wie all diese ernsthaften Menschen, die sich abmühten, ihr Yoga zu perfektionieren, auf Sanskrit dabei chanteten: *Zwei Hamburger mit extra Soße Salat Käse Gürkchen Zwiebeln auf einem Sesambrötchen.* Chanten entlockt mir nach wie vor ein Lächeln, aber ich lache im Kurs nicht mehr laut auf.

Nach dem Kurs sitzen meine Muskeln besser auf den Knochen, und mein Kopf hält sich von ganz allein schön hoch, aber das fremdartige Gefühl im Unterleib bleibt. Ich packe mich warm ein, und als ich in der Morgendämmerung den Hügel hochstapfe, sehe ich eine Schar Möwen den Strand entlangsausen und auf dem Parkplatz landen. Das ist ermutigend. Obwohl Vögel vollkommen frei sind, bilden sie einen Schwarm. Sie sind lieber mit ihresgleichen zusammen. Da ist irgendwas, was sie verbindet, schätze ich. Ein unsichtbarer Faden. Die Vögel fliegen wieder zusammen hoch, wie auf Kommando, flattern über die Straße und fangen an, sich um eine in den Rinnstein ausgekippte Schachtel Pommes zu zanken. Eine Möwe steht nur auf einem Bein. Das andere ist unter den Körper gezogen, die Zehen hängen locker herab und wackeln, während sie versucht, das Gleichgewicht zu halten. Sie hüpft auf ein Pommesstäbchen zu und verliert es an einen flinkeren Artgenossen. Ich frage mich, wie ein Vogel mit einer solchen Beeinträchtigung überleben kann und ob er die schon von Geburt an hat. Dann sehe ich es: das Schillern einer Nylonschnur. Ein Stück Angelleine ist fest um die Kralle gewickelt, die schon fast abgetrennt ist.

Und ich kann nichts tun. Wenn ich mich der Möwe nähere, fliegt sie weg. Wenn ich die nachschleifende Leine packe, verschlimmere ich die Verletzung nur noch. Wir Menschen machen einfach alles kaputt, alles. Ich betrachte das Tier, und um nicht in Tränen auszubrechen, gehe ich weiter. Die Vögel zerstreuen sich, mitsamt dem verletzten. Der Mensch, der das mit der Angelleine zu verantworten hat: Das Karma sollte ihn sich merken. Stanzi würde sagen, ich soll mich am Riemen reißen. Ich weiß noch, wie ich als Kind jeden Morgen eine Ewigkeit für die Entscheidung gebraucht habe, welche Schuhe ich anziehen soll, und mir dann den ganzen Tag Gedanken über die armen Schuhe gemacht habe, die ich im Schrank zurückgelassen hatte und die doch bestimmt todtraurig waren, so übergangen worden zu sein. Verlassen. Ich versuchte, es Stanzi zu erklären, aber sie dachte, ich würde Witze machen.

Die Straßenbahn ist pünktlich, und als wir am Luna Park vorbeifahren, lächelt er mich an, und ich fühle mich besser. Ich lächele zurück. Wo immer du bist, was immer du machst, meistens kannst du irgendwas finden, das dich zum Lächeln bringt. Du musst bloß nach einem Zeichen suchen.

Als ich zum Laden komme, ist das Rolltor schon oben. Craig ist pünktlich, obwohl Sandra übers Wochenende in Daylesford ist. Er sieht aus, als hätte er geschlafen. Seine Haare sind glatt gekämmt, und er hat sich sogar rasiert, ein bisschen. Etwas Bart steht ihm gut. Die langen Koteletten geben seiner Kinnpartie etwas Mysteriöses. Er hat die Stirn gerunzelt wie ein kleiner Junge, der einen auf erwachsen macht. Er trägt den Ladenschlüssel an einem breiten Band um den Hals, damit jeder gleich sieht, dass er hier die Vertrauensperson ist. Wirklich süß. Er zählt das Wechselgeld in der Kasse und hat die Bestellbücher auf der Theke ausgebreitet.

»Wir haben keine Knoblauchtabletten mehr.« Er schaut nicht auf.

»Wie kann das sein? Wir haben doch letzte Woche eine Lieferung bekommen.«

»Ich weiß nicht, wer so viel Knoblauch verkauft. Vielleicht Kylie. Ich predige ihr immer: Knoblauch in Tablettenform ist hervorragend, um das Immunsystem in Schwung zu bringen, aber bei chronischen Erkrankungen ist die Ernährung ausschlaggebend. Keine Weizen- und keine Milchprodukte. Keine Konservierungsstoffe.«

Ich bringe meinen Mantel, Handschuhe und Schal ins Lager. Als ich zurückkomme, packt Craig gerade die Brotsonderbestellungen unten ins Regal. Er geht nie in die Knie, wenn er sich bückt. Das ist verheerend für seinen Rücken. Craig wirkt gelassen, aber ich merke ihm an, dass er das nicht ist. Er hat die Brote nicht richtig alphabetisch nach Bestellernamen eingeräumt.

»Wo warst du?« Er hat mich noch immer nicht angesehen.

»Ich hatte Lust auf einen ruhigen Abend. Ich hab ein bisschen meditiert, dann was gelesen. Mehr nicht.«

»Du hättest sagen können, dass du nicht kommst. Ich hatte für dich eine Eintrittskarte hinterlegt.«

Er schmeißt das Hefefreie förmlich auf das obere Regalbrett. Eine Packung fliegt drüber weg und plumpst zu Boden. Craig stapft zurück zur Theke. Es hat keine hinterlegte Eintrittskarte gegeben. Es gibt überhaupt keine

Eintrittskarten. Es wird nämlich kein Eintritt verlangt: Die Band kriegt zehn Dollar, ein Abendessen an der Theke und drei Bier pro Person. Craigs Mund sieht aus, als hätte ein Kind ein Bild von einem traurigen Menschen gemalt.

»Tut mir leid.« Ich hebe das Brot auf, wische es ab und räume es ins Regal.

»Schon gut. Du musst nicht kommen, wenn du keine Lust hast.«

Dann blickt er mich an, und ich sehe seine Augen. Seine Augen sind sanft und braun, mit langen Wimpern, feucht, tiefe Bambi-Augen. Es ist unmöglich, in sie hineinzuschauen, ohne hingerissen zu sein. Fast vom ersten Moment an, als ich ihn kennenlernte, hab ich mir vorgestellt, wie es sich anfühlen würde, wenn diese Wimpern meine Haut streifen, wie es sich anfühlen würde, diese Lider zu küssen.

»Tut mir leid.«

»Ich meine, ich will wirklich nicht, dass du dich irgendwie verpflichtet fühlst oder so.«

Tief Luft holen, Craig, denke ich. Ich schicke ihm Botschaften, die ihm Ruhe und Frieden schenken sollen. *Entspann dich, Craig. Stell dir vor, das Sonnenlicht strömt dir von oben in den Kopf und kommt in verschiedenen Farben aus deinen Chakren wieder heraus. Denke himmelblaue Gedanken.*

Er entspannt sich nicht. Er marschiert zum Kühlschrank, öffnet ihn, starrt hinein, schließt ihn wieder. Dann trottet er zurück zur Theke. »Gestern Abend war wichtig für mich, Charlotte. Das weißt du. Wir haben unser neues Material ausprobiert.«

Er sieht richtig erschüttert aus. Wenn er so weitermacht, kriegt er Kopfschmerzen. Er sollte sich hinsetzen.

Wenn er sich hinsetzen würde, könnte ich ihm die Schultern massieren. Das mag er. Ich greife in den unteren Schrank und hole die Duftlampe heraus, dann suche ich die angebrochenen Fläschchen nach irgendwas Beruhigendem durch. Vielleicht Römische Kamille und Muskatellersalbei? »Wie ist es angekommen? Das neue Material?«

»Echt gut. Prima. Toll. Mensch, Charlotte, du hättest kommen sollen!«

Ich stelle die Duftlampe neben die Kasse. Streichhölzer? Wo sind die Streichhölzer? »Ich muss doch nicht jeden Abend dabei sein. Ich wette, die Leute waren begeistert. Ich wette, ihr wart super.«

»Die Freundinnen von Jon und Jamie kommen immer. Die sitzen an der Bar und fangen an zu klatschen, damit andere mitklatschen. So was nennt man Unterstützung.«

»Ich war müde.« Ich zünde die Duftlampe an. Bald wird er sich besser fühlen.

»Klatschen. Ist verdammt anstrengend, was?« Er klatscht ganz langsam, damit mir die Ironie nicht entgeht.

»Ich wusste nicht, dass die Anwesenheitslisten führen. Ist schließlich bloß eine Bar. Außerdem spielt ihr fast jede Woche.«

»Schön.« Er zählt weiter das Wechselgeld. »Meinetwegen.«

Ich mach einen Schmollmund und strecke die Arme nach ihm aus, um ihn zu küssen. »Du Armer. Guck doch nicht so böse.«

»Leck mich.«

»Wie wär's mit einem Kaffee? Ich mach eine frische Sojamilch auf, und du erzählst mir ganz genau, wie es gestern Abend war. Was habt ihr zuerst gespielt?«

Er ignoriert mich. Ich zucke mit den Achseln. Skorpione. Da ist nichts zu machen. Man kann nicht die ganze Welt kontrollieren.

Das Zeichen kommt kurz nach meiner Mittagspause. Craig will in Ruhe gelassen werden, also mache ich mir einen Ingwertee und verbringe fast den ganzen Vormittag im Lager. Lieferungen müssen ausgepackt, Rechnungen abgehakt, Daten überprüft werden. Bald wird einer von den Vertretern aufkreuzen und versuchen, uns irgendeinen Unsinn anzudrehen: eine neue Pille für jüngere Haut oder zum Abnehmen, eine Creme, die in goldenen Schnörkelletttern verspricht: »Füllt Falten von innen auf«. Ein paarmal höre ich Craig mit Kunden sprechen und den Entsafter anspringen. Ich überlege, die Arme um ihn zu schlingen und ihm den eigentlichen Grund zu verraten, warum ich gestern Abend nicht gekommen bin, obwohl ich mir nicht sicher bin, obwohl ich wahrscheinlich falschliege.

Um elf streckt er den Kopf zur Tür herein. »Kundschaft für dich«, sagt er. Er sieht, dass ich zu tun habe. Er kann gut mit Kunden umgehen. Keine Ahnung, warum ich jetzt übernehmen soll.

Aber als ich in den Laden komme, wird es mir klar. Craig hört allen möglichen Kundinnen geduldig zu: alten Damen, die über geschwollene Gelenke und schlechtes Gedächtnis klagen, Frauen im mittleren Alter, die in plastischen Einzelheiten über Wechseljahrbeschwerden reden, sogar jungen Mädchen, die rot anlaufen, wenn sie ihm ihre Periodenschmerzen schildern. Er hat das, was Sandra »eine starke feminine Energie« nennt. Manchmal schneien die Mädchen von der Klosterschule auf einen Smoothie herein und werfen ihm dann kichernd Seitenblicke zu.

Und er hat wirklich Ahnung: Als er sein Naturheilkundestudium abgebrochen hat, fehlte ihm nur noch ein Semester bis zum Examen. Er ist praktisch ein Profi. Es gibt nur eine Sorte Kundinnen, mit der er nicht so gut umgehen kann.

Im Mittelgang steht eine junge Frau mit einem Buggy, und in dem Buggy schläft ein blondes Mädchen, zwei oder drei Jahre alt, weiche Locken, die unter einer Beanie-Mütze hervorlugen, ein präfeministisches rosa Mäntelchen und Strümpfe mit Disney-Prinzessinnen. Die Kleine hat rote Bäckchen und rotzverkrustete Nasenlöcher. Auffällig ist auch der weiße Streifen quer über ihrem Nasenrücken.

Die Frau lächelt. »Sie ist einfach ständig erkältet.« Sie streicht dem Mädchen die feuchten Ponysträhnen aus der Stirn. »Ich denke mal, sie braucht etwas, das sie aufbaut. Ihre Abwehr stärkt.«

Um diese Jahreszeit kommt so was häufig vor. Deshalb kommen die Leute zu uns. Der Laden ist voll mit Fläschchen, Pillen und Tinkturen, Kräutern und Extrakten. Nicht, dass ich was dagegen hätte. All diese Produkte haben etwas Beruhigendes an sich. Sie enthalten die geballten Hoffnungen des menschlichen Geistes, die geballte Weigerung, aufzugeben, den festen Glauben daran, dass Menschen sich besser fühlen können. Die Kräuter zeugen von einem Wissen darum, wo unser Platz im Universum ist. Die Mineralien und Vitamine sind eine Rückkehr zur Erde, eine Anerkennung des labilen Gleichgewichts in unserem Körper, das Bedürfnis nach etwas, das aus dem Boden oder von der Sonne kommt. Die Frau vor mir ist gut gekleidet und trägt dicke Klunker an den Fingern. Der Buggy ist eine teure europäische Marke. Ich könnte ihr wahrscheinlich alles verkaufen. Ich knie mich neben den Buggy, und die Kleine wird wach und niest so explosionsartig, dass ich nur knapp ausweichen kann.

»Gesundheit«, sage ich.

Beim Aufwachen eine fremde Frau zu sehen, die dich anstarrt, müsste beängstigend sein, doch die Kleine gibt keinen Mucks von sich. Ihre Augen sind so blau wie meine und so groß wie das Meer. Sie spitzt das Kussmündchen und wischt sich die Nase. Eine silbrige Spur bleibt auf dem Rücken ihrer kleinen Hand haften.

Die Frau übersieht die Rotze geflissentlich. »Die Tante hat ›Gesundheit‹ gesagt. Was sagen wir da, Charlotte?«

Die Kleine blinzelt.

»Wir sagen ›danke‹.«

Die Frau beugt sich über das Kind, doch es sagt kein Wort. Sekunden verstreichen. Die Mutter wird verlegen. Sie ist unschlüssig, ob sie einen strengeren Ton anschlagen soll, um zu zeigen, dass mit ihr nicht zu spaßen ist, oder ob sie es durchgehen lassen soll. So oder so riskiert sie, als schlechte Mutter dazustehen. Eine Pattsituation fürs Ego. Die Stille wird peinlich, doch der Kleinen ist das egal. Vorsätzlicher Ungehorsam bringt mich immer zum Lächeln.

»Charlotte? Das ist ein hübscher Name.« Ich zwinge meine Hand, da zu bleiben, wo sie ist, und die Kleine nicht zu berühren. Ihr Haar ist sicher weich wie ein Kätzchen. »So heiße ich auch.«

»Was für ein Zufall. Ich hab sie nach Charlotte Brontë benannt.«

»Ach ja? Welches ihrer Bücher gefällt Ihnen am besten?«

»Oh.« Die Frau stockt und fährt mit der Zunge über ihre Vorderzähne. »Sie gefallen mir alle.«

Sie kniet sich hin und nestelt an Mäntelchen und Mütze

der Kleinen herum, streicht die Rüschen glatt und schiebt die Finger unter die Gurte, mit denen ihre Tochter gesichert ist. Charlotte zappelt, als hätte sie vergessen, dass sie festgeschnallt ist, bis ihre Mutter sie daran erinnert hat.

Ich hatte nicht vor, die arme Frau aufs Glatteis zu führen. Ich interessiere mich dafür, wie jemand wirklich ist. Sie konnte *Jane Eyre* nicht nennen. Selbst wenn sie es mal gekannt hat, selbst wenn sie den Roman gelesen hat, während sie schwanger war, sie hat das Vertrauen verloren in das, was sie mal gewusst hat, und in den Menschen, der sie mal war. Vielleicht ist sie fast sicher, dass das Buch *Jane Eyre* heißt, aber was, wenn sie falschliegt? Nur für den Fall, dass *Sturmhöhe* die richtige Antwort wäre, sagt sie lieber nichts. Sie ist der Typ Frau, der nicht mal riskieren kann, von einer Verkäuferin, die wahrscheinlich nichts von den Brontës gelesen hat, die sie nicht kennt und der sie nie wieder begegnen wird, bei einem Fehler ertappt zu werden. Der Satz *Sie gefallen mir alle* fasst ihre ganze Verletzlichkeit zusammen. Wie gern würde ich in einer Welt leben, in der ich sie einfach in die Arme nehmen und drücken könnte.

»Ich bin nach dem besten Freund meines Vaters benannt, als er ein Junge war«, sage ich stattdessen. »Natürlich hieß der nicht Charlotte. Sondern Charlie.«

»Was sagst du dazu, Charlotte? Die Tante ist nach einem Jungen benannt!« Charlotte ist baff. »Der Freund Ihres Vaters ist bestimmt mächtig stolz gewesen.«

»Sie hatten sich schon aus den Augen verloren, als ich geboren wurde. Charlie ist aufs Land gezogen oder so. Dad sagt, er denkt noch immer an ihn, nach all den Jahren.«

»Aha. Also, meinen Sie, sie braucht was zur Steigerung der Abwehrkräfte?«

»Sie braucht weniger Kuhmilch- und Weizenprodukte. Sie hat eine Unverträglichkeit.«

Wir führen eine lange Diskussion über Antigene in Getreide und über Pestizide und über den Mangel an Nährstoffen in konventionell angebautem Gemüse. Sie sagt: *Es ist so verdammt schwer, heute Kinder großzuziehen*. Ich zeige ihr Müslis aus alten Getreidesorten ohne Rohrzucker und Konservierungsstoffe. Sie sagt: *Charlotte ist so wählerisch bei dem, was sie isst. Überhaupt kein Gemüse. Und zum Mittagessen Käsestäbchen. Was anderes will sie nicht*. Ich wusste nicht, dass es Käse in Stäbchenform gibt, aber ich bezweifele, dass Charlotte selbst zum Supermarkt fährt und welche kauft. Ich zeige ihr Schafsmilchjoghurt, Popcorn als Snack für zwischendurch, Mais-Chips aus Biomais. *Als ich klein war, gab's keine Nahrungsmittelunverträglichkeiten*. Ich erkläre ihr, dass der weiße Streifen auf der Nase ihrer Tochter von einem ständigen Juckreiz kommt: Die Kleine schnieft und drückt sich so oft mit dem Handrücken die Nasenspitze hoch, dass eine Stelle weiß bleibt, weil die Sonne nicht hinkommt. *Und abends isst sie nur Würstchen und Pommes. Und Kentucky Fried Chicken. Ich bin schon froh, dass sie überhaupt was isst*. Der weiße Streifen auf der Nase ist bezeichnend. Es gibt so vieles, das uns prägt, und die kleinsten Handlungen summieren sich, um die tiefsten Spuren zu hinterlassen.

Die Frau nimmt eine von den Müslipackungen, die ich ihr empfohlen habe, und fährt mit einem Finger an der Zutatenliste herunter. »Hmmm«, sagt sie. »Ist in der Packung ein Spielzeug?«

»Wenn Sandra da wäre, würdest du erschossen«, sagt Craig, als die Frau mit ihrer Tochter gegangen ist. »Eine

Packung Müsli. So viel Zeitaufwand, und mehr kommt nicht dabei rum?«

»Mehr hat sie nicht gebraucht.«

»Ascorbinsäure wäre das Mindeste gewesen. Was Homöopathisches. Sei froh, dass du nicht auf Provisionsbasis arbeitest. Du würdest noch weniger verdienen als jetzt, wenn das überhaupt möglich ist.« Er geht zum Regal mit den Müslis und schiebt alle Packungen ein Stück vor, um die Lücke zu füllen. »Sie wird ihrer Tochter nichts von dem Müsli geben. Sie hat einfach die billigste Sorte gekauft, weil sie nicht wusste, wie sie sonst aus der Situation hier rauskommen soll.«

»Sie ist besorgt um ihre Kleine. Sie wird ihr das Müsli schon geben. In zwei Wochen kommt sie wieder und kauft mehr davon, und dann nimmt sie auch die Mais-Chips. Wart's ab.«

Er lehnt sich mit verschränkten Armen gegen den Kühlschrank. »Sie ist jetzt wahrscheinlich schon im Supermarkt und kauft irgendwas mit extra viel Kuhmilch, Weizen, Zucker und künstlichen Zusatzstoffen. Sie wollte bloß höflich sein. Und zum Lunch ziehen sie sich beide Donuts und einen Softdrink rein. Dein Müsli landet im Mülleimer, sobald sie nach Hause kommen.«

»Niemals. Jede Mutter möchte das Beste für ihr Kind.«

»Du hättest ihr irgendwelche Tabletten verkaufen sollen. Leute wie die glauben nur an Tabletten.«

»›Leute wie die‹? Wer sind ›Leute wie die‹?«

Er schüttelt den Kopf. »Wenn du keinen Blick für diese Spießertypen hast, ist dir nicht zu helfen.«

Craigs Eltern leben in Brighton, einem der edelsten Stadtteile von Melbourne. Seine ehemaligen Schulfreunde kommen manchmal zu seinen Konzerten. Sie trinken Crown Lager, und am Ende des Abends können sie nicht mehr gerade stehen. Letzte Woche ist einer von ihnen mitten im letzten Set rausgetorkelt und hat auf den Bürgersteig gekotzt. Craig hat die Krawatte von seiner Schuluniform noch im Schrank hängen. Falls Craig der Experte in Sachen Spießer ist, dann hat er recht. Dann ist mir nicht zu helfen.

»Kinder großzuziehen ist nicht einfach. Es ist eine riesige Verantwortung. Die wichtigste Aufgabe der Welt.«

Er verdreht die Augen. »Es ist keine Großtat der Menschheit. Es bedeutet bloß, du hast mit jemandem gevögelt.«

»Findest du nicht, dass die Kleine absolut goldig war?«, sage ich möglichst beiläufig.

»Kann sein.«

»Was hattest du für eine Haarfarbe, als du klein warst?«

»Keine Ahnung. Da war ich noch klein.«

»Willst du nicht irgendwann Kinder?« Ich drehe ihm den Rücken zu und verschiebe ein paar Flaschen auf dem Regal.

»Wach auf. Die ichbezogene Mittelschicht, die sich unbedingt selbst klonen will, um das eigene Ego zu füttern. Der Zustand unseres Planeten. Man müsste schon ein Vollidiot sein.«

Craig irrt. Wir haben fast Frühling, schon immer die Zeit der Wiedergeburt. Wir sind kurz vor dem Anbruch eines neuen Zeitalters, nur noch eine Dekade entfernt von einem jungfräulichen Jahrtausend. Letzten November stand ich vor einem Elektrogeschäft in der Smith Street und sah auf den Fernsehapparaten im Schaufenster zu, wie Menschen in Scharen auf der Berliner Mauer tanzten. Erst diesen Februar weinte ich beim Anblick von Nelson Mandela, der Hand in Hand mit Winnie das Gefängnis verließ. Nach all den Jahrhunderten voll selbst verursachtem Leid haben wir endlich verstanden. Der Planet bringt sich wieder in Ordnung. Das spüre ich.

Ich kann nicht länger warten. Es muss einfach sein. Ich sage Craig, dass ich mich nicht wohlfühle, und lasse ihn mit dem Laden allein. Er kann ja Kylie anrufen und fragen, ob sie kurzfristig einspringen kann. Wenn *er* sie anruft, macht sie das immer. Er wird eine Weile schmollen, aber morgen ist er drüber weg.

Zu Hause sitzen Daisy und Jimbo in Decken eingewickelt im Garten und rauchen zusammen einen Joint. Sie fragen, ob ich mich zu ihnen setze, doch ich gehe lieber in mein Zimmer, wo der Verkehrslärm nicht so laut ist. Ich zünde eine Kerze und ein Räucherstäbchen an. Ich ziehe mich aus und stelle mich nackt vor den Spiegel und betrachte mich, das Wunder meines Körpers. Die Härchen sind aufgerichtet vor Kälte. Er ist kräftig und gesund und tut, was ich ihm sage. Ich bin gesegnet. Der weibliche Körper ist die Quelle allen Lebens. Er ist der Körper der lebendigen Göttin. Wir sollten an jeder Straßenecke Statuen von ihm aufstellen, von Frauen aller Formen und Größen, statt welche von toten Entdeckern und gestrengen Richtern.

Ich öffne meine Wäscheschublade. Ganz unten neben meinem Vibrator ist ein mit Intarsien verziertes Schmuckkästchen. Ich sollte öfter was davon tragen, aber irgendwie komme ich mir albern vor, wenn ich mich vor dem Spiegel schmücke. Ich habe nie begriffen, was Schmuck eigentlich soll. Wieso es dich angeblich hübscher macht, wenn du dich mit hübschen Dingen behängst, als wärst du ein Weihnachtsbaum. Schmuck macht dich unattraktiver. Deine Haut kann noch so glatt und ebenmäßig sein, neben einem kostbaren Metall oder Edelstein wird sie immer stumpf aussehen.

In dem Kästchen ist eine glitzrige Brosche aus einem Secondhandladen, ein Armband aus Bernsteinperlen. In der Mitte liegt der Anhänger meiner Mutter, den sie mir zum achtzehnten Geburtstag geschenkt hat. Ein Amethyst-Anhänger an einer Goldkette. Zuerst wollte sie sich nicht von ihm trennen. Ein klassisches Problem: ein Anhänger, zwei Töchter. Stanzi sagte, sie würde sich nichts draus machen. Sie sagte, sie hätte lieber Geld, und dann hat sie damit ihr Auto angezahlt.

Ich halte den Anhänger zwischen den Händen, ich halte ihn an mein Herz, ich halte ihn über das Räucherstäbchen auf meiner Kommode. Ich schließe die Augen und sage ein paar Worte zum Universum. Ich bin sein Kind. Ich weiß, das Universum hört zu.

Ich lege mich nackt auf den Fußboden. Die Dielen sind kalt und rau an meiner Wirbelsäule, und irgendwas hier unten riecht komisch. Ich halte mir den Anhänger meiner Mutter in der geschlossenen Faust über den Bauch. Ich zentriere mich einige Augenblicke, dann lasse ich den Anhänger fallen, sodass er an seiner Kette direkt über meinem Bauch hängt. Halte den Atem an, halte die Hand still. Bald wird sich der Anhänger von allein bewegen. Ich warte, und nach einigen Sekunden fängt er an zu kreisen, langsam, gegen den Uhrzeigersinn. Ich bin schwanger.

»Ein kreiselnder Anhänger«, sagt Stanzi. »Wow. Kein Wort mehr. Ich ruf sofort das *British Medical Journal* an.«

Ich bin selbst schuld. Als der Anhänger anfing zu kreisen, war ich überglücklich. Ich konnte mich nicht mehr zentrieren. Mir fiel nur ein Mensch ein, wo ich hinkonnte: meine Schwester. Ich zog mir rasch was an und radelte schnurstracks hierher und tigerte vor dem Haus auf und ab, bis sie kam. Ich konnte nicht abwarten. Ich platzte gleich im Treppenhaus damit raus. Jetzt sitzen wir an ihrem Esstisch bei voll aufgedrehter Heizung. Sie trägt nicht mal einen Pullover. Vor uns stehen eine Flasche Weißwein aus ihrem Kühlschrank und zwei Gläser. Weingläser. Mit Stiel. Keine ausgespülten Tofupaste-Gläser mit Etikettresten, an denen man Kratzspuren von Fingernägeln sieht. Mein Glas ist fast voll, ihres fast leer. Ich trinke keinen Wein, das weiß sie. Sie führt ein ganz anderes Leben als ich. Wir sehen nicht mal mehr gleich aus, obwohl ich weiß, dass unter der Körperfülle eine Frau steckt, die mir aufs Haar gleicht. Im Augenblick wirkt sie nicht überzeugt.

»Ich sehe schon den Artikel vor mir. *Krankenhäuser rund um den Globus werfen ihre millionenschwere Diagnoseausrüstung weg und decken sich bei Tiffany's ein, nachdem einer nackten Verkäuferin Schrägstrich Teilzeityogalehrerin ein medizinischer Durchbruch gelang, indem sie den Anhänger ihrer Mutter über ihrer Muschi baumeln ließ.*«

»Meinem Uterus. Und es war auch eigentlich nicht Mums Anhänger. Ich meine, natürlich war es Mums Anhänger, aber ich hab ihn als Pendel benutzt. Ich hatte ihn schon gereinigt. Eine Rauchzeremonie.«

»Aha. Eine Rauchzeremonie. Das ändert die Sache.«

»Und außerdem bin ich überfällig. Zwei Wochen. Ich bin nie überfällig. Und ich trinke keinen Kaffee mehr. Das sagt doch alles.«

»Hast du auf den Anhänger gepinkelt und gesehen, dass sich kleine blaue Striche gebildet haben? So geht das nämlich normalerweise, Charlotte.«

»Ich mache einen Test, wenn du willst. Ich habe nichts gegen Technik. Aber ich kenne meinen Körper.«

»Okay. Sitze ich deshalb hier und spreche mit einer Frau, die angeblich ihren Körper kennt, über ihre ungeplante Schwangerschaft? Eins zu null für den Körper, Charlotte.«

»Dieser Sarkasmus schadet dir nur. Dein Zynismus hindert dich daran, glücklich zu sein.«

»Genau genommen hindert mein Unglücklichsein mich daran, glücklich zu sein, aber wir wollen nicht über mich reden. Sag mir einfach, dass es nicht dieser Volltrottel Craig ist. Sag mir, es ist jemand anderes. Irgendeiner aus der Einrichtung für übel riechende Verwahrloste, in der du wohnst. Er ist es, nicht wahr? Craig.« Sie leert ihr Weinglas, nimmt meines und trinkt noch einen Schluck, stützt sich dann auf den Tisch und vergräbt den Kopf in ihren weichen weißen Armen. »Wer hätte gedacht, dass seine Spermien die Energie haben, es so hoch hinauf zu schaffen?«

»Er ist jung. Er ist ein wunderbarer Bassist. Geht sehr einfühlsam mit der Kundschaft um. Er hat viel Potenzial.«

Sie hebt den Kopf und verzieht das Gesicht. »Bestimmt haben sie im Gebärmutterhals eine kurze Pause eingelegt, um sich ordentlich beklatschen zu lassen. Außerdem, er ist nicht jung. Er ist vierundzwanzig, wie wir.«

»Frauen reifen schneller als Männer.«

»Was, wenn es nach ihm gerät. Ach du Schreck, ein cooles Hippie-Baby mit Craigs Loser-Genen. Das ist eine absolute Katastrophe.«

Sie meint das nicht böse. Sie ist einfach besorgt um mich. Es zeigt, wie wichtig ich ihr bin, und außerdem, wenn sie wirklich dächte, ich würde in schrecklichen Schwierigkeiten stecken, wäre sie einfühlsamer. Ihr Verhalten ist Ausdruck des Vertrauens, das sie in mich setzt. Es sagt mir, dass ich stark bin. Es sagt mir, dass sie weiß, dass alles gut wird.

Als ich nichts erwidere, stemmt sie sich auf die Beine. Ich sehe ihr an, dass es wehtut. Sie isst zu viel Fleisch und Getreide, und das führt zu einer erhöhten Säureproduktion in den Gelenken. Vom Zucker ganz zu schweigen. Zucker essen ist so, als würde man sich gemahlenes Glas in den Knorpel schütten. Ich stelle mir lieber nicht vor, in welchem Zustand ihre Darmflora sein muss. Arme Stanzi. Ich könnte ihr einen Speiseplan aufstellen, wenn sie sich nur daran halten würde.

»Bleib. Hier. Geh nirgendwohin. Ich hol unten aus der Apotheke einen richtigen Schwangerschaftstest, hergestellt von den geschundenen Lohnsklaven eines korrupten Großkonzerns und getestet in Tierversuchen.«

Als sie fort ist, setze ich mich auf ihre weich gepolsterte Couch, aber die ist aus Leder, also nehm ich ein Kissen und setze mich auf den Boden und versuche zu meditieren, aber ich kann mich nicht auf mein Mantra konzentrieren. Irgendetwas wächst in mir, eine Masse Zellen, die sich jede Sekunde spalten und wieder spalten.

Es wäre anders, wenn Stanzi schwanger wäre. Stanzi wird es weit bringen. Sie hat einen Uniabschluss. Das schäbige kleine Sprechzimmer neben dem Zahnarzt, das ist nur vorübergehend. Sie arbeitet bloß so lange als Therapeutin, bis sie genug gespart hat, um ihren Doktor zu machen. Sie wird Psychoanalytikerin, eine philosophische, freudianische Analytikerin, die die Ängste der Menschen von innen aufdröselt. Sie hat einen richtigen Karriereplan.

Ich habe zwei Gelegenheitsjobs, keine Qualifikationen, kein Geld. Stanzi hat eine Zweizimmerwohnung für sich allein. Ich wohne in einer WG mit Leuten, die dir schon einen Sauberkeitswahn unterstellen, wenn du den Schimmel von einer Tage alten Linsensuppe kratzt, bevor du sie isst. Stanzi ist nach zwanzig Minuten wieder da, und es kommt mir vor wie drei. Sie reicht mir eine Packung.

»Da. Halt dich an die Gebrauchsanweisung. Kriegst du das hin?«

Als ich die Toilettentür hinter mir schließe, werde ich fast ohnmächtig. Hier drinnen ist es schlimmer als im Shoppingcenter. Von überall kommen Gerüche, und im ersten Moment krieg ich keine Luft mehr. Die Kloschüssel hat einen Geruch – vielleicht Bleichmittel –, die Luft einen anderen, dank der Sprühdose auf dem Regal. Sogar das Klopapier riecht seltsam nach synthetischen Blüten. Tausende mikroskopische Aromen dringen mir gleichzeitig in die Lunge. Stanzi kriegt noch Krebs, wenn sie so weitermacht.

»He«, rufe ich durch die geschlossene Tür. »Wieso ist das Wasser in deiner Kloschüssel blau?«

»Weil orange total out ist«, ruft sie zurück.

Ich lege mir das Stäbchen auf den Oberschenkel und lasse fast die Gebrauchsanleitung in die blaue Schüssel fallen. »Woher weiß ich, wann der Mittelstrahl anfängt?«

»Himmelherrgott. Schätz es ungefähr ab«, ruft sie. »Hast du denn auf der Hippie-Schule gar nichts gelernt?«

Schließlich komme ich mit dem Stäbchen in der Hand heraus.

»Zeig her, zeig her!« Sie nimmt es mir weg, hält es vorsichtig mit Daumen und Zeigefinger. »Tja. Runde eins geht an den Pendelanhänger.«

»Ich will zu Mum.« Ich weiß nicht, warum. Mit einem Mal habe ich das überwältigende Bedürfnis, von ihr in die Arme genommen zu werden.

»Bist du dir sicher? Charlotte, hör mal. Was ich jetzt

sage, ist mein voller Ernst. Du musst nicht sofort drüber reden. Du kannst eine Weile drüber nachdenken. Es kann erst mal unter uns bleiben.«

»Ich will zu Mum.«

»Sie sind nicht zu Hause. Sie hat mir gestern am Telefon erzählt, dass sie heute bei Onkel Frank zum Abendessen sind. Du musst dich gedulden.«

»Nein. Ich will jetzt gleich zu ihr.«

Sie geht zum Tischchen in der Diele und nimmt ihre Schlüssel. »Dann also auf zu Onkel Frank.« Plötzlich hält sie inne. »Oh Gott.« Sie macht ein paar Schritte und plumpst dann auf einen Stuhl, das Gesicht in den Händen. »Dad!«

Unser Vater ist der liebevollste Mann, den ich kenne. Er kennt die Freuden und Nöte des Zwillingsdaseins. Als wir klein waren, wusste er immer genau, wann er unsere Unabhängigkeit fördern und wann er unsere Verbundenheit achten sollte. Er lehrte uns, das Leben leicht zu nehmen, und zwar auf die erstaunlichste Weise. Er trichterte uns förmlich ein, dass wir irgendwann sterben würden. Dass irgendwann ein Tag unser letzter sein würde. Er sagte uns, dass der Tod hinter jeder Ecke lauert.

Das hört sich irre an, ich weiß. Stanzi schüttelt noch heute den Kopf, wenn sie sich daran erinnert. *Wie kann man so mit Kindern sprechen?*, sagt sie. Wenn Eltern das heute täten, würde jemand das Jugendamt verständigen.

Aber ich wusste, was er meinte. Er meinte, dass es keine Entschuldigung dafür gibt, nicht jeden Tag mit beiden Händen zu packen und restlos auszukosten. Er duldete bei uns weder Selbstmitleid noch Schüchternheit, noch Furcht. *Ruf den Jungen an* oder *Bewirb dich für das Musical* oder *Ignorier die Eiterpickel an deinem Kinn. Nimm dich nicht so verdammt ernst. Schon bald siehst du dir die Radieschen von unten an, und wer interessiert sich dann noch dafür? Keiner.*

Mein ganzes Leben lang habe ich ihn nur ein einziges Mal wütend erlebt: als er Mark Moretti nach dem Highschool-Abschlussball in meinem Zimmer entdeckte und ihn mit einem Golfschläger aus dem Haus jagte. Ich wäre am liebsten gestorben.

Dad war nicht deshalb wütend, weil ich Mark mit in mein Zimmer genommen hatte. Als er uns zusammen entdeckte, grinste er zuerst sogar ein bisschen. Er sagte: *Hoppla!* und wollte die Tür wieder zumachen. Aber dann drehte er sich um und fragte, ob wir ein Kondom hätten. Mir war es todpeinlich, das Wort aus dem Mund meines Vaters zu hören. Ich sah Mark an. Mark sah mich an. Wir waren knallrot und verschwitzt vom Tanzen und vom Punsch. Ich trug ein malvenfarbenes Taftkleid, und der Reißverschluss war am Rücken offen.

Ich hatte meinen Vater jeden Tag meines Lebens gesehen, aber noch nie so. Er wurde nicht wild und unbeherrscht. Er wurde laut, aber sein Gesicht war erstarrt. »Verschwinde aus meinem Haus, Freundchen«, sagte er zu Mark, und dann ging er nach unten in sein Arbeitszimmer und kam mit einem Golfschläger wieder zurück, und ich habe bis heute niemanden mehr gesehen, der so schnell das Weite gesucht hat wie Mark damals. Und ich? Ich war unverantwortlich. Ich war gedankenlos und dumm und eine Schande. Drei Tage lang konnte ich Dad nicht in die Augen sehen.

Und jetzt bin ich eine erwachsene Frau, lebe nicht mehr unter einem Dach mit meinen Eltern, bin selbst verantwortlich für meinen Körper und meine Fruchtbarkeit. Ich will meine Mutter sehen, aber das geht nicht, ohne meinen Dad zu sehen. Und irgendwas sagt mir, dass sich nichts geändert hat.

Wir sitzen in Stanzis Auto vor Onkel Franks Haus in der Rowena Parade. Der Motor läuft, wegen der Heizung. Keine von uns hat sich bewegt. Wir sind sogar noch angeschnallt.

Manchmal denke ich, meine Eltern kommen her, damit Dad das Haus besuchen kann, weniger wegen Frank. Hier sind sie aufgewachsen. Die Rowena Parade zieht sich quer am Hang entlang. Sie ist breit für eine Straße in Richmond: Autos parken auf beiden Seiten. Sie liegt auf halber Höhe des Hügels. Onkel Franks Haus, ein kleines mit Brettern verkleidetes Cottage, wird auf einer Seite von einem doppelgeschossigen Haus beschattet, in dem früher ein Laden war und von dem es durch eine solche Gasse getrennt ist, wie sie auch hinter den Gärten verläuft; auf der anderen Seite schließen sich Reihenhäuser an. Es ist schwer, sich Dad und Onkel Frank hier als Kinder vorzustellen. Zwei Schlafzimmer, ein hinten angebautes Badezimmer. Mum sagt, Onkel Frank hätte sich erst vor zehn Jahren eine Innentoilette einbauen lassen. Schon für drei Personen zu klein, und sie waren einmal zu fünft. Ihre Schwester und mein Großvater starben im Abstand von wenigen Jahren, als Dad und Onkel Frank Teenager waren. Damals war Richmond wegen seiner Slums verrufen: Erwachsene Männer stürzten aus fahrenden Straßenbahnen zu Tode, gesunde zwanzigjährige Frauen starben an der Grippe. Richmond war ein anderer Planet.

Dieses Cottage und das über hundert Jahre alte villenähnliche Haus von Mum und Dad in Malvern könnten unterschiedlicher nicht sein. Sie haben unsere Zimmer unverändert gelassen, bis hin zu den Postern von Duran

Duran (ich) und Buzzcocks (Stanzi). Im Frühling ist der Garten ein Blumenmeer aus Azaleen und Magnolien, durchsetzt mit Iris, Narzissen und Lilien. Mein Vater hat die Zwiebeln gesetzt, als Mum mit Stanzi und mir schwanger war, und fünfundzwanzig Jahre später blühen sie immer noch. Liebesbriefe, vor einer Ewigkeit durch die Zeit verschickt. Das Haus an der Rowena Parade hat kaum noch Garten. Onkel Frank hat alles zuzementiert.

»Du musst es nicht bekommen, das weißt du.«

»Ich weiß.«

»Die müssten mittlerweile mit dem Essen fertig sein. Sind ja immer früh dran. Gesehen haben sie uns noch nicht. Wir können einfach wieder fahren, und sie wüssten von nichts.«

»Ja.«

»Wir können zu dem Styroporladen in der Bridge Road fahren. Ich lad dich ein.«

Sie meint mein Lieblings-Tofu-Restaurant. Sie gibt sich Mühe. »Trotzdem danke.«

Ich wollte immer mal nach Indien. Keine Ahnung, warum ich noch nie da war. Ich könnte eine bessere Yoga-Ausbildung machen, in einem richtigen Aschram. Oder einen Kochkurs. Ich stelle mir vor, wie ich mit dem Fahrrad über die Dörfer fahre, Hühnern und Kühen ausweiche, den Menschen zulächele und sie mit meinen paar Brocken Hindi anspreche. Sie würden mir einen Schlafplatz auf dem Fußboden anbieten, gleich neben der Stelle, wo sie den Reis stampfen, und ich würde mit ihnen zusammen auf den Feldern arbeiten und im selben Tagesrhythmus leben, aufstehen mit der Sonne, schlafen, wenn der Mond aufgeht, weil Petroleum für Lampen zu teuer ist. Ich würde mir einen kleinen Schrein suchen und mich vor ihm zentrieren, und nach wochenlangem Beten und Nachden-

ken würde ich meine Bestimmung finden. Ich würde bleiben, für eine Wohltätigkeitsorganisation vor Ort arbeiten, mitten unter den Menschen leben, Frieden finden. Dort wäre es ganz normal, Veganerin zu sein. Hier sehe ich überall Menschen lächeln, während sie das warme Fleisch von fühlenden Wesen kauen, und manchmal denke ich, ich bin auf einem Planeten von Ungeheuern gefangen.
»Es ist ein kleiner Eingriff. Unkompliziert. Außerdem bin ich zu jung und schön, um schon Tante zu werden.«
»Ich weiß.«
»Das war ironisch gemeint.«
»Du bist schön.«
»Ich bin nicht schön, und ich bin nicht auf Komplimente aus.«
Und dann ist da noch Craig. Ich weiß nicht, was falscher ist: es ihm zu sagen oder es ihm nicht zu sagen. Es kommt mir nicht fair vor, ihn damit zu belasten, wo es mit der Band gerade anfängt zu laufen. Aber es ist sexistisch, ihm zu unterstellen, dass er es nicht wissen will. Was, wenn er sein Kind kennenlernen will? Hat er nicht das Recht dazu? Allerdings war das hier nicht seine Entscheidung. Bei seinem Talent hat er ein außergewöhnliches Leben vor sich. Ich will nicht unfair sein.
Ich kneife die Augen fest zu und versuche, mir vorzustellen, wie er ein Baby in einem Tuch vor dem Bauch trägt, auf dem Boden sitzt und mit seinem Kind spielt, wie mein Vater früher mit uns. Das Bild will nicht kommen. Ich stelle mir vor, wie wir verheiratet sind, in einem Bungalow im kalifornischen Stil wohnen, mit einem Trampolin und einem Hund und einem Badezimmer mit vier verschiedenen Düften, die gegeneinander ankämpfen. Im Supermarkt Müsli mit Weizen und Zucker kaufen. Das Bild will nicht kommen.

»Dein Bauch gehört dir.«

Ich massiere mir den Nasenrücken.

»Dafür haben unsere feministischen Vormütter gekämpft.«

So viel Zeit, und ich habe nichts gemacht. Ich habe nichts erreicht. Ich habe mein Leben verplempert. Yoga unterrichtet, den ganzen Tag Leute im Laden beraten, bis spät in die Nacht in Pubs gehockt und Musik gehört, die mir nicht gefällt, eine Million belanglose Dinge getan.

»Es ist nichts Besonderes. Jede Menge Frauen haben es gemacht. Millionen. Kein Mensch redet drüber, weil das ein altes sexistisches Tabu ist, mehr nicht. Männer werden nach anderen Maßstäben beurteilt. Keiner fragt einen Mann, ob ein Fötus, an dessen Entstehung er beteiligt war, abgetrieben wurde.«

»Stanzi. Halt die Klappe.«

Sie hält die Klappe. Sie sitzt hinterm Lenkrad, die Arme ausgestreckt, als wäre sie auf einer langen Fahrt, Augen geradeaus, aber wir beide fahren nirgendwohin. Durch die Windschutzscheibe ist der Himmel fast dunkel. Ich kurbele das Beifahrerfenster runter und lege eine Hand unten an meine Kehle, und da spüre ich den Anhänger meiner Mutter an der Kette. Ich muss sie wohl angelegt haben, bevor ich zu Stanzi geradelt bin.

Auf dem Bürgersteig auf der anderen Straßenseite führt eine ältere Frau einen kleinen weißen Hund Gassi. Sie tritt auf die Straße, um einen Jungen auf einem Fahrrad vorbeizulassen. Er ist sehr spät noch draußen, ganz allein mit seinem Fahrrad. Wahrscheinlich wohnt er in der Nähe, wahrscheinlich wissen seine Eltern, wo er ist. Alle gehen ihrem Leben nach, ohne zu ahnen, was gerade in meinem geschieht. Ich weiß nicht, ob ich es ertrage, meinen Vater zu enttäuschen. Und ich darf nicht an das Geld denken, das man braucht, um ein Kind großzuziehen, Geld, das ich nicht habe. Ich denke an dieses Haus, an meine Eltern und ihr Haus, daran, wie alt sie jetzt sind, was sie mir alles gegeben haben. Ich würde mit dem Baby zurück in mein altes Zimmer ziehen müssen. Ich glaube nicht, dass ich ihnen oder mir das antun kann.

»Aha. Klappe halten. Ich dachte, du wärst dankbar für einen Rat. Ich bin dafür ausgebildet, schon vergessen? Ich bin Profi.«

»Ich bin dir ja dankbar.«

»Ich muss das nämlich hier nicht machen. Ich hab was Besseres zu tun, als vor Onkel Franks Haus im Auto zu hocken.«

»Was denn? Wovon halte ich dich ab?«

Sie beißt sich auf die Unterlippe. »Okay. Nicht im Moment. Aber es hätte sich ja was ergeben können.«

»Das weiß ich, Stanzi. Natürlich.«

»Ich bin viel beschäftigt. Ich sitze nicht jeden Abend zu Hause rum und warte, dass du vorbeikommst und mir erzählst, dass du schwanger bist. Nächsten Donnerstag besuche ich ein Abendseminar. Ergonomisches Bürodesign. Ich bin mir fast sicher, dass mein Schreibtischsessel zu niedrig ist.«

»Ich bin dankbar, dass du jetzt bei mir bist.«

»Ich bin jedenfalls nicht jeden Abend unterwegs und bumse untalentierte Hippie-Gitarristen.«

»Er ist Bassist.« Ich hole tief Luft. »So. Wir gehen rein.«

Niemand macht auf, als wir klingeln, deshalb ruft Stanzi laut und klopft an die Tür. Schließlich hören wir Onkel Frank »Ich komm ja schon« brüllen, dann dauert es ein Weilchen, bis er durch den Spion gespäht und all die

Schlösser entriegelt und dann noch die Sicherheitstür geöffnet hat.

»Was ist los?« Er öffnet die Tür einen Spalt. »Was ist passiert?«

»Nichts.« Stanzi wirft mir einen eindringlichen Blick zu, der sagt: *Siehst du, was du für Unruhe stiftest?* »Nichts ist passiert.«

»Kip! Annabel! Die Mädchen sind da! Es muss ein Notfall sein!«

»Ein Notfall!«, hören wir Dad aus dem Wohnzimmer dröhnen. »Was ist passiert?«

»Kein Notfall, Onkel Frank«, sagt Stanzi. »Wir dachten, wir überraschen euch einfach mal.«

Als Onkel Frank sich endlich beruhigt und uns einlässt, folgen wir ihm den Flur entlang ins Wohnzimmer. Onkel Frank besitzt weder eine Couch noch normale Sessel. Entlang der Wand gegenüber dem Fernseher stehen vier fast den ganzen Raum einnehmende kirschrote Ruhesessel, die Sorte mit Fußstütze, die automatisch hochklappt, wenn du an einem Hebel ziehst. Wieso er vier davon hat, ist mir schleierhaft. Vielleicht weil er auf eine Ehefrau und Kinder gewartet hat, ein Wunsch, der unerfüllt blieb. An einer anderen Wand hat er zwei schlappe lila Knautschsäcke stehen. Mum und Dad sitzen in Ruhesesseln, noch immer in Mantel und Schal, weil Onkel Frank der Ansicht ist, dass die Heizung nur zu besonderen Anlässen angedreht werden sollte. Sie sitzen da wie zwei V, Hinterteil tief unten, Beine so hochgestreckt, dass die Fußsohlen in die Luft ragen, wie bei der *Paripurna Navasana*. Beide halten sie eine Tasse Tee im Schoß. Stanzi und ich beugen uns runter, um Dad einen Kuss zu geben.

»Was ist los?«, fragt Mum. Sie versucht mühsam, sich

in eine aufrechtere Sitzposition zu bringen, ohne ihren Tee überschwappen zu lassen. »Was ist passiert?«

»Können wir nicht einfach mal spontan Onkel Frank besuchen?«, sagt Stanzi. »Wir sind gute Nichten.«

»Sie sind gute Nichten, Annabel«, sagt Dad. »Sie schauen einfach auf einen Sprung vorbei, um Hallo zu sagen.«

»So hereinzuschneien! Das sieht euch zwei ähnlich. Immer wieder hab ich zu eurem Vater gesagt: *Noch kein Baby in Aussicht?* Und dann seid ihr zwei gekommen, als wir alle schon nicht mehr dran geglaubt haben. Lasst euch anschauen! Schöner mit jedem Tag! Ganz wie eure Mutter. Wir haben schon gegessen. Ist leider nichts mehr übrig. Wo bleibt mein Kuss?«

Wir geben Onkel Frank einen Kuss. Er ist ein gebrechlicher alter Mann mit feiner, blasser Haut, und er riecht nach Kartoffelschalen. »Wir müssen nichts essen«, sagt Stanzi.

»Außerdem, ich hatte einen Lammbraten gemacht. Unsere liebe Charlotte isst ja kein Lamm. Befreit die Kühe! Rettet die Wale! Ich mach nur Spaß. Du bist ein liebes Ding, dass du dir über solche Sachen Gedanken machst. Dein Vater muss gewusst haben, dass aus dir mal eine Tierfreundin wird.«

»Francis«, sagt Dad.

»Und sie ist wunderschön. Was für ein wunderschönes Mädchen.« Er kneift mir in die Wange, als wären wir in einem Märchen.

»Sie ist wunderschön«, sagt Stanzi.

»Und du! So ein Schlaukopf. Die angehende Seelenklempnerin. Wieso kommt ihr zwei mich nicht öfter besuchen? Ich hab euch seit unserem Geburtstag nicht mehr gesehen. Ich bin zu alt. Ich werd bald sterben. Ich selbst liebe Lammbraten. Wenn ich sterben muss, wieso soll dann so ein nutzloses Schaf leben? Erklär mir das mal. Ich würde jeden Tag Steak essen, wenn es mir nicht im Gebiss hängen bleiben würde. Ein kostenloser Rat von mir. Putzt immer schön die Zähne. Benutzt Zahnseide. Ich habe ein paar Cremeplätzchen. Mehr kann ich euch nicht anbieten.«

»Cremeplätzchen. Mmh, lecker«, sagt Stanzi.

»Cremeplätzchen, Annabel? Kip? Das sind die teuren, habe vergessen, welche Marke.«

Stanzi wirft mir einen Blick zu, der *Plätzchen, natürlich* sagt. Mum sagt: »Plätzchen! Gern«, und Dad nickt. Dad und Onkel Frank essen keinen Kuchen, nicht mal an ihrem Geburtstag: Mum kleistert mehrere Schichten Butterkekse mit Schokoladenglasur zusammen und schreibt mit Smarties *Herzlichen Glückwunsch* obendrauf.

Onkel Frank redet weiter, während er in die Küche schlurft. »Wenn ihr heute Morgen angerufen hättet, hätte ich noch eine Tüte Gebäckmischung besorgt. Na los, setzt euch.« Er meint die Knautschsäcke. Die Ruhesessel sind für die Erwachsenen. Die Knautschsäcke sind für die Kinder.

»Was ist denn nun wirklich los?«, flüstert Mum.

Stanzi blickt kurz zu Boden. »Trink in Ruhe deinen Tee.« Sie hebt einen Knautschsack mit zwei Fingern hoch. »Das Ding sieht aus wie ein riesiger lila Hodensack«, sagt sie.

Sie lässt ihn fallen, beugt erst ein Knie, dann das andere. Als sie schließlich sitzt, schlingt sie die Arme um die Knie. Sie trägt noch ihre Arbeitskluft. Sie könnte sich nicht unbehaglicher fühlen, wenn sie im *Padmasana* auf einem Nagelbrett säße.

»Charlotte? Wie geht's Craig?«, sagt Mum.

»Tja, anscheinend hat er mehr Pep, als ich ihm zugetraut hätte«, sagt Stanzi.

»Habt ihr zwei euch getrennt? Bist du deshalb hier, Charlotte? Was ist los?«

Stanzi sagt nichts. Dad sagt nichts.

»Also?«

»Ich brauch frische Luft«, sage ich.

Ich gehe zurück durch den Flur, entriegele sämtliche Schlösser und trete nach draußen. Ich kenne dieses Haus. Wir haben hier oft gespielt, als wir noch ganz klein waren. Die vordere Veranda hat Fünfzigerjahre-Terrazzo, immer kalt, egal, bei welchem Wetter, aber recht ausgefallen für Onkel Frank, der sonst überall seine Vorliebe für Beton ausgelebt hat. Damals erschien mir Terrazzo als der endgültige Beweis für die Schönheit der Natur, diese Steine mit glitzernden Einschlüssen in allen Regenbogenfarben. Stanzi lachte und klärte mich darüber auf, dass Terrazzo Menschenwerk ist, und das machte mich noch glücklicher. Menschen können aus klitzekleinen Dingen, die an sich unbedeutend wären, etwas Schönes und Nützliches herstellen.

Mum mag dieses Haus nicht, aber Dad mag es. Ich glaube, Dad würde lieber hier in der Gegend wohnen, nicht so weit weg von seinem Elternhaus. Stattdessen hat er seine Hälfte an Onkel Frank verkauft und unser Haus erworben, für Mum. Stanzi und ich hatten eine schöne Kindheit. Wir waren der Mittelpunkt von Mums und Dads Leben. Was für Opfer sie gebracht haben müssen, wird mir erst jetzt klar.

Ich höre jemanden näher kommen – vermutlich Onkel Frank, der die Tür wieder verriegeln will –, also gehe ich den schmalen Weg neben dem Haus entlang. Im Garten blicke ich hoch. Das Haus mit dem Laden auf der anderen

Seite der Gasse ist um einiges größer, solider, Backstein mit Ziegeldach. Das obere Stockwerk ist bewohnt: In einem Fenster sehe ich Gardinen und Licht. Ich frage mich, wie es wohl wäre, über dem eigenen Geschäft zu wohnen und auf die kleinen Häuser hinabzuschauen, die sich in deinem Schatten aneinanderdrängen.

Ein paar Flecken im Garten sind vom Zement verschont geblieben. Es gibt ein Gemüsebeet und einen Schuppen, und in einer Ecke steht vor dem Zaun eine Lilly-Pilly. Sie ist riesig und streckt ihre Äste bis über die Gasse. Der Zement unter dem Baum ist ein Teppich aus zerquetschten lila Früchten. Ich fahre mit den Händen über den Stamm. Die Rinde fühlt sich rau an, und meine Handflächen kribbeln. Die Kälte beißt mir in der Nase. Ich setze mich auf das Bett aus Erde direkt um den Stamm. Ich kann es nicht länger hinausschieben, nicht eine Sekunde. Es verzehrt mich innerlich, und ich muss eine Entscheidung treffen. Ich habe keine Räucherstäbchen, keine Öle, keine Kerzen, aber gleich muss ich zurück ins Haus und mit meinen Eltern sprechen. Ich kann nicht länger warten.

Ich reibe die Hände aneinander, greife in den Nacken und nehme den Anhänger ab, wärme ihn in den Händen. Er ist vollkommen, lila und golden mit scharfen Kanten, genau das Richtige, um diese Entscheidung zu fällen, weil er zu meiner Familie gehört. Meine Mutter hat ihn mir geschenkt, und sie hat ihn von meinem Vater. Er ist meine Verbindung zu all denen, die vor mir da waren.

Der Stamm drückt rau gegen meinen Rücken. Die unteren Äste hängen tief, und ich fühle mich von der Natur umschlossen. Ich schiebe meine Bluse ein Stück hoch und ziehe den Rockbund nach unten, um den Bauch zu entblößen. Ich stelle wieder und wieder die Frage: Soll ich das Baby behalten?

Jetzt ist es nicht mehr mein Problem. Ich habe es an Gaia weitergegeben. Für Ja wird der Anhänger im Uhrzeigersinn kreisen, für Nein gegen den Uhrzeigersinn. Ich schließe die Augen und hebe die Hand. Der Anhänger beginnt, sich zu bewegen.

Francis

Cranston stellt sich schlafend. Die alte Villa ist dunkel und unheimlich, und das einzige Licht im Schlafzimmer kommt von dem Vollmond über dem Moor, der durch die hohen Fenster scheint. Cranston sieht sich mit seinen erfahrenen, hervorragenden Augen im Raum um. Er weiß, sie misstrauen ihm. Deshalb lassen sie einen Bewacher im Bett neben seinem schlafen, nicht zu seinem Schutz, wie sie gestern Abend behauptet haben. Der Bewacher ist einer von den Schlägertypen, von denen hier einige als Diener verkleidet herumschleichen. Doch Cranston hat keine Wahl. Es muss heute Nacht passieren. Wer weiß, ob Cranston noch einmal Gelegenheit hat, die Villa zu durchsuchen.

Er muss geräuschlos vorgehen. Sollten die Feinde seines Landes ihn dabei ertappen, wie er durch das Haus streift, als würde es ihm gehören, auf der Suche nach dem streng geheimen Raum, in dem sich das streng geheime gestohlene Uran befindet, würden sie merken, dass er nicht der charmante Playboy und Abenteurer ist, für den er sich ausgibt. Und schon ist seine Chance gekommen. Der Bewacher ist ein willensschwacher Hornochse, der, statt seine Pflicht zu tun, einfach eingeschlafen ist. Cranston betrachtet den bulligen Schädel des Mannes. Ihm mangelt es noch an dem bisschen Intelligenz, das von einem Diener verlangt wird. Wer weiß, was für abscheuliche Verbrechen dieser Hohlkopf begangen hat? Zu welcher Brutalität er fähig ist? Doch Cranston muss die Gunst der Stunde nutzen. Er darf aber nicht lauter sein als der Wind.

Ganz vorsichtig hebt er die Bettdecke, setzt sich dann lautlos auf und schiebt die Füße in die Hausschuhe.

Halt! Hat sich der Bewacher bewegt?

»Francis, wenn du noch einmal aufstehst, erschlag ich dich, versprochen«, sagt der Bewacher, der eindeutig ein Schwachkopf erster Ordnung ist.

Aber Lamont Cranston lässt sich nicht so leicht einschüchtern.

»Genau. Dann pinkel ich eben ins Bett, ja? Und sag Ma, es war deine Idee?«, erwidert Cranston, eine geniale List, die seinen minderbemittelten Feind restlos überfordert. Der dümmliche Aufpasser hat die Augen geschlossen und kann Cranstons triumphierendes Lächeln nicht sehen.

»Jesus, Maria und Josef«, lästert der Bewacher und ergänzt seine lange Liste von Charakterfehlern um Blasphemie. »Du hast eine Klein-Mädchen-Blase.«

Der Aufpasser ahnt nicht, wie sehr er danebenliegt. Cranstons Blase ist praktisch aus Eisen, dank seiner überragenden Willenskraft und jahrelangen Ausbildung in den geheimen Künsten des Fernen Ostens. Der Bewacher dreht sich zur Wand, und Cranston schlüpft aus dem Zimmer und schließt leise die Tür hinter sich. Er ist frei!

Geschieht ihnen recht. Inzwischen müsste es eigentlich jeder wissen: Gerade der *Schatten* ist unbesiegbar!

Der kolossale Steinkorridor ist pechschwarz bis auf die altmodischen Fackeln, die in Halterungen an der Wand lodern. Cranston schleicht über den Dielenboden, lautlos, aber mannhaft, meidet das drittletzte Brett, weil das knarrt.

Dann sehe ich es. Die Küche. Die Kuchen.

Die Kuchen kommen seit drei Tagen, seit der Beerdigung. Auf der Abtropffläche der Spüle, im Küchenschrank und sogar oben auf dem Kühlschrank. Sandkuchen mit Butter, Marmeladenstrudel, Zimtkuchen, alles in Wachspapier eingewickelt. Wir könnten uns für den Rest des Jahres ausschließlich von Kuchen ernähren. Vor zwei Wochen hätte ich das himmlisch gefunden.

Die Kuchen sind von Freunden und Nachbarn, Leuten von der Kirche und Müttern von der Schule. Wenn ich eines über Beerdigungen gelernt hab, dann das: Auch wenn du kein Verwandter bist, du musst trotzdem hin, du hast keine andere Wahl, aber du musst nichts sagen außer *Schrecklich, ganz schrecklich,* und das immer und immer wieder, solange du den Kopf schüttelst und auf den Boden schaust und einen Kuchen schickst. Ich hab für heute schon einen ganzen Rosinen-Dattel-Kuchen in der Schultasche. Für den Fall, dass mich irgendwer auf Dad anspricht und ich nicht weiß, was ich sagen soll.

Am Kopfende des Küchentisches steht sein Stuhl. Er sieht genauso aus wie die anderen, aber es ist seiner. War seiner. Ich streiche mit der Hand über das Holz, die rechtwinklige Ecke, an den Leisten der Rückenlehne hinunter. Ich ziehe den Stuhl unterm Tisch hervor, kratze mit den Nägeln über die gepolsterte Sitzfläche. Sie ist mit braunen Rosen verziert. Da hat er gesessen, Abend für Abend. Als wir klein waren, ich und Kip, haben wir oft unterm Tisch gehockt. Das war unser Fort. Dad setzte sich dann hin und sagte zu Ma: *Wo zum Teufel stecken die Jungs?* Wir reichten ihm nur bis zu den Knien. Seine Socken waren dick und ausgeleiert – Schuhe bleiben an der Haustür, Ma besteht darauf. Wir stupsten dann abwechselnd seine Knöchel an. Erst ganz sachte, dann fester. *Jean, wir haben Mäuse unterm Tisch*, sagte er. *Weg mit euch, Mäuse!* Dann trat er leicht mit dem Fuß, und wir krabbelten außer Reichweite, bis unser Gekicher uns verriet und er uns aus unserem Versteck zog. *Jean, so ein komisches Paar Mäuse hab ich im Leben noch nicht gesehen! Ich werf sie rasch über den Gartenzaun.* Er konnte uns beide gleichzeitig tragen, einen unter jedem Arm, während wir zappelten und mit den Beinen strampelten. Als wir klein waren.

Ich bin fast dreizehn, und es gibt niemanden mehr auf der Welt, der mich unter einem Arm tragen könnte. Ich krieche zwischen die Stühle und sitze da, die Arme um die Knie geschlungen, stoße mit dem Hinterkopf gegen die Tischplatte und kann einfach nicht glauben, dass Kip und ich hier mal zusammen druntergepasst haben. Ich schließe die Augen und stelle mir vor, Dads Beine wären dicht vor mir. Als könnte ich sie berühren, wenn ich nur die Hand ausstreckte.

Ich schlafe lange, und als ich aufstehe, sehe ich sie auf ihren normalen Plätzen sitzen, als wäre es ein normaler Tag, als würde er jeden Moment in die Küche kommen. Auf der Uhr auf dem Kaminsims ist es kurz nach sieben. Dad müsste gleich zur Arbeit.

»Setz dich«, sagt Ma. »Iss was, bevor wir in Kuchen ertrinken.«

Ich setze mich auf meinen Stuhl, und Ma steht auf und

öffnet den Backofen und holt einen Haufen Scones hervor, die sie in ein Geschirrtuch eingewickelt hat, damit sie länger warm bleiben. Auf dem Tisch stehen Marmelade und Butter. Nicht um alles in der Welt krieg ich was davon runter.

»Kommt nicht infrage, dass wir sie verderben lassen«, sagt Ma. »Es ist lieb von den Leuten, dass sie uns Kuchen bringen.«

Nicht mal Kip rührt sich. Connie sieht aus, als müsste sie sich gleich übergeben.

»Ich warte«, sagt Ma.

Ich schneide ein Scone in der Mitte auf und bestreiche es mit Butter. Die Butter schmilzt wie nichts. Kip nimmt eins ohne. Connie halbiert es und knabbert daran.

Die Butter und die Marmelade. Auf dem Tisch. Sie sind von Dads Geld gekauft worden, von seinem Lohn beim *Argus*. Ich weiß nicht, warum ich nicht früher daran gedacht habe.

»Ma«, sage ich, aber ich weiß nicht, wie ich mich ausdrücken soll.

»Was?«

Abzahlungen fürs Haus, Holz für den Winter, der vor der Tür steht. Was, wenn jemand krank wird und zum Arzt muss? Kip und ich kriegen zwar ein Stipendium, aber wir brauchen Bücher und schon bald neue Uniformen. Connies Kunstschule. Lebensmittel.

»Hast du die Sprache verloren, Francis?«, sagt Ma.

Ma ist alt. Ungefähr so alt wie Dad, fast vierzig. Wenn sie auch noch stirbt, sind nur noch ich und Connie und Kip da. Ich hab nicht den blassesten Schimmer, wie viel Dad verdient hat, was es kostet, das Haus zu behalten, aber ich weiß, was uns blüht, wenn wir es uns nicht leisten können, hier in der Rowena Parade zu bleiben. Die

Elendshütten in der Mahoney Street, genannt Tal des Todes wegen der Diphtherie.

»Also?«

»Wo kriegen wir jetzt Geld her?«, sage ich.

Kip schlägt mit der Faust auf den Tisch. »Er ist nicht mal eine Woche unter der Erde!«, sagt er. Dann springt er plötzlich auf, packt mich am Kragen, reißt mich vom Stuhl, der umkippt, und drückt mich gegen die Wand, und Ma und Connie müssen ihn mit vereinten Kräften von mir wegziehen. Ma gibt uns beiden eine Backpfeife, dass mein Ohr rot anläuft und brennt und klingelt.

»Wir setzen uns jetzt alle schön brav hin, sonst verpass ich euch eine Tracht Prügel, von der ihr in einem Jahr noch was habt.« Ihr Mund ist so fest zusammengekniffen und farblos, dass ich nicht daran zweifle. Von Dad haben wir nie Schläge bekommen, als wir klein waren. Immer von ihr.

Connie stellt meinen Stuhl wieder hin, und wir setzen uns alle, und Kip schnieft und sieht mich böse an.

»Wenn du einen Funken Verstand hättest, Kip Westaway, dann wärst du gefährlich. Dein Bruder ist wie immer der Erwachsene von euch zweien.« Ma nimmt das Scone von Kips Teller und legt es auf meinen. »Die Geldfrage ist allein meine Sache. Aber ich sag euch, wie es weitergeht.« Ma erzählt uns, dass wir ein bisschen Geld haben: von einer Sammlung in St. Ignatius und einer an der St. Kevin's und einer beim *Argus*. Und von morgen früh an geht sie arbeiten.

»Nicht in einer gewöhnlichen Fabrik«, sagt sie. »Ich werde Haushaltshilfe in einem großen Haus in Kew. Pfarrer Lockington hat mir die Stelle höchstpersönlich besorgt. Sie haben mir ein schwarzes Kleid gegeben, mit allem Drum und Dran. Und Connie. Sag du es ihnen.«

»Ich gehe nicht weiter auf die Kunstschule. Ich kann mir auch Arbeit suchen.«

»Arbeit suchen? Kommt gar nicht in die Tüte. Ich lasse diese zwei doch nicht draußen herumlungern wie Straßenbengel. Wir nehmen eine Untermieterin auf. Myrna Keith' Schwägerin, die Witwe. Sie hat ein bisschen was geerbt von ihrem verstorbenen Onkel, und sie will hinterherziehen, in die Nähe von ihren Verwandten. Die Jungs können sich ein Bett in unserem Zimmer teilen, und du kannst in der Waschküche schlafen. Du kannst dich um Mrs Keith und die Jungs kümmern.«

Eine Weile sagt keiner was. Connie rührt in ihrem Tee, und das Klimpern des Löffels klingt richtig laut.

»Es wäre besser, wir würden nicht zur Schule gehen. Nicht, Ma?«, sagt Kip.

»Tja, ihr geht nun mal zur Schule, und basta. Pater Cusack hat mit mir auf der Beerdigung geredet. Die Stipendien laufen, bis ihr den Abschluss macht, wenn ihr weiter gute Noten kriegt, und die Pater besorgen alles, was ihr braucht: Bücher und Uniformen und so weiter. Danach, wer weiß? Drei Jungs, die letztes Jahr ihren Abschluss gemacht haben, gehen jetzt auf die Universität. Außerdem seid ihr zu jung, um mit der Schule aufzuhören.«

»Man kann beim Schulamt eine Ausnahmegenehmigung kriegen. Trudy Lee ist dreizehn, und sie hat eine gekriegt, und jetzt arbeitet sie in der Streichholzfabrik.«

Mas Hals ist vorne ganz rot. Ich frage mich, ob sie sich da gekratzt hat, aber bei ihren kurzen Nägeln wüsste ich nicht, wie sie das angestellt haben soll. Sie wirft Kip einen Blick zu, der so viel bedeutet wie *Noch ein Wort, und ich schlag dich windelweich*, doch stattdessen sagt sie: »Anständige Leute lassen ihre Kinder weiter zur Schule gehen. Euer Vater, der hat alles für uns aufgegeben. Und damit basta.«

Wir drei blicken einander an. Wir kennen die Geschichte in- und auswendig, hauptsächlich weil Connie, als sie klein war, Ma ständig in den Ohren lag. *Erzähl es noch mal, Ma. Erzähl es noch mal.* Als wäre es die größte Romanze aller Zeiten, besser als ein Film. Dads Eltern hatten eine andere Konfession und waren dagegen und wollten nicht mal zur Hochzeit in St. Ignatius kommen, und deshalb kennen wir auch nicht unsere Großeltern und Tanten und Onkel von Dads Seite. Ma sagt, Pfarrer Donovan verlangte bloß, dass wir katholisch erzogen und in die katholische Kirche gehen würden, und Dad versprach es. Dad selbst ging zwar nie mit uns zusammen in die Kirche, aber er schickte uns jeden Sonntag hin. *Bis ihr alt genug seid, das selbst zu entscheiden*, sagte er.

»Seid ihr jetzt zufrieden, ihr zwei Schwarzseher?«

Wir nicken, aber von zufrieden kann keine Rede sein. Mein Scone liegt noch immer da, in der Mitte aufgeschnitten. Kip starrt darauf, als hätte er noch nie ein Scone gesehen. Connie wird die Kunstschule abbrechen, dabei ist Malen doch ihr Ein und Alles. Und Ma wird bei fremden Leuten den Haushalt machen und putzen, während für mich und Kip das Leben weitergehen wird wie bisher.

Heute wird der schwerste Tag. Die Beerdigung war nicht so schlimm. Dad sah aus, als würde er bloß schlafen, und es war irgendwie schön, dass alle seinetwegen so traurig waren, mir und Kip die Hand schüttelten und uns sagten, was für ein toller Kerl Dad war. Auf Beerdigungen hat jeder was zu tun, und alles passiert wie von allein. Wie in einem Theaterstück, in dem jeder seinen Text kennt.

Wieder zur Schule gehen, davor graut mir. Dass die

Jungs und die Pater und alle mich schräg von der Seite angucken. Eines hab ich gelernt: Wenn dein Vater stirbt, sind die Leute viel netter zu dir. Eine Zeit lang jedenfalls.

Das wird Cranstons bisher schwierigste Aufgabe, unanfechtbarer Beweis für seine Genialität. Er hat dafür trainiert, wie ein Cricketspieler für sein erstes großes Match. *Danke für Ihr Beileid, Pater. Ich fühle mich schon viel besser, danke.*

Cranston geht in sein Zimmer, um seine Tasche zu holen. Die Zielperson ist nicht da, aber sie kann noch nicht weg sein, dafür ist es noch viel zu früh. Wo zum Teufel steckt er?

»Ma, hast du Kip gesehen?«

»Der ist vor zehn Minuten los. Ich hab doch gesagt, du sollst nicht rumtrödeln.«

Mist. Die Zielperson hat mich abgeschüttelt. Ich flitze zur Haustür hinaus, die Rowena Parade entlang, die Lennox Street runter. Normalerweise fahren wir mit der Straßenbahn über die Swan zur MacRobertson Bridge, aber es ist noch früh, wahrscheinlich hat Kip beschlossen, zu Fuß zu gehen. Ich nehme eine Abkürzung durch die Gipps Street, dann durch die Elm Grove, mit schnellen Schritten, aber keine Spur von ihm. Als ich um die Ecke in die Mary Street biege, sehe ich sie: das böse Superhirn Shiwan Khan und seine zwei Schläger; sie lehnen an einer Mauer und rauchen.

»Francis«, sagt Jim Pike und nickt mir zu.

»Habt ihr Kip gesehen? Ich hab ihn verloren.«

Pike blickt zur Sonne hoch, blinzelt und spitzt die Lippen, kann aber sein Kichern nicht unterdrücken. Die anderen fangen auch an zu lachen.

»Schlimme zwei Wochen für dich, Francis. Wenn du auch noch deinen Bruder verloren hast«, sagt er.

»Jawoll«, sagt Cray, und alle drei lachen noch lauter.

»Francis, Francis, komm mal her, Kumpel«, sagt Pike. Er ist gut einen Kopf größer als ich und schlaksig: kräftig, aber nicht so kräftig wie Cray oder Mac. Die sehen beide aus wie eine Kreuzung zwischen Kleiderschrank und Gorilla, und was die Körperbehaarung angeht, schlägt Mac nach dem Gorilla. Pike legt mir einen Arm um die Schultern und drückt fest zu. »Ich und die Jungs machen bloß Spaß. Das mit deinem Dad tut uns leid. Stimmt's, Jungs?«

»Jawoll«, sagt Cray.

»Sehr leid«, sagt Mac. Er kommt rüber und holt mit der Faust aus, als wollte er mir ordentlich eine verpassen, doch als sie mich berührt, nimmt er die ganze Wucht aus dem Schlag und stupst mir bloß ganz leicht gegen den Arm.

»Danke.« Ich denke an den Rosinen-Dattel-Kuchen in meiner Tasche und versuche, seinen Prügelabwehrwert zu berechnen. Er war eigentlich für die Schule gedacht, aber falls nötig, würde ich ihn jetzt gleich einsetzen.

»Wir haben uns übrigens was überlegt. Wäre gut möglich, dass du ab und zu mal mit uns rumhängst.« Pike lässt mich los und lehnt sich gegen die Mauer.

Ich schlucke. Ich sehe ihn an.

»Wir beobachten dich schon eine ganze Weile, Frankie«, sagt Mac. »Wir könnten einen Burschen mit deinen Talenten gebrauchen.«

Im Ernst? »Was für Talente wären das denn?«

»Du bist schlau und fleißig«, sagt Pike, was stimmt. »Manchmal verdienen die Jungs und ich uns ein bisschen Taschengeld mit Gelegenheitsjobs für alte Ladys in Hawthorn. Gartenarbeit und so. Unsere gute Tat für Leute, die es nicht so dicke haben.«

Mac grinst übers ganze Gesicht. »Wir nennen das unsere wohltätigen Werke.« Cray muss so dermaßen loslachen, dass er sich vornüberbeugt und die Hände auf die Knie stützt.

»Wir denken, du würdest ideal in unsere Gang passen«, sagt Pike.

»Was ist mit –«, setze ich an. »Ich dachte, ihr bleibt lieber unter euch.«

»Deine Religion«, sagt Mac. »In diesem Fall sind wir bereit, darüber hinwegzusehen.«

»Also schön.«

»Nach der Schule geht's los«, sagt Mac. »Und kein Wort zu niemandem. Sonst ist die Sache sofort gestorben. Wenn du erst unser Freund bist – na, sagen wir so: Es ist besser für dich, unser Freund zu sein.«

»Man fährt besser damit«, sagt Pike, und damit hat er recht. »Also, schön die Klappe halten.«

»Kein Sterbenswörtchen.«

»Wir treffen uns wieder hier, gleich nach Schulschluss«, sagt Pike. Ich nicke.

Als sie weg sind, lehne ich mich für eine Weile gegen die warme Mauer und denke über mein Glück nach. Die härteste Gang von Richmond! Und sie wollen mich, Francis Westaway! Schön, ich bin nicht so stark wie sie. Ich bin nicht so muskulös. Aber ich bin drahtig, und was noch wichtiger ist, ich bin auf Zack. Mit der Zeit könnte ich der Kopf der ganzen Operation werden. Der Einsatzleiter für sämtliche wohltätige Werke. Denen ist mein Potenzial aufgefallen, welch große Zukunft vor mir liegt. Nie mehr Sandwiches rausrücken müssen, nie mehr ein Bein gestellt bekommen, nie mehr aufpassen müssen, wo ich mich hinsetze und wo ich langgehe. Gut möglich, dass ich das letzte Mal zur allgemeinen Belustigung an den Füßen aufgehängt worden bin, um mir die Taschen leeren zu lassen. Von hinten die Hose runterziehen? Nicht mit mir. Ab jetzt bin ich es, der anderen die Hose runterzieht. Von dieser Minute an werde ich bestimmen, wer was macht und wer wo hingeht. Francis, ist es in Ordnung, wenn ich mich hier hinsetze? Francis, möchtest du ein Plätzchen? Nein, nein, nimm schon. Es ist zwar das letzte in der Packung, aber das ist für dich.

Als ich in die Schule komme, suche ich nach Kip, überall, wo er normalerweise zu finden ist. Dann fällt mir ein: die Bibliothek. Und tatsächlich, als ich durchs Fenster spähe, sehe ich ihn. Er sitzt in einer Ecke auf dem Boden, aber er liest nicht. Er hat die Arme um die Knie geschlungen und hält den Kopf gesenkt. Als ich ihn da sehe, vergesse ich, warum ich ihn eigentlich gesucht habe.

»Wenn wir den Jungs erzählen würden, dass wir Scones zum Frühstück hatten, würden sie uns nicht glauben«, sage ich, als ich mich neben ihn setze.

Er blickt auf. Er braucht lange, um den Kopf zu bewegen, als wäre er besonders schwer. »Hast du das Scone gesehen? Wie das in der Mitte aufgeschlitzt war?«

Ich nicke.

»Das haben sie mit seiner Anzugjacke gemacht. Seiner guten Jacke. Hinten aufgeschnitten.«

»Nie im Leben. Woher willst du das denn wissen?«

»Die saß nicht richtig. Ich hab's gesehen, als ich vor dem Sarg stand. Der Kragen war ganz schief. Ich schätze, mit seinem Hemd haben sie das Gleiche gemacht.«

Die Schulglocke läutet: Ich höre sie von den Wänden und Decken und Treppen widerhallen. Wir müssten uns eigentlich beeilen, in den Unterricht zu kommen. Geschichte. Aber wir bleiben beide hier auf den Dielen sitzen, mit dem Rücken gegen Bücher gelehnt, seelenruhig. Wie Müßiggänger, würde Ma sagen.

»Was glaubst du, womit sie sie aufgeschnitten haben?«

»Schere vielleicht. Oder mit einem Messer. Er wäre stinksauer«, sagt Kip. »Das war seine beste Anzugjacke. Wundert mich, dass Ma das erlaubt hat.«

»Sonst hätten sie seine Arme wohl nicht reingekriegt.«

Kip schüttelt den Kopf. »Das ist keine Entschuldigung. Man müsste es so machen, wie Connie früher ihre Puppen angezogen hat. Man braucht nur ein bisschen Geduld. Ich darf gar nicht dran denken. Dass er in alle Ewigkeit so daliegt, und seine besten Sachen sind aufgeschnitten.«

Ich denke, dass Dad sich keine Gedanken mehr über Klamotten macht, aber das sage ich Kip nicht. Er ballt die Fäuste, und wenn er wüsste, wer es war, könnte derjenige sich auf was gefasst machen.

»Wir müssen in den Unterricht. Aufstieg und Untergang des Römischen Reiches.«

»Ich geh nicht. Ich dachte, ich könnte, aber ich kann nicht.«

Kip hängen die Haare in die Augen. Es ist keine große Sache, den Pony kurz zu halten. Ma macht das gern, er muss nur fragen. Aber Kip ist in der Hinsicht wie Dad; der kam immer mit Druckerschwärze unter den Fingernägeln nach Hause. Draußen auf dem Flur höre ich Jungen und Pater schnell zum Unterricht laufen, Türen zugehen. Überall gehen Frauen einkaufen und Männer zur Arbeit, und Penner sitzen im Park, und keiner von denen schert sich einen Dreck um Dad.

»Der erste Tag ist der schwerste«, sage ich. »Ab jetzt wird's leichter.«

»Ich hab mich nicht mal von ihm verabschiedet, an dem Morgen. Ich hab ein blödes Buch gelesen.«

Dad und ich und Connie, wir lachen immer darüber, wie Kip liest. Man könnte ihn ansprechen. Man könnte ihm Wasser auf den Kopf spritzen und einen Topfdeckel neben ihm fallen lassen, er würde nicht aufblicken. *Der würde auch noch weiterlesen*, *wenn die Erde bebt*, hat Dad oft gesagt.

»Er hat gewusst, dass du nun mal so bist«, sage ich. »Du warst schon immer so.«

»Hast du nicht gehört, was ich gesagt hab, verdammt noch mal? Ich hab mich nicht von Dad verabschiedet. Wegen so 'nem blöden Buch!«

»Du musst in den Unterricht. Du kannst nicht einfach wegbleiben. Ma sagt, du bleibst auf der Schule.«

Er rappelt sich hoch. Er hebt seine Tasche nicht auf, lässt sie einfach auf dem Boden liegen.

»Was kann sie schon machen? Sie kann mich nicht umbringen.«

»Und ob sie das kann.« Sein entschlossenes Kinn verrät mir, dass es ihm ernst ist. »Was willst du machen?«

Er zuckt mit den Achseln. »Wenn die Fabriken mich nicht nehmen, geh ich Klinken putzen. Ist mir egal, was.« Er blickt zu mir runter, blinzelt schnell. »Aufstieg und Untergang des scheiß Römischen Reiches. Und wir sitzen da wie brave kleine Jungs an unseren kleinen Tischchen. *Ja, Pater, nein, Pater*, wo er tot ist und nie mehr nach Hause kommt und ich mich nicht mal richtig verabschiedet habe.«

Ich will ihm sagen, dass er unvernünftig ist, dass er an seine Zukunft denken muss, an die von Ma und Connie. Ich will ihm sagen, dass Dad es verstehen würde. Stattdessen sage ich: »Drückeberger.«

Er tritt gegen seine Schultasche auf dem Boden und geht ohne ein Wort zur Tür, und ich weiß, dass er zu Pater

Cusack will. Seine Tasche liegt noch hier. Ich weiß nicht, was ich damit machen soll. Mein einziger Gedanke ist, wie albern es für die Gang aussehen wird, wenn ich mit zwei Schultaschen aufkreuze. Schließlich lasse ich sie auf dem Boden liegen.

Als es zum Schulschluss klingelt, gehe ich, so schnell ich kann, die Treppe hinunter. Kip ist weder zu Geschichte noch danach zu Mathe erschienen. Keiner der Pater hat mich nach ihm gefragt. Ich schätze, sie wollen ein paar Tage abwarten, ihm Gelegenheit geben, es sich anders zu überlegen. Sie kennen ihn nicht so wie ich. Ich bin heilfroh, dass ich verabredet bin und nicht nach Hause muss, wo es mit Kip und Ma garantiert kein Vergnügen ist.

Aber als ich zu der Mauer an der Mary Street komme, ist niemand da. Vielleicht hab ich mich mit dem Treffpunkt oder der Uhrzeit vertan, oder sie haben sich bloß einen Riesenspaß mit mir gemacht. Doch dann sehe ich sie um die Ecke biegen und total lässig auf mich zukommen, die Schultaschen über die Schultern gehängt.

Ich lehne mich augenblicklich gegen die Wand. Ich nicke ihnen zu.

»Wir haben dich hoffentlich nicht warten lassen, Frankie«, sagt Jim.

»Bin eben erst gekommen. Dachte schon, die Pater würden mich dabehalten.«

»Weshalb?«, sagt Mac.

Ich blicke zum Himmel. »Wo soll ich anfangen? Ich hab dauernd Ärger mit denen.«

»Ich hab doch gewusst, dass du gut zu uns passt, Frankie«, sagt Jim. »Gehen wir.«

Wir schlendern die Swan Street runter, und als die Bahn kommt, will ich einsteigen, sehe aber, dass die Jungs zurückbleiben. Sie warten, bis die Bahn wieder anfährt, laufen dann hinterher und springen hinten auf den Vorsprung auf. Sie schauen einander an und grinsen. Pike nimmt eine Hand von der Stange und winkt mir zu. *Komm schon*, formt er lautlos mit den Lippen. Und mir bleibt eine Sekunde, um mich zu entscheiden, und ich muss an Dad denken, aber dann denke ich an Kip, der vor der Schule gekniffen hat, aber ich werde vor nichts kneifen, deshalb renn ich ihnen her und springe auch hinten auf.

Von da an denke ich nicht mehr drüber nach. Wenn ich nämlich runterfiele, würde mein Kopf wie ein Ei aufplatzen, und weil es nicht spätabends ist wie bei Dad, sondern überall von Menschen und sogar Autos wimmelt, würde ich wahrscheinlich überfahren und als großer roter Fleck auf der Straße enden, und sie würden meine Jacke vom Kragen an nach unten aufschlitzen, und deshalb halte ich mich fest, verschwitzt und zittrig, und denke nicht weiter drüber nach. Alle Leute auf der Straße bleiben stehen und blicken uns an, und ein Mann nimmt seinen Hut ab und winkt damit und brüllt: »*Holla! Jungs!*« Cray winkt mit einem Arm zurück, und ich halte mich weiter mit beiden fest und denke nicht nach.

»Fahrkarten sind viel zu teuer«, sagt Jim.

»Jawoll«, sagt Cray.

»Reine Sparmaßnahme«, sagt Mac. »Alles klar bei dir, Frankie?«

Ich kann jedes Sandkorn auf dem Gleis spüren. Meine Hände sind fettig und glitschig. Kurz bevor die Bahn in die Power Street biegt, verlangsamt sie auf Schritttempo, und wir springen ab, und ich hab so wackelige Beine, dass ich kaum stehen kann. Wir gehen ein Stück, aber dann kommt eine andere Bahn. Diesmal guckt der Schaffner uns so böse an, dass wir einsteigen und Fahrkarten kaufen, und ich war noch nie in meinem Leben so froh.

Wir stehen also mitten in der quietschenden und ratternden Bahn. Als wir in Hawthorn ankommen, sieht man gleich den Unterschied. Hawthorn besteht aus Gras und schwankenden Bäumen und Hügeln und Häusern, die sich nicht mal gegenseitig berühren, sondern von Rasen umgeben sind wie von einem Burggraben. Sogar die Luft riecht anders. In der Nähe der Burwood Road steigen wir aus, gehen neben einer Milchbar nach hinten durch und bleiben unter einem dicken Baum stehen. Ehe ich kapiere, was los ist, sehe ich, wie Mac anfängt, sein Hemd aufzuknöpfen. Die drei ziehen ihre Hemden aus, einfach so im Freien, und stehen jetzt in Unterhemden da. Und ich starre Mac an, dem die Haare bestimmt fünf Zentimeter unter den Armen rausstehen! Er hat sogar welche auf der Brust. Ich hoffe inständig, ich muss nicht auch mein Hemd ausziehen. Ich bin so haarlos wie ein Babypopo. Aus ihren Schultaschen holen sie jeder ein einfaches Hemd und eine Mütze.

Meine Frage, warum sie sich umziehen, quittiert Cray mit einem Lachen.

»Mich wundert, dass du das fragen musst, Frankie«, sagt Jim. »Unsere armen Mütter rackern sich von morgens bis abends mit Wäschewaschen ab. Wenn wir in den Gärten von alten Ladys schuften, werden wir doch schrecklich schmutzig. Wir wollen unsere Schulklamotten schließlich nicht dreckig machen.«

»Gedankenlos«, sagt Cray.

Sehr vernünftig von den Jungs. Auch ich habe nur die eine Schuluniform. »Verstehe. Aber was zieh ich an?«

Die Frage lässt Cray loskichern.

»Du brauchst dich nicht umzuziehen«, sagt Jim. »Wir

sind alle größer als du, nicht? Stärker. Deshalb machen ich und Cray und Mac am besten die Gartenarbeit. Du bist für die Arbeit vorgesehen, für die man ein bisschen mehr Grips braucht. Weil du doch so gut in der Schule bist.«

Na bitte. Ich wusste doch, dass sie mich aus gutem Grund ausgewählt haben. Köpfchen ist wichtiger als Muckis. Sie haben mich für eine besondere Aufgabe vorgesehen.

»Und weil du so mager bist«, sagt Mac.

Wir gehen los und kommen nach einer Weile zu einem großen Haus mit jeder Menge Garten drum herum, Büschen, Gras und Bäumen. Kein Wunder, dass die alte Dame, die hier wohnt, Hilfe bei der Gartenarbeit braucht. Ich will schon das Tor öffnen, als Pike mich packt und zurück auf den Bürgersteig und vor das Nachbarhaus zieht.

»Pass auf. Es läuft folgendermaßen. Die alte Tante da drinnen erwartet uns.«

»Genau.« Ich will wieder zurück Richtung Tor, doch Cray legt mir eine Hand auf die Brust.

»Aber nicht uns alle. Bloß Mac und Cray und mich. Du bleibst hier, bis sie uns reinlässt. Dann sorgen wir dafür, dass die Tür angelehnt bleibt, klar? Sie wird mit uns durchs Haus nach hinten in den Garten gehen und uns zeigen, was wir zurückschneiden und wo wir Unkraut jäten sollen. Dann kommt dein Einsatz.«

»Mein Einsatz?«

»Fang in der Küche an«, sagt Pike. »Und such nur nach kleinen Sachen.«

»Große Sachen sind unpraktisch, falls wir abhauen müssen«, sagt Mac. »Auch wenn du irgendwas unbedingt haben willst. Selbst wenn es, keine Ahnung, ein Radio ist. Lass die Finger von allem, was nicht in deine Hosentasche passt.«

»Hosentaschengröße«, sagt Cray.

»Geld, Schmuck«, sagt Pike. »Diese alten Schachteln haben was gegen Banken. Guck in die Schubladen, unter die Unterwäsche. Da verstecken sie Portemonnaies.«

»Schmuck. Was wollt ihr denn mit Schmuck?«

»Der ist nicht für uns, du Idiot«, sagt Pike. »Der ist zum Verhökern. Mein Bruder Ronnie versetzt ihn im Pub.«

»In der Küche guck in der Teedose nach«, sagt Mac. »Manchmal sind da Pfundnoten drin, für Lieferjungen.«

»Das Allerwichtigste: Augen und Ohren offen halten«, sagt Pike. »Wir beschäftigen sie so lange im Garten, wie wir können, aber man kann nie wissen, ob so eine Alte nicht plötzlich auf die Idee kommt, dir ein Glas Wasser zu holen oder so. Wenn du irgendwas hörst, verdufte sofort durch die Haustür.«

»Wir treffen uns an der Milchbar«, sagt Mac. »Alles wird durch vier geteilt.«

»Und Francis.« Pike blickt mich eindringlich an. »Enttäusch uns nicht. Du würdest uns nicht mögen, wenn wir enttäuscht sind.«

»Jawoll«, sagt Cray.

Von seinem Aussichtspunkt hinter dem Vorgartenzaun aus beobachtet Cranston, wie sich die schwere alte Tür der Burg mit einem monströsen Quietschen öffnet. Seine Agenten – drei stark behaarte ehemalige Sträflinge, denen der *Schatten* das elende Leben gerettet hat, sodass sie tief in seiner Schuld stehen und ihm ewige Treue geschworen haben – sagen das geheime Losungswort und erhalten Einlass in den Unterschlupf der Schurken, genau wie er geplant hat. Jetzt ist seine Chance gekommen, nach dem gestohlenen Mikrofilm zu suchen. Er lässt seine Tasche bei den anderen, gleich hinter dem Tor versteckt. Als er zur Tür kommt, sieht er, dass sie einen Spalt offen steht. Er drückt sie lautlos auf und schleicht in die Eingangshalle.

Drinnen ist es düster und muffig, als besäßen die Superschurken, die sich hier versteckt halten, keinen Besen. Sobald seine Augen sich an die Lichtverhältnisse gewöhnt haben, sieht er, dass vom Hauptkorridor etliche Zimmer abgehen; der Korridor ist mit Ritterrüstungen gesäumt und mit Teppichen ausgelegt, die, wie Cranston weiß, aus einem kleinen Dorf bei Konstantinopel stammen. Aber jetzt ist nicht die Zeit, um zu trödeln und in Erinnerungen an seine Abenteuer im Osmanischen Reich zu schwelgen. Cranstons Pumpe hämmert so laut, dass er schon fürchtet, sie könnte ihn verraten, aber er muss sich sputen. Die Schurken könnten jeden Moment zurückkommen.

Er fängt in der Küche an, einem kleinen dreckigen Raum. Er folgt einem Tipp und sieht in der Teedose nach, aber wie er es sich bei dem heruntergekommenen Eindruck, den die Burg macht, schon gedacht hat, enthält sie nur Tee und ein paar Pennys. Für den Fall, dass sie irgendeinen Hinweis liefern, steckt er die Pennys in die Tasche. Er schaut auch in allen anderen Behältern nach: M für Mehl und Z für Zucker. Sie sind alle so gut wie leer. Die Obstschale ist leer. Der Brotkasten ist leer. Hier gibt's nicht mal genug zu essen für eine Maus auf Diät. Was ist los mit dieser alten Schachtel? Am Ende der Straße sind Läden, und wenn das zu Fuß zu weit ist, kann sie sich die Lebensmittel doch ins Haus liefern lassen.

Cranston sieht ein, dass die Küche Zeitvergeudung ist, und während er sucht, lauscht er unablässig mit einem Ohr auf irgendwelche Geräusche. Wenn er entdeckt wird, ist es aus mit unserem gut aussehenden Helden.

Als Nächstes nimmt er sich das Wohnzimmer vor. Hier muss er aufpassen: Ein Blick auf den Kaminsims verrät ihm, dass alles mit einer feinen Schicht Fingerabdruckpulver bedeckt ist, und wenn er etwas anfasst, ist er erledigt. Einer genialen Eingebung folgend, zieht er die Ärmel über die Finger. Dann späht er hinter Fotorahmen und eine große Uhr, entdeckt aber nichts, das klein genug ist für seine Hosentaschen. Von weit weg hört er die Stimmen seiner Agenten. Sie sind Experten im Ablenken. Er hat sie gut ausgebildet.

Schließlich geht er zum Zimmer der alten Haushälterin der Schurken. Zunächst bleibt er an der offenen Tür stehen. Er kommt sich vor wie bei seiner Großmutter: ein großes, hohes Bett mit einer Mulde in der Mitte und flache, spitzenverzierte Kopfkissen. Auf dem Boden stehen Pantoffel, und auf einem Stuhl liegt ein weißes Nachthemd. Der ganze Raum riecht nach alter Frau. Cranston sieht sich alles an, was auf der Kommode steht, und durchsucht ein paar Schubladen. Alles ist verblasst und dünn. Keine Spur von einem Mikrofilm. Er fühlt sich schlecht. Einen Moment lang ist ihm, als müsste er kotzen.

Plötzlich hört er ein Geräusch. Stimmen. Laut. Schimpfen, das lauter wird. Dann ein anderes Geräusch – die Hintertür, die geöffnet wird. Er hat sich fast in die Hose gemacht. Sie kommen zur Hintertür herein. Er kann sie hören, polternde Jungenschritte und auch die alte Lady. Scheiße, Scheiße, Scheiße. Vielleicht gehen sie bloß in die Küche, um etwas zu trinken. Mehr nicht. Nein, sie kommen näher, durch den Flur, Richtung Haustür.

Ich springe hinter die Schlafzimmertür und ziehe sie zu mir, und prompt flattert mir ein Morgenrock ins Gesicht, der nach getrocknetem Erbrochenem und Tee riecht. Sie sind im Flur, vor der Schlafzimmertür. Ich kann kaum atmen. Ich sitze in der Falle.

»Aber wir haben doch gerade erst angefangen«, sagt Pike. »Wir wollen noch nicht aufhören.«

»Außerdem«, sagt Mac, »arbeiten wir für umsonst.«

»Er hat einen Rhododendron rausgezogen!«, sagt die alte Lady.

»Wir passen besser auf.«

»Versprochen!«

»Ihr drei würdet Unkraut ja nicht mal erkennen, wenn es sich euch persönlich vorstellen würde! Ihr seid zu nichts zu gebrauchen.«

»Geben Sie uns doch noch eine Chance«, sagt Pike.

»Ihr seid wie Elefanten im Porzellanladen. Ihr müsstet eigentlich mich für meine Gartenpflegetipps bezahlen.«

Ich kann absolut nichts sehen, weil mein Kopf hinter dem Morgenmantel ist, aber ich spüre etwas Festes an der Wange. Ich ziehe den Morgenmantel beiseite, und direkt daneben, an einem Haken, hängt eine schwarze Handtasche. Ich nehme sie herunter. Leise öffne ich den rostigen Verschluss. Es ist ein Taschentuch darin, ein goldener Lippenstift mit passender Puderdose und eine dicke Geldbörse aus Leder. Ich leere die Geldbörse in eine Hand: ein paar Schillinge. Ich schiebe sie in die Hosentasche.

»Oh. Oh. Hat jemand das Licht ausgemacht?«, sagt Pike. »Mir ist ganz schwindelig. Ich glaube, ich hab einen Schwächeanfall.«

»Au Backe«, sagt Cray.

»Mutter? Mutter, bist du das?«, sagt Pike.

»Das kommt von der Sonne, schätz ich«, sagt Mac. »Hitzschlag.«

»Ihr wart doch höchstens fünf Minuten in der Sonne«, sagt die alte Lady.

»Mein Freund ist da sehr empfindlich«, sagt Mac.
»Bist du irgend so ein Ausländer?«, fragt sie.
»Kann ich was zu trinken haben?«
»Wasser. Von meiner Limonade kriegt ihr nichts. Die habt ihr euch nicht verdient.«

Ich höre, wie sie zurück durch den Flur marschiert, und dann flüstert Pike: »Francis! Wo zum Teufel steckst du?«

Ich komme hinter dem Morgenrock hervor. Die alte Lady ist in der Küche. Ich höre Gläser klimpern, Wasser ins Spülbecken plätschern, aber daran denke ich nicht. Ich bleibe wie vom Donner gerührt mitten im Schlafzimmer stehen. Ich denke an Ma. Sie und die alte Lady sind gar nicht so verschieden. Ich hab nicht an der wahrscheinlichsten Stelle nachgesehen.

Blitzschnell husche ich zum Bett und schiebe eine Hand unter die Matratze. Ich taste herum, und auf einmal berührt meine Hand etwas Weiches und Pelziges, wie Samt. Ich ziehe es heraus – es ist ein kleiner roter Beutel von höchstens zehn Zentimetern im Quadrat mit einer festgezurrten goldenen Kordel. Die alte Lady wird jeden Moment zurückkommen. Ich will den Beutel schon in die Hosentasche stecken, zögere jedoch. Ich versuche, wie der *Schatten* zu denken, also bücke ich mich und stopfe den Beutel in meine linke, nach unten geschobene Socke. Dann laufe ich aus dem Schlafzimmer und stelle mich hinter Cray. Fast im selben Moment kommt die alte Lady aus der Küche.

Sie kommt leicht schwankend durch den Flur, ein Glas Wasser in der Hand. Sie hat etwas auf den Teppich schwappen lassen, kümmert sich aber nicht darum. Sie bleibt vor uns stehen. Sie ist größer, als ich gedacht habe, ein rundlicher Großmuttertyp, kein Klappergestell. Ihr graues Haar ist vorn angeklatscht, wie bei Julius Cäsar. Sie kneift die Augen zusammen.

»Wer von euch wollte das Wasser?«

Pike nimmt das Glas und trinkt es in einem Zug leer.

»Schon besser. Danke. Tja dann. Wir gehen.«

Wir drehen uns um, und Cray öffnet die Tür.

»Moment noch«, sagt die alte Lady. »Umdrehen.«

Wir wissen nicht, was wir machen sollen. Wir drehen uns um. Wir stehen da, alle vier in einer Reihe. Ich kann spüren, wie mir das Blut aus den Händen weicht. Im Mund habe ich einen seltsamen Metallgeschmack. Ich werde als jugendlicher Straftäter gebrandmarkt sein. Ma wird es erfahren, und Connie wird es erfahren, und Kip wird es erfahren. Pater Cusack wird es erfahren. Ich werde derjenige sein, der von der Schule fliegt, garantiert. Meine Zukunft ist im Eimer. Mein Leben als berühmter Radiostar auch.

Die alte Lady mustert uns von oben bis unten, und ich begreife, was das hier ist. Es ist eine Prüfung. Es geht darum, dass ich heute Morgen am Tisch gesessen und mir angehört habe, wie Ma von ihrer neuen Arbeit erzählt hat und Connie davon, dass sie mit der Kunstschule aufhört, und ich kein Wort gesagt habe. Hier und jetzt lege ich vor Jesus ein Gelübde ab. Wenn ich hier lebendig rauskomme, werde ich die Verantwortung für diese Familie übernehmen. Ich werde fleißig für die Schule arbeiten. Ich werde der ernsthafteste, strebsamste, fleißigste Junge sein, und ich werde alles tun, was Ma sagt, und ich werde nichts Schlimmes mehr anstellen, nie wieder, und wenn ich hundert Jahre alt werde. Ich werde der bravste Junge sein, der je gelebt hat. Ich werde die Schule zu Ende machen und auf die Universität gehen und Jura studieren, so wahr mir Jesus Christus helfe, der mein Erlöser ist. Ma hat recht:

Nichts ist so wichtig wie anständig sein. Ich sehe, wie der Kopf der alten Frau nickt. Sie zählt uns. Es spielt keine Rolle, wie alt sie ist, jeder sieht den Unterschied zwischen drei Jungs und vier. Wir sind geliefert.

»Wer von euch ist der dumme Junge, der meinen neuen Rhododendron rausgezogen hat?«

Ich blicke Pike an, und Pike blickt Mac an, und Mac blickt Cray an.

»Ich«, sagt Cray.

»Schadenersatz.« Sie streckt ihre dicke Hand aus.

»Was?«, sagt Pike.

»Den werdet ihr mir bezahlen. Der Strauch war ein Ableger von dem Marchioness of Lansdowne meiner Schwägerin, mit dem sie auf der Rhododendronschau einen Preis gewonnen hat. Pflanzen wie der wachsen nicht auf Bäumen.«

»Hat einer von euch Geld?«, sagt Pike.

Cray stülpt beide Taschen nach außen. Pike ebenfalls und dann Mac. Zwei Kronkorken, drei Pfefferminzbonbons mit Flusen dran, ein Bleistiftstummel und sechs Murmeln.

»Hier.« Ich hole das Geld aus meinen Taschen, die Handvoll Münzen aus der Teedose und dem Geldbeutel. Die alte Frau tritt vor mich und blickt mir direkt ins Gesicht. Sie beugt sich so weit runter, dass sie mit der Nase fast die Münzen berührt. Meine Hand ist schweißnass. Mein Herz bleibt tatsächlich stehen. Ich kann die leere Stelle in der Brust spüren, und jeden Moment werden meine Rippen über dem riesigen Loch zusammenbrechen, wo einst mein Herz war. Wie kann sie eine Handvoll Münzen wiedererkennen? Hat sie sich gemerkt, wie das Geld aussieht? Vielleicht ist sie doch keine harmlose alte Lady. Vielleicht ist sie eine verkleidete Polizistin. Sie richtet sich langsam wieder auf. Sie blickt mir in die Augen.

»Warte hier. Ich hol meine Brille. Vielleicht kriegst du noch was raus.«

»Schon gut«, sage ich. »Nehmen Sie's. Nehmen Sie alles.«

»›Schon gut‹«, sagt Pike mit affektierter Fistelstimme, die Hände an die Brust gedrückt.

»›Nehmen Sie's, nehmen Sie alles‹«, sagt Mac, mit gespitzten Lippen und flatternden Augenlidern.

»Westaway, ich sollte dir ordentlich eine reinhauen, du Volltrottel.«

»Jawoll«, sagt Cray.

Wir sind hinter der Milchbar, und die Jungs ziehen wieder ihre Schulhemden an. In der einsetzenden Dämmerung sind wir fast den ganzen Weg hierher volle Pulle gerannt. Die ganze Arbeit, die ganze Mühe für nichts. Es ist einfach nicht unser Glückstag. Cray schnieft. Ich habe die Arme verschränkt, weil meine Hände nicht aufhören wollen zu zittern.

»Hab ich etwa den Rhododendron rausgezogen? Oder hab ich uns aus dem Schlamassel rausgeholt?«

»Du bist raus«, sagt Mac, und ich höre es, bevor ich es fühle. Ein dumpfes Platsch, als würde Fleisch auf Linoleum klatschen. Dann fühle ich den Schmerz in Nase und Wange und Kinn, dann merke ich, dass ich auf der Seite im Gras liege. Ich brauche einen Moment, bis ich begreife, wieso. Ich kann nichts sehen. Mein Gesicht tut weh. Die Milchbar, die Bäume, alles verschwimmt. Ich bewege den Kopf, damit ich mit dem anderen Auge hochblicken kann, dem Auge, das unten liegt. Mac hat eine Hand in die Achselhöhle geschoben, flucht und verzieht das Gesicht und hopst auf einem Bein.

»Jawoll«, sagt Cray.

Ich schaue auf: Er steht direkt über mir, und ehe ich *Bitte nicht, Cray, bitte* sagen kann, sehe ich, wie er mit einem Fuß ausholt, und ich weiß, was kommt, und eine Sekunde dauert eine Minute, dann spüre ich den Tritt, fest, genau in den Bauch.

Ich sterbe. Ich kann nicht atmen. Ich versuche es und will kotzen, aber es kommt bloß Spucke raus. Ich sehe etwas Rotes im Gras. Blut. Ich hieve mich auf die Knie und hebe eine Hand. Das Blut kommt aus meiner Nase. Es läuft heraus und hört einfach nicht auf. Ich bin erledigt. Wieder hab ich das Gefühl, kotzen zu müssen.

Mein Kopf hängt runter, dann kniet Pike sich neben mich und packt meine Haare und reißt meinen Kopf nach hinten, sodass es sich anfühlt, ich würde ich in dem Blut aus meiner Nase ertrinken, das mir in die Kehle läuft.

»Das ist nichts im Vergleich zu dem Unfall, den du haben wirst, wenn du auch nur ein Wort ausplauderst.«

Ich kann kaum sprechen. Es klingt, als würde ich gurgeln. Er lässt meine Haare los, und mein Kopf fällt wieder nach vorn, und ich spucke und würge.

»Wenn du uns kommen siehst, Westaway, dreh um und geh in die andere Richtung«, sagt Mac.

Ich falle zurück aufs Gras und schaue zu den dreien hoch. Cray spuckt mich an: Es landet nass auf meinem Hals. Ich schließe die Augen und warte, und dann öffne ich sie ein kleines bisschen. Sie sind weg. Ich warte noch länger, aber es ist keiner mehr da.

Die Sonne ist untergegangen, und mein Gesicht ist heiß und pocht, und ich muss irgendwie nach Hause kommen. Aufstehen ist echt schwierig. Ich halte mich an einem Laternenpfahl fest. Ich mache einen Schritt, dann noch einen. Der eine Fuß fühlt sich komisch an, als ließe sich der Knöchel nicht richtig beugen. Nicht genug damit, dass ich Keile gekriegt habe und mir was aus den Fingern saugen muss, um Ma mein gemanschtes Gesicht zu erklären – ich hab mir auch noch den Fuß verknackst.

Ich taste den Knöchel ab, und da spüre ich ihn. Den kleinen Beutel, den ich unter der Matratze gefunden habe. Ich mache ihn auf, und im Licht der Straßenlaterne sehe ich einen lila Schmuckstein an einer goldenen Kette. Er ist wunderschön, das Hübscheste, was ich je gesehen habe. Er glitzert im Licht. Ich lächele und schreie vor Schmerz auf, weil mein Gesicht so wehtut. Den werde ich auf keinen Fall hergeben. Der gehört mir.

Annabel

Im *Women's Weekly* steht, falsche Würstchen sind köstlich. Ich koche die Haferflocken fünfzehn Minuten lang in Salzwasser, schneide die Zwiebeln klein und gebe Gewürze und Ei und Paniermehl hinzu. Die Masse klebt am Löffel, an der Schüssel, meinen Händen. Sie riecht schwach nach Plumpudding. Ich forme dicke Würstchen daraus und brate sie im letzten Rest Schmalz, den wir noch da haben. Sie fauchen und zischen wie Katzen. Als sie dunkelbraun sind, nehme ich sie aus der Pfanne, aber sie haben nicht die geringste Ähnlichkeit mit Würstchen, wie ich sie in Erinnerung habe. Im *Women's Weekly* steht, sie geben ein vorzügliches Mittagessen ab, das der ganzen Familie mundet. Gestern habe ich falsche Ente gemacht: Zwiebel, Tomate, geschlagenes Ei und getrocknete Kräuter, alles miteinander vermengt und auf Toast gestrichen. Im *Women's Weekly* stand, das wäre eine leckere und nahrhafte Sandwichfüllung.

Ich habe mit *Women's Weekly* ein Hühnchen zu rupfen.

Mein Vater, der im Wohnzimmer sitzt und wartet, dass ich ihn zum Essen rufe, hat seine dritte Flasche schon halb leer. Die falschen Würstchen auf den Tellern sind noch warm, aber das Schmalz gerinnt bereits. Das eine Ende des Küchentisches habe ich für uns beide gedeckt, und das andere Ende ist voll mit Sachen, die da nicht hingehören: dem *Herald*, der leeren Obstschüssel, ein paar Kerzen, falls der Strom mal wieder ausfällt, den Geschirrtüchern, die ich gefaltet habe. Nach dem Essen werde ich alles wegräumen. Ich kann die freie Fläche bloß nicht ertragen, wenn wir am gedeckten Tisch sitzen. Irgendwann schaffe ich die anderen beiden Stühle weg. Oder ich verkauf die ganze Garnitur und kaufe einen Tisch für zwei.

»Na, was fälschen wir heute?« In der Küche gießt er sich noch ein Glas ein. Der ganze Raum riecht danach: hefig und fast süß.

»Rat mal.«

Er stupst ein Würstchen mit seiner Gabel an. »Irgendeine Art Fleisch? Vielleicht ziehen wir lieber den Vorhang zu.« Er lächelt. »Nicht, dass die Nachbarn uns noch verpetzen.«

Erst in einer Woche kann ich wieder Zucker kaufen, und wir gönnen uns nur noch eine halbe Tasse Tee und einen Kratzer Butter. Wir haben keinen Pfeffer mehr, aber der ist nirgendwo zu kriegen, weil die einzigen Länder, die so klug waren, ihn anzubauen, den Japanern in die Quere gekommen sind. Wir haben unsere eigenen Kartoffeln und Zwiebeln, und Elsie nebenan gibt uns einen viertel Kürbis, wenn sie einen aufschneidet. Der Krieg ist aus, und wir haben gewonnen. Angeblich.

»Falsches Chutney?« Ich reiche ihm die letzte Schüssel aus geschliffenem Kristallglas, die wir noch haben. Sie gehörte meiner Mutter. Das falsche Chutney ist ein zähflüssiger Brei und hat schon eine Haut. Er nimmt einen gehäuften Löffel voll. Sein Enthusiasmus macht mich traurig. Das falsche Chutney ist glänzend und schleimig und sieht seltsamerweise aus wie eine Mischung aus Worcestershiresoße, Aprikosenmarmelade und Rosinen.

Mein Vater bestreicht ein großes Stück Würstchen damit. Er kaut langsam. In all den Jahren, die ich schon für ihn koche, hat er das Essen nie einfach nur in sich hineingestopft.

»Schmeckt wie Worcestershiresoße, Aprikosenmarmelade und Rosinen.«

»Sie dürfen sich jeden Preis vom oberen Regal aussuchen, Sir.«

Er trinkt sein Bier in tiefen Zügen, und ich beobachte, wie sich sein Adamsapfel auf und ab bewegt. Er füllt das Glas erneut aus der hohen braunen Flasche mitten auf dem Tisch. Das Glas schwitzt von dem kalten Bier, und ich kann den Abdruck seiner Hand sehen.

»Sehr lecker. Du bist ein gutes Mädchen, Annabel.« Und er lächelt wieder. Ich habe die Ähnlichkeit nie gesehen, egal, was alle sagen. Meine Großtanten erinnern sich, wie gut er als junger Mann aussah, wie sehr sich meine Eltern liebten. Auf dem Hochzeitsfoto neben seinem Bett habe ich es selbst gesehen: sein strahlendes Gesicht, das Lächeln, wie ein warmer Herd an einem kalten Tag. Ich habe das Foto immer wieder lange angestarrt. Ich kann nichts von meiner Mutter in mir entdecken.

»Du hast nicht noch ein paar Schillinge übrig, Liebes?«

Ich stähle mich innerlich. »Dieses großartige Würstchengelage hat den letzten Rest unserer Haushaltskasse geschluckt.« Ich schwenke die Hand über den Tisch, eine Zauberin, die ihre Kunst präsentiert.

Wir blicken beide nach unten auf unsere Teller. Er

schämt sich für die Frage, ich mich für die Lüge. Vielleicht weiß er Bescheid, vielleicht nicht. Ich habe so wenig beiseitegelegt, dass es kaum der Mühe wert ist, es zu verstecken. Ein paar Kupfermünzen, um uns durch die Woche zu bringen. Wie wir die nächste Woche überstehen, bleibt noch abzuwarten. Immerhin ist jetzt November, und es wird wieder wärmer. Ich brauche bloß genug Holz zum Kochen. Es war anders, als ich noch in der Munitionsfabrik war, bevor die Männer nach Hause kamen und wir Frauen wieder entlassen wurden. Und selbst wenn ich jetzt Arbeit fände, würde er das bisschen Lohn wahrscheinlich vertrinken, weil ich nicht da wäre, um ein Auge auf ihn zu haben. Dennoch, die Angst, dass die Japsen kommen, hat aus ihm einen besseren Menschen gemacht. So schlimm der Krieg war, eines ist nicht zu leugnen: Ich und Dad hatten es noch nie so gut.

Wir essen eine Weile schweigend, und ich warte auf den Satz, mit dem es immer losgeht. Der kommt wahrscheinlich, wenn Dad seinen letzten Bissen nimmt. Und als ich aufstehe, um heißes Wasser aufzusetzen, kratzt er seinen Teller sauber und legt Messer und Gabel auf sechs Uhr.

»Steckst hier fest«, sagt er, »und kümmerst dich um deinen alten Vater. Du solltest inzwischen eine eigene Familie haben.«

»Ich habe eine eigene Familie. Dich.«

Das ist unser ganz persönlicher Tanz, unsere Schritte auswendig. Es ist unser eigenes Theaterstück, und wie gute Schauspieler sprechen wir unseren Text mit echtem Gefühl, als wäre jedes Mal das erste Mal. Bald wird er etwas darüber sagen, dass ich allein bin und was es mich kostet, für ihn da zu sein.

»Keine Mutter, keine Brüder. Vergeudest deine Jugend

mit der Pflege eines alten Mannes. Alle deine Freundinnen sind verheiratet oder arbeiten.«

»Ich sorge gern für dich.« Ich weiß, er liebt mich. Aber manchmal, wenn ich ihn *keine Mutter, keine Brüder* sagen höre, denke ich, er meint in Wirklichkeit *keine Frau, keine Söhne*.

»Das ist verdammt unfair«, flüstert er.

Heute ist er resigniert. Er ist nicht immer so friedlich, aber selbst dann weiß ich, dass er nicht auf mich böse ist. Ich bin bloß die, die da ist. Es ist nicht meine Schuld und nicht die Schuld der Teller oder der Gläser oder der Wände oder der Möbel oder von dem, was einmal das Kristallschüsselset meiner Mutter war. Ihn an einem schlechten Tag zu erleben ist so, als würde man in der Ferne ein Unwetter losbrechen sehen. Es scheint so weit weg, dass es mich nicht berührt, dass ich innerlich ruhig bin. Aber es wäre bestimmt besser, wenn ich etwas empfinden würde.

Heute ist ein guter Tag. Er leert sein Melbourne Bitter. Er muss kein Wort sagen; ich bin sehr gut abgerichtet. Ich hole eine neue Flasche. Ich serviere die Hauptmahlzeit mitten am Tag, in Anpassung an unsere Situation: Mein Vater trinkt nie einen Tropfen vor Mittag.

»Wenn ich dir wenigstens ein neues Kleid kaufen oder dich ins Kino einladen könnte. Ich bin ein schrecklicher Vater, Annabel.«

»Du bist ein wunderbarer Vater, das warst du schon immer.«

In dieser Phase nennt er mich noch Annabel. Ich trinke meinen Tee, und wir sitzen da und plaudern über dies und das, Neues aus der Nachbarschaft, die Mannschaftsaufstellung für das Spiel am Samstag, und nach der sechsten Flasche steht er auf, beide Hände flach auf der Tischplatte. Der Stuhl poltert hinter ihm zu Boden, aber das ist gut.

Wenn er allein stehen kann, ist es einfacher. Wenn er auf dem Stuhl wegsackt, krieg ich ihn kaum hoch – einmal ist er weggesackt, während er noch aß, Nase voran in den Kartoffelbrei.

Ein anderes Mal hat er es bis zum Ende geschafft und ist dann aufgestanden, um etwas aus dem Schlafzimmer zu holen. Es war ein dunkler, regnerischer Tag, und die Rollos waren runtergezogen, und ich fand ihn bewusstlos auf dem Fußboden, keuchend und würgend, und ein Faden dunkle Flüssigkeit lief ihm aus dem Mund. Ich zog seinen Mund auf und ertastete mit den Fingern eine klebrige Masse. Seine Zunge, dachte ich. Er hat sich die Zunge abgebissen und erstickt daran. Meine Finger waren nass von warmem Blut. Ich packte den glitschigen Klumpen und zog ihn raus und zwang mich hinzuschauen. Meine Augen brauchten einen Moment, um zu erkennen, was ich da zwischen den Fingern hielt. Es war ein Karamellbonbon! Er musste es sich in den Mund geschoben haben, kurz bevor er umfiel. Sobald das Bonbon draußen war, konnte er wieder problemlos atmen. Er lag da und schlief, und ich saß neben ihm auf dem Boden, die Finger zusammengeklebt von dem weich gekauten Karamellbonbon, und lachte, bis ich weinte.

Heute jedoch steht er ganz von allein und streckt die Arme zur Seite. Plötzlich fängt er an zu wackeln. Ich reagiere blitzschnell. Vielleicht wird er meinen Arm abschütteln und sagen, er kommt schon klar, schreien: *Für wen hältst du mich, irgend so einen Krüppel, hau ab, ich schaff das allein.* Seine Hände sind langsam, und es ist leicht, ihnen auszuweichen.

»Komm, Dad.« Ich schiebe den umgekippten Stuhl beiseite, lege mir einen seiner Arme um die Schulter und beuge mich ein wenig zu ihm hin. Er sagt kein Wort. Ich bin geübt darin. Oh, einmal, an einem Donnerstagabend, verlor ich mit ihm komplett das Gleichgewicht, und wir torkelten gegen den Tisch in der Diele und zerdepperten die Lampe und die Vase, und er holte sich eine Platzwunde am Kopf, und ich verrenkte mir den Knöchel. Ich lag inmitten von Scherben und Blut, und er schlief wie ein Engel, und ich dachte, wie zum Teufel soll ich ihn jetzt wieder auf die Beine kriegen?

Damals dachte ich noch, es wäre eine Katastrophe, in der Diele zu schlafen. Heute bin ich kräftiger, und er ist dünner, und ich habe gelernt, mich an den Wänden abzustützen, wenn ich meinen Griff wechsele.

Ich bezweifle, dass ich ihn jetzt fallen lassen würde, aber wenn doch, würde ich nachsehen, ob er sich verletzt hat, dann seinen Kopf anheben und ein Kissen drunterschieben und ihn mit einer Wolldecke zudecken und liegen lassen. Inzwischen weiß ich, dass es Schlimmeres gibt, als auf dem Fußboden zu schlafen.

Heute ist es einfach. Ich setze Hüften und Beine und Schultern ein. Wir sind wie langsame Läufer in einem Dreibeinrennen. Wir passieren problemlos den Dielentisch, biegen locker um die Ecke ins Wohnzimmer. Sein Sessel steht bereit, genau so, wie er ihn stehen gelassen hat. Jetzt kommt der vielleicht schwerste Teil. Ich muss ihn ganz genau ausrichten. Ich nehme seine beiden Hände, kurze Pause – und geschafft. Er fällt wie ein Baum, aber der Sessel fängt ihn auf, und es ist noch nicht mal vier Uhr. Ich habe Zeit, um mich fertig zu machen.

Ich bin fast aus dem Zimmer, als ich ihn murmeln höre.

»Gehst du aus, Meg?«

»Ja, Dad.« Er weiß durchaus, wer ich bin. Aber wenn er in dem Zustand ist, fällt ihm am ehesten der Name meiner Mutter ein.

»Wohin?«

»Einen Spaziergang machen, vielleicht am Fluss. Danach tanzen.«

»Holt er dich ab?«

»In einer halben Stunde.«

»Kommst du auch nicht zu spät wieder?«

»Nein, Dad. Ich komme nicht zu spät wieder.«

Dann öffnet mein Vater ein Auge, und es sieht klar und scharf und blau aus, als würde es jemand anderem gehören. »Du weißt, ich kann den Kerl nicht leiden«, sagt er. »Ich trau ihm nicht.«

Das hat er noch nie gesagt. Das gehört nicht zu unserem Stück.

»Dad.« Ich setze mich auf die Sessellehne und nehme seine Hand. Sie ist nicht so lebendig wie sein Auge; sie ist schlaff und fleckig und wabbelig. »Das stimmt nicht. Du magst Francis. Das hast du mir gesagt.«

Er schnaubt leise. Das war eine sehr dumme Antwort von mir. »Der doch nicht. Der ist harmlos. Der andere. Kip.« Er schließt das Auge und schläft wieder ein.

Ich setze Wasser auf und fülle, als es heiß ist, die Waschschüssel und kann mir einfach keinen Reim darauf machen. Ich wasche mir das Gesicht und frisiere mich und ziehe ein Kleid meiner Mutter an, das ich an der Taille abgenäht habe, und vielleicht habe ich mich ja auch verhört. Nicht ein Junge hat mich ausgeführt, bis Francis eines Sonntagnachmittags an unsere Tür klopfte. Ich habe Dad, er hat mich. Wir kommen prima allein klar.

Francis ist anders als die anderen Kerle in Richmond. Er hält sich gerader, hat einen entschlosseneren Zug um den Mund. Im Vergleich zu ihm wirken alle anderen wie Jüngelchen; er ist nahezu perfekt, und nicht einmal ich kann seinem Ansehen schaden. Seit fast einem halben Jahr geht er mit mir aus, aber ich kenne ihn schon aus der Schulzeit.

Kip bin ich höchstens ein Dutzend Mal begegnet, seit er aus der Army raus ist; Dad hat ihn bloß ein- oder zweimal gesehen. Kip ist richtig nett. Nicht so gut aussehend wie Francis, wegen seiner Nase, die er sich nicht hat richten lassen, wie Francis das getan hat, aber durchaus ansehnlich. Er arbeitet als Assistent eines Fotografen beim *Argus*, wo sie ihn gleich wieder genommen haben, als er zurückkam. Francis ist Sekretär in einer Anwaltskanzlei: Damit ist seine Zukunft gesichert, sagt er.

Francis sagt Dinge über Kip, die nicht besonders schmeichelhaft sind: Er habe kein Ziel und sei – wie hat er noch mal gesagt? – ein Träumer. Ich habe immer gedacht, das wäre einfach so zwischen Brüdern. Die beiden haben nur einander. Ich habe nie gedacht, dass mit Kip Westaway irgendwas nicht stimmt. Ich habe überhaupt nicht an ihn gedacht.

Ich bin so in Gedanken, dass ich das Klopfen zuerst nicht höre. Ich blicke zum Fenster hinaus: Francis steht da, die Faust erhoben, als wolle er die Tür zu Kleinholz schlagen. Ich muss schnell aufmachen, ehe er alles verdirbt.

»Ich dachte schon, es ist keiner zu Hause«, sagt er. »Wo warst du denn? Egal. Gehen wir noch kurz rein. Ich würde gern mal mit deinem Vater reden.«

»Dad schläft.« Ich schlüpfe nach draußen und ziehe die Tür hinter mir zu.

Am Fluss, nicht weit vom Botanischen Garten, gehen viele Pärchen spazieren. Sie gehen alle genau wie wir: langsam, der Mann etwas voraus, ohne sich zu berühren. Francis hat die Hände in den Taschen. In Paris mögen

Pärchen ja Arm in Arm flanieren, aber wir sind hier in Melbourne.

Francis deutet auf eine Bank ein Stück die Böschung hoch. »Komm, setzen wir uns ein bisschen.« Er trabt den Hang hinauf. Ich folge.

Jenseits der Punt Road, auf der anderen Flussseite, kann ich Richmond sehen, aber hier in South Yarra gibt es Bäume und Vögel und Blumen, und ich schätze, es ist wie auf dem Land, aber netter, höflicher. Heute Abend geht Francis mit mir in den Leggett's Ballroom, einen piekfeinen Tanzsaal, wo es sogar eine Garderobe gibt. Eine Garderobe! Man stelle sich vor! Nicht, dass ich heute Abend eine brauchen werde: Die Luft ist warm und angenehm. Heute Abend spielen zwei Bands, und getanzt wird bis Mitternacht. Wir werden natürlich nicht so lange bleiben. Dad wird meist gegen zehn wach. Ich möchte nicht, dass er sich Sorgen macht.

Es ist herrlich hier am Wasser. Derselbe Fluss, aber auf dieser Seite kommt er mir sauberer vor. Schade, dass Francis nicht lang genug still sitzen kann, um es zu genießen. Wenn er nicht gerade aufsteht, um die Sitzfalte in seiner Hose auszuschütteln, schlägt er die Beine übereinander, streckt sie dann wieder aus oder wischt irgendeinen eingebildeten Fussel weg.

»Womit verbringt dein Dad denn jetzt seine Zeit?«

»Hin und wieder arbeitet er einen Tag in der Gerberei. Da gibt's nicht mehr so viel Arbeit wie früher.«

»Er sollte die Branche wechseln. Wir haben alle Hände voll zu tun bei McReady's. Gerade gestern sind wieder drei Verträge auf meinem Schreibtisch gelandet. Anwälte werden immer gebraucht. Wenn ich daran denke, dass ich mal überlegt hab, mich beim Radio zu bewerben. So 'ne alberne Sache. Meine Ma hatte recht. Gott hab sie selig.«

Unsere Mütter. Noch etwas, das Francis und ich gemein haben.

»Sie hätte dich gemocht«, sagt er.

Ich kannte Mrs Westaway vom Sehen, aber ich glaube nicht, dass ich je ein Wort mit ihr gewechselt habe, und schon gar nicht, dass sie mich gemocht hätte. Sie galt als die griesgrämigste Frau östlich der Punt Road. Ihre Beerdigung soll die kleinste gewesen sein, die St. Ignatius je erlebt hat. Das hatte allerdings nichts mit ihrer Art zu tun. Das war wegen Connie.

»Ich hätte sie bestimmt auch gemocht.«

Er hebt die Augenbrauen, zieht an seinen Fingern, lässt die Gelenke knacken. »Dein Vater ist doch noch einigermaßen gesund. Manchmal tun wir alten Leuten keinen Gefallen damit, wenn wir sie verhätscheln.«

»Er ist längst nicht mehr der, der er mal war.«

»Er käme allein vielleicht besser klar. Du könntest weiter für ihn waschen und bügeln und einkaufen und ihm sein Abendessen bringen.«

Ich nicke, habe aber keinen Schimmer, was er meint. Ihm das Abendessen bringen? Von wo? Und natürlich wasche und bügele ich für ihn. Was soll ich sonst den lieben langen Tag mit mir anfangen? Ich sorge immer für meinen Dad. Nicht jeder Mann hätte ein Kind behalten, erst recht kein Mädchen, nachdem seine Frau bei der Geburt starb.

Francis stellt sich vor mich. Ich lege den Kopf in den Nacken, um zu ihm hochzuschauen.

»Ich hab was für dich.«

Er reicht mir einen kleinen roten Samtbeutel mit einer winzigen goldenen Kordel. Ich brauche einen Moment, um zu begreifen, was er gesagt hat.

»Na los. Mach auf.«

Der Beutel ist fest zugeschnürt, aber ich zupfe ihn auf und kippe den Inhalt in meine Hand. Es ist ein Anhänger. Ein lila Schmuckstein, etwa drei Zentimeter lang, in Gold eingefasst, an einer Kette. Die Fassung ist schwer, die Kette ist zart und hat einen warmen Farbton. Er kann mir das doch nicht schenken. So etwas könnte mir niemals gehören.

»Gefällt sie dir nicht?«

»So was Hübsches hab ich noch nie gesehen.« Ich blicke nach unten auf den Anhänger, der in meiner Hand glitzert. »Francis. Das kann ich nicht annehmen.«

»Warum nicht? Was stört dich daran?«

»Überhaupt nichts. Aber die muss ein Vermögen wert sein.«

»Stimmt.« Er grinst. »Rate mal, was sie mich gekostet hat. Rate.«

Ich habe keine Ahnung. Sie könnte fünfzig Pfund wert sein. Mehr. Wo soll Francis so viel Geld herhaben? Ich schüttele den Kopf.

»Gar nichts. Ist das zu fassen? Nicht einen Penny.« Er ist aufgeregt wie ein Kind, umarmt sich selbst, wippt auf den Fußballen.

Dann erzählt er mir eine lange Geschichte, dass er als Junge alten Leuten im Garten geholfen hat, wie wichtig Respekt vor den Älteren ist und dass ein bisschen harte Arbeit noch keinem geschadet hat. Er nannte das seine wohltätigen Werke, sagt er, und danach kam er immer dreckig und verkratzt vom Jäten und Zurückschneiden nach Hause, um dann noch bis spät in die Nacht seine Schulaufgaben zu machen, während Kip maulte, er könne bei dem Licht nicht schlafen.

Der Anhänger war ein Geschenk von einer seiner alten Damen. Sie war so dankbar. *Ich wollte ihn natürlich nicht annehmen*. Sie hat ihm die Kette förmlich aufgezwängt. *Bitte, Francis. Du bist für mich wie ein Sohn*. Er hat sie all die Jahre aufbewahrt, irgendwo versteckt, während er auf die Richtige gewartet hat.

»Und gestern hab ich mir gedacht: Es ist so weit. Ich wette, Annabel Crouch würde die Halskette gefallen«, sagt er.

So ein Junge war er. So ein Mann ist er. Seine Welt und meine Welt sind meilenweit voneinander entfernt.

»Du hättest sie deiner Ma schenken sollen.«

Er lacht, als hätte ich einen Witz gemacht. »Die Kette ist aus Europa, hat die alte Dame gesagt. Vielleicht Italien. Sie hat ihn von einem Herzog oder einem Fürsten oder so. Glaub ich jedenfalls. Vielleicht von einem Grafen. Worauf wartest du noch?«

Ich lege mir die Kette um den Hals. Der Verschluss ist so filigran, dass ich meinen unbeholfenen Fingern nicht traue, aber dann ist es geschafft. Ich spüre den Anhänger kühl und glatt unten am Hals.

»Das sieht schön aus«, sagt Francis. »Ich kann's kaum erwarten, dass alle es sehen.«

Auf dem Weg zur Straßenbahn fühle ich mich wie eine andere Frau. Ich bitte Francis, langsamer zu gehen, und er tut es. Fast hätte ich ihn gebeten, meine Hand zu halten. Im Tanzsaal herrscht großes Gedränge. Es ist der größte Raum, den ich je gesehen habe, mit Bögen und Balkonen an den Seiten. Die Band spielt, und einige Paare tanzen. Ein paar Männer stehen an einem Ende, Frauen am anderen. Francis geht seine Freunde begrüßen, von denen die meisten auch im selben Bereich arbeiten, alle mit einer großen Zukunft. Ich sehe, wie einer von ihnen einen silbernen Flachmann aus der Tasche zieht und ihn Francis reicht. Francis legt den Kopf in den Nacken und trinkt in tiefen Zügen, genau wie Dad.

Drüben an der Wand sitzen Millie Mathers und Jos MacCarthy. Sie sehen mich an und tuscheln hinter vorgehaltener Hand. Wir waren nie eng befreundet: In Richmond kennen die Mädels einander alle mehr oder weniger, und Jos hat eine Zeit lang mit mir in der Munitionsfabrik gearbeitet. Sie war natürlich im Büro, nicht in der Produktion.

Ich halte den Anhänger in der Hand. Millie und Jos stehen auf: Sie kommen rüber. Sie sagen Hallo, lächeln verkrampft.

»Wo hast du dich die ganze Zeit versteckt?«, sagt Jos. »Meine Mutter hat neulich nach dir gefragt. Komm doch mal zum Tee.«

Mir fällt keine passende Antwort ein. Ich weiß nicht, wie ich höflich sagen soll: *Danke. Das ist sehr nett. Ich würde ja gern, aber ich kann die Einladung nicht annehmen, weil ich sie unmöglich erwidern könnte.*

»Dein Kleid gefällt mir, Annabel«, sagt Millie. »Wirklich süß.«

»Jedes Mal, wenn du es trägst, gefällt es mir noch besser«, sagt Jos.

Millie und Jos arbeiten im Kaufhaus Georges, in der Damenoberbekleidung. Sie haben eigenes Geld und ein eigenes Leben. Ich würde ihnen auch gern ein Kompliment zu ihren Kleidern machen, aber ich weiß nicht, wie ich sie beschreiben soll. Eines ist mattdunkelgrün und das andere rötlich rosa, Farben, die sicher eigene Namen haben. Es sind Kleider, in denen man Sherry trinkt, nicht Bier einschenkt.

»Meine Güte, Annabel«, sagt Jos. »Wo hast du denn den Anhänger her? Der ist ja wunderschön!«

Sie meint es ernst. Sie starren beide ganz gebannt darauf, und Jos beugt sich vor, und ihre Finger streifen meine Brust, als sie ihn nimmt und in der Hand wiegt, sein Gewicht fühlt. Ich erkläre ihnen, dass er ein Geschenk von Francis ist. Millie und Jos wechseln Blicke.

»Oh«, sagt Jos. Sie lässt den Anhänger fallen, als hätte sie sich daran verbrannt.

»Allerdings: oh«, sagt Millie.

»Ihr zwei seid doch nicht verlobt, oder?«, sagt Jos. »Das hätten wir gehört.«

»Nein. Wir sind nicht verlobt.«

Sie blicken einander wieder an. »Komisch«, sagt Millie. »Dass Francis dir zuerst einen Anhänger schenkt.« Sie leckt sich die Lippen. »Keinen Ring.«

»Vielleicht solltest du den Anhänger nicht so rumzeigen, Annabel, Liebes«, sagt Jos. »Sonst könnten die Leute noch einen falschen Eindruck kriegen.«

»Ich weiß nicht, was du meinst.«

Millie lächelt. »Du bist so arglos. Entzückend.«

»Die Leute könnten denken, du hättest ihn aus Dank bekommen von einem Mann, mit dem du nicht verlobt bist«, sagt Jos.

Weitere Paare betreten die Tanzfläche. Sie tanzen zunächst etwas hölzern, dann schneller und geschmeidiger. Jos entdeckt jemanden auf der anderen Seite des Saals. Sie wedelt mit dem Arm, als würde sie ertrinken.

»Mac!«, ruft sie und winkt wieder, und er kommt zu uns herüber. Mac ist ihr Bruder. Ich habe ihn seit Jahren nicht gesehen; er sieht anders aus in seiner Army-Uniform, ist in die Höhe geschossen. Er ist auf unserer Seite der einzige Mann in einem Meer aus jungen Frauen; alle starren ihn an, und einige Frauen um uns herum weichen zurück, als könnte er irgendwas Ansteckendes haben. Jos küsst ihn auf die Wange, und Millie tut es ihr gleich.

»Erinnerst du dich an Annabel Crouch?«, fragt sie.

Er bejaht und sagt »Hallo« und schüttelt mir die Hand. Als er lächelt, erkenne ich den Jungen von früher.

»Mac war in Japan und hat's den Japsen ordentlich gezeigt«, sagt Jos.

»Du hast dich gar nicht verändert, Annabel«, sagt Mac. »Möchtest du tanzen?«

Ich sage, das würde ich gern.

»Na dann«, sagt Jos. Millies Lippen verschwinden gänzlich.

»Ich hätte nie gedacht, wie viel Zeit ein Soldat mit Tanzen verbringt«, schreit Mac gegen die Musik an. »Jeden freien Tag, jeden Abend.«

Er hat recht, obwohl das hier nicht die Art von Tanzen ist, die ich in Erinnerung habe. In der Schule, bevor ich in die Munitionsfabrik musste, brachten die Nonnen uns das wenige bei, das sie wussten. Es waren treue Gefährtinnen Jesu, und sie waren noch nie im Leben auf einer richtigen Tanzveranstaltung gewesen. Steife Walzer, weiße Handschuhe, Knickse. Sie würden in Ohnmacht fallen, wenn sie den Jitterbug sähen.

»Meiner Erinnerung nach tanzen Jungs nicht gern, bis aus ihnen Männer werden.«

Er lacht. »Als ich vierzehn wurde, vor dem Schulabschluss, wollte meine Mutter unbedingt, dass ich tanzen lerne. Ich hab ihr erzählt, ich hätte mir den Fuß verstaucht. Fürs Footballtraining war mein Fuß dann immer kurz mal geheilt.«

»Ich vermute mal, deine Mutter hat dich durchschaut.«

»Ich hätte irgendwie überzeugender humpeln sollen.

Mein alter Herr hat mir ordentlich eins übergezogen fürs Lügen.« Er ballt die Hand, als würde sie immer noch wehtun. »Ich hatte zu Hause alle fünf Minuten Zoff. Ausgezeichnetes Training für die Army.«

»Und jetzt hast du nichts mehr gegen Tanzen?«

Er lächelt und macht Anstalten, mich herumzuwirbeln, verharrt aber plötzlich in der Bewegung. Francis steht neben uns.

»St. Francis«, sagt Mac. »Wie lang ist das her? Fünf Jahre, sechs? Was treibst du so? Immer noch ein Schreibtischhengst? Muss ein tolles Leben gewesen sein, als Unabkömmlicher.«

»Annabel. Wir gehen.«

»Wir haben bloß getanzt, Francis«, sage ich.

»Ich glaube nicht, dass die Lady schon gehen will«, sagt Mac. »Ich mach dir einen Vorschlag. Du gehst noch was trinken, und ich sag dir Bescheid, wenn wir fertig sind.«

»Sie ist mit mir gekommen, und sie wird mit mir gehen«, sagt Francis.

»Na, na, Zivilist«, sagt Mac. »Bitte keine übertriebene Dankbarkeit.«

»Annabel.« Francis nimmt meinen Arm, aber dann hält Mac Francis fest, und er lässt mich los.

»Ich will mich nicht streiten, Freundchen, aber ich tu's, wenn ich muss«, sagt Mac. »Und du weißt, wie das endet.«

Ich blicke von Francis zu Mac und wieder zurück. Alle warten. Dann tritt jemand von hinten zwischen die beiden: ein Mann, der jedem eine Hand auf die Schulter legt. Zum ersten Mal, seit er wieder zurück ist, fällt mir auf, wie kräftig er geworden ist, wie breitschultrig. Army-Rationen und die Arbeit dort. Seine Hände sind fast so breit wie Macs, und man sieht ihnen an, dass sie stark sind.

»Mac. Du bist wieder da. Schön, dich zu sehen.«

Mac ergreift die ausgestreckte Hand und schüttelt sie, als würde er eine Wasserpumpe bedienen. »Kip Westaway. Der Mann mit dem Sinn für den passenden Zeitpunkt. Wird Soldat, wenn der Krieg so gut wie gewonnen ist.«

»Keine Angst, Kumpel, es gab noch allerhand zu tun, als ich ankam«, sagt Kip. »Hinter Helden wie dir sauber machen.«

»Was macht die Nase? Entschuldige noch mal.«

»Nicht nötig. Ich hab sie richtig ins Herz geschlossen. Sie gibt mir so einen gewissen verwegenen Charme und verhindert, dass die Leute mich mit meinem Bruder verwechseln. Außerdem hätte ich deine auch schwer ramponiert, wenn ich einen Schlag hätte landen können.«

Sie lachen beide und versetzen sich gespielt Schläge, ducken sich und tänzeln wie Boxer. Dann legt Kip eine Hand in Macs Rücken und schiebt ihn sachte in eine Richtung, während er mir gleichzeitig einen Arm anbietet und sagt, wie sehr er sich freut, mich wiederzusehen, als ob er mich auf einen königlichen Ball begleiten will. Ich hake mich bei ihm ein, und er führt uns an den Rand des Saals, weil die Tanzenden uns fast auf die Füße treten. Francis folgt wutschäumend. Dann kommen Millie und Jos dazu, und wir stellen uns in einem Sechserkreis auf.

Kip löchert Mac mit Fragen nach seiner Einheit und will wissen, wie es in Japan war, und Mac sagt, das war der richtige Krieg, nicht bloß Säuberungsaktionen danach wie die, zu denen Kip auf den Salomonen war, und Kip sagt, er war auch auf Borneo, und da ging es richtig zur Sache. Er fragt Mac, was aus Pike und Cray geworden ist, an die ich mich nicht erinnere, wohl weil ich ihre Schwestern nicht gekannt habe. Mac erzählt, dass er und Pike und

Cray mit sechzehn eingerückt sind. Ihre Väter haben die Papiere mit der falschen Altersangabe unterschrieben, weil sie dachten, dadurch würden sie sie vor noch Schlimmerem bewahren. Pike ist jetzt Offizier, und Cray sitzt wegen irgendwas in einem Militärgefängnis.

»Ich bin so stolz auf meinen Bruder, den Kriegshelden.« Jos drückt Mac den Arm. »Kip. Du hast dir ziemlich Zeit gelassen, ehe du Soldat wurdest, nicht?«

Halb Melbourne weiß natürlich, warum Kip sich Zeit ließ. Auch Jos weiß das. Es ist keine ehrliche Frage. Sie mustert ihn mit einem halben Lächeln im Gesicht. Einen Moment lang sagt keiner was. Ich blicke Mac an. Er räuspert sich.

»Ein paar Jungs mussten nun mal für den Schluss aufgespart werden«, sagt Mac. »Und wie Kip sagt, auf Borneo ging es noch richtig zur Sache.«

»Ich konnte nicht zur Army, solange Ma noch lebte.« Kip blickt Jos direkt ins Gesicht. »Nach Connies Tod, nach den Ermittlungen und den Schlagzeilen in den Zeitungen. Die meisten Frauen in Richmond haben die Straßenseite gewechselt, wenn sie Ma kommen sahen. Irgendwann hat sie sich nicht mehr aus dem Haus getraut, und schließlich wollte sie nicht mal mehr aus dem Bett raus. Ich konnte sie nicht allein lassen.«

Jos hat den Anstand, zu Boden zu schauen, und ich würde mich am liebsten auch abwenden, aber ich halte die Augen auf Kip gerichtet, während er redet. Francis läuft rot an. Ich bin fassungslos, dass Kip einfach so über das alles gesprochen hat, ganz ungeniert. Über so was redet man nun mal nicht vor Leuten beiderlei Geschlechts. Ganz Richmond hat über Gartenzäune hinweg getuschelt und an Straßenecken getratscht. Es hat uns alle das Fürchten gelehrt. Jedenfalls eine Zeit lang.

Mac hüstelt wieder. »Wohnst du noch immer neben den Hustings?«, fragt Mac. »Jack Husting, was ist aus dem geworden?«

»Nordafrika«, sagt Kip.

Wir stehen alle da, inmitten des fröhlichen Getümmels, reglos wie Statuen, und wir sagen nichts. Jeder von uns denkt an jemanden, den wir nie wiedersehen werden. So ist der Krieg. Er ist längst vorüber, und wir sind hier auf einem Tanzabend, aber es sind Lücken in der Menge. Menschen, die fehlen, Menschen, die eigentlich auch hier wären und plaudern und leben und atmen würden. Ich stelle mir vor, wie sich noch mehr Paare im Saal zur Musik wiegen: junge Männer in Uniform und Frauen in Samstagabendkleidern. Sie sehen aus wie echte Menschen, nur wenn das Licht in einem bestimmten Winkel auf sie trifft, scheint es glatt durch sie hindurch.

»Annabel?«, sagt Jos. »Stimmt doch, oder?«

Ich blinzele, und die tanzenden Paare verschwinden, und ich bin wieder unter den Lebenden und froh, hier mit Francis beim Tanzen zu sein, und es gibt so vieles, wofür ich dankbar sein kann, dass ich alle umarmen könnte.

»Ich hab gesagt, der Anhänger, den du Annabel geschenkt hast, ist wunderschön«, sagt Jos zu Francis.

Francis strahlt. Kip stößt ein leises Pfeifen aus und blickt Francis mit gerunzelter Stirn an. »Teufel auch. Wo hast du den denn her?«

Francis sagt nichts. Er ist verlegen, das sehe ich ihm an. Francis gibt sich immer stark und hart, als wäre es egal, was andere denken. Aber es ist ihm nicht egal. Er hat einen weichen Kern, das weiß ich. Es sollte ihm nicht peinlich sein. Er hat anderen geholfen, und dafür hat er den Anhänger bekommen.

»Also?«, sagt Kip.

Francis antwortet noch immer nicht, also erzähle ich es ihnen. Von der alten Dame mit dem Garten, die so dankbar war, dass sie ihm den Anhänger geschenkt hat.

»Annabel«, sagt Francis. »Sei still!«

»Du solltest dich deshalb nicht schämen«, sage ich. »Francis nennt es seine wohltätigen Werke.«

»Nein, nein.« Francis lacht und tätschelt mir den Arm. »Quatsch. Ich hab ihn bei einem Juwelier in der Collins Street gekauft. Ich hab mir das bloß ausgedacht. Sie fällt auf alles rein.«

Alle blicken zwischen mir und Francis hin und her. Ich spüre meine Wangen glühen. Millie kichert los.

»Du hast das erfunden?«, sage ich. »Es gab gar keine kleine alte Dame?«

»Alle Achtung, St. Francis. Was hast du für eine lebhafte Phantasie«, sagt Mac. »Ich glaube, ich hab so was Ähnliches schon mal gehört, von damals, als wir Jungs waren. Weil wir als Jungs ja richtig dicke waren, du und ich und Pike und Cray. Wohltätige Werke, was?«

»Hört nicht auf sie«, sagt Francis. »Sie hat euch Unsinn erzählt.«

»Stimmt. Ich hab da was durcheinandergebracht. Ich hab nicht richtig zugehört. Der Anhänger ist von einem Juwelier. Genau das hat Francis gesagt.« Er ist so anständig und bescheiden. Es wäre ihm unangenehm, wenn alle wüssten, dass er nebenbei gute Werke tut. Ich habe mal wieder das Falsche gesagt.

»Ich kann mich gut an unsere Kindheit erinnern, Francis. Was musst du doch für ein netter, großherziger Knabe gewesen sein«, sagt Mac. »Grundehrlich. Fair zu deinen Freunden.«

»Natürlich«, sage ich.

»Du arbeitest jetzt in einer Anwaltskanzlei, nicht? Genau das Richtige für jemanden mit deinem Gerechtigkeitssinn«, sagt Mac. »Du bist bei McReady, jetzt fällt's mir wieder ein.«

»Du scheinst gut informiert zu sein«, sagt Francis.

»Campbell McReady ist zufällig ein Freund meines Vaters«, sagt Mac. »Ihm gehört die ganze Kanzlei. Er ist dann ja wohl dein Boss, nicht?«

»Könnte man sagen.«

»Ja. Könnte man sagen. Ich hab ihn schon eine halbe Ewigkeit nicht mehr gesehen. Ich sollte morgen früh mal bei ihm vorbeischauen und Guten Tag sagen.«

Die Stimmung im Saal steigt. Die Musik ist irgendwie lauter, und die Paare wirbeln herum, schneller und schneller. Mac und Francis stehen mit dem Rücken zur Tanzfläche: Es sieht aus, als wäre hinter ihnen eine Wand aus rasenden Farben. Mir wird schwindelig vom Zusehen. Es ist sehr heiß. Ich hätte gern ein Gingerale. Eine hellblaue Luftschlange ist heruntergefallen: Sie liegt auf Francis' Schulter.

»Hier ist es wie im Zoo«, sagt Francis. »Komm, Annabel.«

Draußen fühlt sich die Luft vergleichsweise kühl an. Ich wollte nicht gehen: Wer das Leggett's verlässt, kommt mit derselben Karte nicht wieder rein, das weiß jeder. Die Musik ist jetzt weit weg, und mein Tanzabend scheint in weiter Ferne zu liegen. Ich spüre, wie an meiner Taille einer der Abnäher allmählich aufgeht. Meine Mutter hatte eine hübschere Figur und hat sich anmutiger bewegt. Schön aufrecht und elegant, wie eine Prinzessin. Ich hätte es besser wissen müssen. Mac und die anderen sind drinnen geblieben. Hier draußen sind nur Francis und ich. Er tigert vor dem Eingang auf und ab, fährt sich mit den Fingern durchs Haar.

»Es tut mir leid«, sage ich.

»Du weißt einfach nicht, wann man die Klappe hält! Erzählst der halben Stadt Sachen über mich.«

»Ich wollte nichts Falsches sagen.«

»Ist dir eigentlich klar, wie schnell man seinen Ruf verliert? Von mir wird Ehrbarkeit erwartet. Ich bin der Älteste. Ich trage die Verantwortung.«

»Wenn es ein Geheimnis war, hättest du mir das sagen sollen.«

»Muss ich dir denn jede Kleinigkeit erklären?«, sagt er. »Kannst du nicht ein bisschen bessere Manieren zeigen, Herrgott noch mal?«

Ich sage nichts.

»Ich weiß, du warst nicht lange auf der Schule, aber die Nonnen haben dir doch bestimmt beigebracht, dich wie eine Dame zu benehmen statt wie ein Fischweib. Auch wenn du von zu Hause anderes gewohnt bist.«

Die Luft ist ganz still. Ich bin ganz still.

Dann sage ich: »Was? Was hast du da gesagt?«

Er schüttelt den Kopf. »Vergiss es.«

»Nein.« Hitze steigt mir in den Kopf, und mir summen die Ohren. »Wie hast du das gemeint?«

»Francis.«

Ich wende mich um, und Kip steht auf den Eingangsstufen. Ich kann ihn gegen das Licht kaum erkennen.

»Sie spielen jetzt langsamere Musik, zu der man besser tanzen kann«, sagt Kip. »Und gleich gibt's die Biskuitkuchen. Annabel möchte vielleicht einen, und die sind im Nu weg. Die Leute sind die reinsten Heuschrecken. Francis, komm wieder mit rein. Du kannst die Dame an der Kasse bestimmt beschwatzen.«

»Kümmer dich um deinen eigenen Kram, ja?«

»Schon gut, Kip«, sage ich.

»Ich will nicht, dass Francis noch irgendwas sagt, was er bereuen könnte.«

»Bereuen?« Francis dreht sich jäh zu ihm um. »Ich versuche, aus ihr was zu machen. Und ich hätte ein bisschen mehr Dankbarkeit erwartet, bei dem Leben, das sie mit ihrem Vater führt.«

»Francis«, sagt Kip. »Du bist betrunken.«

»Was denn, denkt sie etwa, keiner weiß es? Alle wissen es. Ganz Richmond weiß es.«

Ich hole tief Luft und wünschte, ich müsste nie wieder ausatmen, doch ich höre ein Knarzen und spüre, wie die Naht an meiner Taille ein bisschen mehr nachgibt. Ich will nach Hause. Ich kann von hier aus zu Fuß gehen, es ist nicht weit. Aber eines muss ich vorher noch erledigen. Ich greife in meinen Nacken und nehme den Anhänger ab.

»Da.« Mein Hals kommt mir nackt vor. Ich halte ihm den Anhänger hin. »Ich will ihn nicht mehr.«

»Francis, wehe, du nimmst ihn zurück«, sagt Kip. »Wehe!«

»Ich werde ihn nicht behalten, und wenn er vor mir auf die Knie fällt.«

»Du hast ihn schon angenommen. Er gehört dir schon«, sagt Kip.

»Halt dich da raus!«

»Francis. Du kannst ein Geschenk nicht einfach zurücknehmen. Das ist nicht richtig.«

Francis sieht mich an. »Wenn ich mir vorstelle, dass ich deinen Vater heute Abend fragen wollte. Da hab ich ja noch mal Schwein gehabt. Eine andere Frau wird froh sein, wenn sie so eine Halskette bekommt.«

»Francis. Du hast Annabel den Anhänger geschenkt. Er gehört ihr«, sagt Kip.

»Sie will ihn nicht. Hat sie gesagt.«

Kip kommt zu mir und nimmt mir den Anhänger aus der Hand.

Er hält ihn sich vor die Augen. Es ist dunkel hier draußen. Ich wundere mich, dass er überhaupt was erkennen kann.

»Ich geb dir zehn Pfund dafür«, sagt er.

Francis schnaubt.

»Zwanzig.«

»Woher willst du zwanzig Pfund nehmen? Was für Löhne zahlen die euch denn in dem jämmerlichen Job?«

»Ich gebe dir alle vierzehn Tage ein Pfund, von meinem Sold.«

Francis schließt einen Moment die Augen, öffnet sie wieder. »Fünfundzwanzig.«

Kip kramt in seinen Taschen und holt einen Schein und eine Handvoll Münzen hervor. »Da. Ein Pfund zweiundsechzig. Anzahlung.« Dann kommt er wieder zu mir. Ich zittere. Vor Kälte, glaube ich.

»Ich will ihn nicht, ehrlich. Schenk ihn irgendeiner anderen.«

»Hör mal, Annabel«, sagt Kip. »Es wäre sinnlos, wenn Francis zurücknimmt, was er gesagt hat. Wir hocken hier alle so dicht aufeinander. In diesen kleinen Häusern lassen sich Geheimnisse unmöglich bewahren.«

Ich kann kaum noch den Kopf hochhalten, als er das sagt. Im Grunde habe ich immer gewusst, dass alle über meinen Vater und mich reden. Dass sie ihre schrecklichen kleinen Gedanken denken, wenn sie mit einem Lächeln auf der Straße an mir vorbeigehen. Kip nimmt meine Hände und hält sie fest. Ich spüre, wie mein Kopf sich beruhigt, mein Atem gleichmäßiger wird. Soweit ich mich erinnern kann, ist das, außer beim Tanzen, das erste Mal, dass ich die Haut eines Mannes berühre, der nicht mein Vater ist.

»Annabel Crouch«, sagt er. »Ich weiß, du willst etwas Ehrenhaftes tun. Aber ich bitte dich, großzügig zu sein. Ich bitte dich, zur Abwechslung mal jemand anderen ehrenhaft sein zu lassen.«

Über den Unterschied zwischen großzügig und ehrenhaft habe ich noch nie nachgedacht, aber ich blicke Kip ins Gesicht und sehe, dass das hier wichtig ist. Ich nicke. Kip stellt sich hinter mich und greift um meinen Hals. Eine seiner Hände berührt meine Schulter, und die andere streift meine Kehle. Seine Haut ist warm und trocken, und gleich darauf spüre ich den Anhänger wieder, das vertraute Gewicht, die Art, wie er meine Haut streichelt.

»Du bist ein Vollidiot, Kip«, sagt Francis. »Warst immer einer und wirst immer einer bleiben.«

Francis geht zurück in den Tanzsaal. Ich sehe, wie er sich mit Kips Geld eine neue Eintrittskarte kauft. Kip und ich gehen durch die stillen dunklen Straßen. Es ist spät, deshalb fahren wir mit der Bahn zurück nach Richmond. Wir berühren uns nicht, aber das macht nichts. Die Haut an meiner Hand erinnert sich. Wir reden nicht viel. Als wir bei mir zu Hause ankommen, danke ich Kip für den Anhänger und dafür, dass er mich begleitet hat. Er sagt, Francis wird garantiert morgen früh als Erstes herkommen und sich entschuldigen. »Menschen streiten sich nun mal, Annabel. Entscheidend ist, wie sie sich wieder vertragen, wie sie Entschuldigung sagen. Er hat einfach ein bisschen zu tief ins Glas geschaut.« Ob Francis morgen herkommt oder nicht, spielt für mich keine Rolle. Ich habe mich bereits entschieden.

Ich sage Gute Nacht, und als ich ins Haus komme, sitzt Dad noch immer da, wo ich ihn zurückgelassen habe, als wären bloß ein paar Stunden vergangen und nicht hundert Jahre. An den meisten Samstagabenden wünschte ich, er wäre wach. Ich stelle mir vor, er würde lesen oder Radio hören und auf mich warten. Ich würde Tee für uns machen, und wir würden noch ewig lange zusammensitzen und über alles plaudern, was ich erlebt habe. Was die anderen Frauen anhatten, wie die Band war. Heute Abend bin ich froh, dass er tief und fest schläft.

Normalerweise bringe ich ihn ins Bett, egal, wie. Ich möchte, dass er morgens in der Horizontalen aufwacht, in sauberer Bettwäsche. An einem guten Tag ist er so weit wieder nüchtern, dass er es mit ein bisschen Aufmunterung selbst schafft.

»Dad.«

Ich berühre ihn an der Schulter, und er steht wortlos auf und wankt zur Hintertür, wo er unbeholfen das Schloss öffnet, dann erleichtert er sich von der Schwelle aus in den Garten hinein. Ich höre es, unwahrscheinlich laut und lange, und es klingt, als hätte er die Zementstufen getroffen, was bedeutet, dass ich morgen früh den stinkenden Fleck wegschrubben muss. Ich hole zwei Gläser Wasser aus der Küche und stelle ihm eines zum Trinken ans Bett. Es wird unangetastet sein, wenn ich morgen aufräume. Er kommt wieder herein, Hosenschlitz offen, übel riechend; er setzt sich aufs Bett, die Augen geschlossen.

Ich knie mich hin und lege seine Füße nacheinander auf mein gebeugtes Knie, um ihm die Schuhe aufzubinden und auszuziehen, die Socken abzustreifen. Seine Glieder sind schlaff und schwer, er tut nichts, um mir zu helfen. Ich bugsiere seine Arme aus dem Hemd, hieve ihn auf die Füße und ziehe seine Hose nach unten, setze ihn dann wieder hin. Ich hänge seine Hose zusammen mit dem Gürtel auf. Ich halte ihm die flache Hand hin, und er nimmt sein Gebiss heraus und wirft es auf meinen Handteller: warm und klebrig, glänzend rosa und weiß. Ich lege es in das zweite Glas Wasser auf seinem Nachttisch und wische mir die nasse Hand an der Bettdecke ab, dann schlage ich sie zurück, und er steigt hinein. Ich gebe ihm einen Kuss auf die Stirn und gehe zur Tür.

Dort bleibe ich stehen. Mir will nicht aus dem Kopf, was er heute am frühen Abend gesagt hat. Ich sollte ihn nicht stören. Könnte sein, dass er richtig aufwacht, dass er wütend wird und sich mit den Wänden oder den Möbeln oder mit mir anlegt. Aber ich werde nicht schlafen können, solange ich es nicht weiß.

Ich gehe zurück zum Bett und knie mich daneben hin. Ich kann die roten Äderchen auf seinen Nasenflügeln sehen. Ich kann hören, wie seine Atmung stockt, als hätte er seine Lunge zum letzten Mal gefüllt. Er bringt sich langsam um, das weiß ich. Ich werde ihn nicht mehr lange haben. Die Zeit wird kommen, wo ich alles dafür geben würde, wenn ich ihn noch einmal ins Bett bringen könnte.

»Dad.« Ich rüttele an seiner Schulter. »Dad. Wach auf.«

Er schrickt zusammen, reißt verstört Augen und Mund auf und drückt die Bettdecke an sich, ein verängstigter Junge, der aus einem bösen Traum erwacht ist. Jetzt tut es mir leid, dass ich ihn geweckt habe. Ich sollte mich zu ihm legen und ihm ein Schlaflied vorsingen, aber ich tue es nicht. Ich brauche eine Antwort von ihm.

»Hmmm? Was?«

»Kip Westaway. Francis' Bruder. Warum kannst du ihn nicht leiden?«

Er schnaubt das Dumme-Annabel-Schnauben und rollt sich auf die Seite, dreht mir den Rücken zu. Ich höre ihn murmeln, ganz leise.

»Nimmt dich mir weg«, sagt er.

Jean

Wenn ich um zwanzig vor sieben nicht aus dem Haus bin und in der Straßenbahn sitze, bin ich um halb acht nicht in der Küche, und die Missus besteht auf Pünktlichkeit, und für das Kriegswitwendinner morgen Abend muss noch das ganze Silber poliert werden.

»Ma. Frühstückst du nicht?« Kip ist noch im Schlafanzug. Heute Morgen muss er nirgendwohin. Er beäugt die letzte Scheibe Brot. Jungs in dem Alter, hohl in der Mitte.

»Hab keinen Bissen runtergekriegt«, sage ich zu ihm.

»Ma, kann ich einen halben Penny für ein Brötchen haben?«, sagt Francis.

Eigentlich ist es Connies Aufgabe, das Frühstück zu machen, und ich suche das Mädchen nun schon seit zehn Minuten, die ich gar nicht habe. Sie ist nicht in der Küche. Ich schaue in ihrem Zimmer nach: Da ist sie auch nicht. Ich öffne die Haustür, um ein bisschen Luft hereinzulassen: bloß die üblichen Arbeiter, die vorbeischlurfen, Abfall, den der Wind vor sich hertreibt, Staub und Ruß und der Geruch von der Gerberei, der den Hügel hinaufweht. Die ansteigende Flut der Welt, die ich mit aller Kraft aus diesem Haus raushalten will, und wenn ich mich dabei zu Tode schufte.

»Ma. Vielleicht sollte ich doch nach nebenan gehen«, sagt Kip.

»Geh später rüber und kümmere dich um das Pferd. Die meisten Jungs würden sich über einen freien Tag freuen.«

Wie soll man bei dieser Bullenhitze höflich bleiben? Und dann noch mein Kopf, der ist die Hölle. Ich ziehe das klamme Taschentuch aus meinem Ärmel und wische mir damit den Hals. Der Schmerz kommt von den Knochen über den Augen, drückt nach innen und nach unten. Kip hockt sich im Flur auf den Boden und hechelt wie ein Tier.

»Wir haben Stühle«, sage ich. »Deine Schwester. Hast du sie gesehen?«

Er steht schwerfällig auf, als wäre die Welt gegen ihn, und lehnt sich an den Rahmen der Schlafzimmertür. Er schüttelt den Kopf. »Vielleicht kann ich ja irgendwas tun. Mich nützlich machen.«

Das hätte den Hustings gerade noch gefehlt, dass mein Jüngster bei ihnen auftaucht und sich nützlich machen will. Ich weiß nur zu gut, wie es jetzt in dem Haus ist: die Vorhänge zugezogen, damit der Tag bloß nicht anfängt, und sie werden hoffen, dass er das auch nie tut. Kein Radio, das läuft, keiner spricht. Ein Schmerz in Mrs Hustings Bauch, als hätte ein Pferd sie getreten, und sie fragt sich, warum sie ihn haben gehen lassen, warum sie die Tür seines Zimmers nicht verriegelt und verrammelt haben, während er schlief. Mr Husting wird sich wünschen, es könnte noch mal gestern sein, wieder und wieder, für alle Zeiten. Sie werden das Telegramm in den Händen halten, bis es ganz zerknittert ist.

Bei Tom hatte ich wenigstens einen Leichnam, den ich beerdigen konnte.

»Er hat mir manchmal geholfen, Charlie zu striegeln«, sagt Kip.

»Nett von ihm«, sage ich.

»Am Bahnhof, in der letzten Minute. Kommt mir vor, als wär's erst ein paar Tage her. Nicht wie fast drei Monate.«

»Die Zeit rast.«

»Ich glaube, er hatte es sich anders überlegt. Ich glaube, er wollte eigentlich gar nicht mehr weg.«

»Da war's aber schon zu spät.«

Kip hat den Ausdruck im Gesicht, der mich an seinen Vater erinnert, ernst und nachdenklich. Ich würde es keinem Menschen gegenüber jemals zugeben, aber an manchen Tagen kann ich den Anblick des Jungen nicht ertragen. Ich weiß, ich sollte mich dafür schämen. Aber wenn er seinen Tee umrührt und dabei den Löffel in der Tasse klimpern lässt, ist er Tom. Kling, kling. Oder wenn er mit dem Stuhl kippelt. Würde er hinfallen, würde er sich entweder das Rückgrat brechen oder den Stuhl ruinieren, und natürlich bin ich dann die Dumme, die ihn versorgen muss. Wenn er mich an Tom erinnert, muss ich immer aus dem Zimmer gehen. Die Wut steigt mir die Beine und den Körper hoch wie ein Schrei, und es kostet mich alle Anstrengung, sie nicht rauszulassen. Ich gehe in die Waschküche und spritze mir kaltes Wasser ins Gesicht und zähle bis fünfzig. Manchmal würde ich ihn am liebsten ohrfeigen, meinen Jungen, nur für die Art, wie er seinen Tee umrührt. Tom. Fällt aus der Straßenbahn! Manchmal träume ich, Kip ist Tom, der ins Leben zurückgekehrt ist, und ich verdresche ihn nach Strich und Faden, weil er mir einfach so weggestorben ist.

»Libyen. Das ist in der Wüste. Muss einsam da sein«, sagt er. »Ich hoffe, er hatte ein gutes Pferd. Ich hoffe, er ist nicht allein gestorben.«

»Wir sterben alle allein«, sage ich. »So ist das nun mal.«

Francis blättert in seinen Schulbüchern und macht keinerlei Anstalten, sich von der Stelle zu rühren. »Weißt du, wo sie ist?«, sage ich. Er zuckt mit den Achseln.

So hatte ich mir das nicht vorgestellt. Kinder zu haben. Mutter zu sein. Als junge Frau hatte ich viele Verehrer, aber keinen wie Tom. Tadelloses Benehmen vor meinem Vater, nichts dagegen, dass die Kinder im Sinne der Kirche erzogen werden. Ich malte mir aus, ich würde in einem Schaukelstuhl sitzen, ein Plaid um die Schultern, ein schlafendes Kind in den Armen, ein zweites still und leise neben mir auf dem Boden. Ich würde vielleicht sticken. Wir hätten ein Klavier. Tom hätte eine seriöse Anstellung in einem Büro, und ich hätte ein Mädchen für die schwere Arbeit, und er würde nach Hause kommen und am Kamin seine Pfeife rauchen und die Zeitung lesen.

Und dann gewann Tom nur zwei Wochen vor der Hochzeit beim Wetten. Ich erinnere mich noch an seinen Gesichtsausdruck, als er mir die dicke Rolle Geldscheine zeigte. Ich hätte nie gedacht, dass ich mal so viel Geld auf einmal sehen würde. Er machte sofort eine Baranzahlung für dieses Haus und füllte nie wieder einen Wettschein aus. Klein und verwohnt, ja, aber auf halber Höhe des Hügels. Weg von den Slums. Das Seltsamste war: Tom war nie religiös, und seit unserem Hochzeitstag war ich diejenige, die auf seine Seite rüberwechselte. Oh, ich knie mich hin und spreche die Worte, schicke die Kinder in die Kirche, gehe sogar zur Kommunion, aber Tatsache ist, der

Herr schied in dem Moment aus meinem Leben, als Tom mir den Ring an den Finger steckte.

Ich bin kurz davor, die Suche nach Madame aufzugeben. Auf gar keinen Fall werde ich nach ihr schreien wie ein Fischweib. Aber dann entdecke ich sie durchs Küchenfenster. Sie ist im Garten, ausgerechnet, unter dem grässlichen Baum, der längst gefällt, herausgerissen, klein gehackt und verbrannt worden wäre, wenn ich für so was noch einen Mann hätte. Diese Beeren machen Flecken, die höllisch schwer wieder rausgehen. Drinnen ist es heißer als draußen, und sie sitzt auf der Erde, Hände auf dem Bauch. Gott, lass sie nicht krank sein. Sie muss die Geduld ihres Chefs ja nicht unbedingt auf die Probe stellen. Weiß gar nicht, was für ein Glück sie hat mit einem Chef wie Mr Ward. Sie sollte pünktlich sein, ihn nicht verärgern. Unter Bäumen kann sie immer noch sitzen, wenn sie verheiratet ist.

Ich rufe nach Connie, aber sie blickt nicht auf. Sie ignoriert mich. Na schön. Gleich wird sie wünschen, sie wäre gekommen, als sie gerufen wurde.

»Was glaubst du eigentlich, wie spät es ist?«, sage ich. Als ich direkt vor ihr stehe, hebt sie den Kopf, und sie ist kreideweiß. Ihre Sachen sind völlig zerknittert, und dann sehe ich, dass es die von gestern sind. Dafür besteht kein Grund: Sie hat ein tadelloses Nachthemd und zwei Blusen, eine zum Tragen und eine zum Auswaschen. Ich schnüffele nicht auf ihrer Seite des Zimmers herum.

»Connie. Warst du letzte Nacht nicht im Bett?«

Sie blickt über die Gasse zum Nachbarhaus. Der Laden wird heute geschlossen bleiben. Irgendwer sollte ein Schild schreiben: Wegen Trauerfall geschlossen. Damit nicht den ganzen Tag Kunden an die Tür klopfen. Der Priester oder Pastor oder wie die ihn nennen, ist vielleicht schon da, aber Nachbarn und Freunde werden sie bis Mittag in Ruhe lassen, bevor sie mit Kuchen in den Händen kommen. Ich kenne das.

»Die ganze Zeit nebenan«, sagt sie. »Gleich auf der anderen Seite der Gasse. Eines Tages werden wir vergessen haben, wie er ausgesehen hat, wenn uns nichts an ihn erinnert.«

»Junge Männer sterben im Krieg. Das ist traurig, aber wahr.«

Meine Kopfschmerzen haben sich verschoben: Jetzt sind sie ein straffes Band, wie ein viel zu enger Hut. Es fühlt sich an, als ob meine Schädeldecke runterfallen würde, wenn ich mich entspanne. Mein Nacken ist steif, auch der Rücken tut mir weh, die ganzen Wirbel runter und unten ein Ziehen. Ich bin zu alt, um wie ein Neger zu schuften. Connie muss aufstehen, sofort.

»Gestern auf dem Nachhauseweg hab ich den Telegrammboten gesehen.« Ihre Augen sind rot gerändert. Ich frage mich, ob sie überhaupt geschlafen hat. »Wie er ein Stück vor mir die Lennox Street hochgefahren ist und abgebremst hat, um die Hausnummern zu lesen. Wie er abgestiegen ist und sein Rad gegen den Zaun gelehnt hat.«

Ich hab den Jungen nicht gesehen, aber Connie ist nicht die Einzige, die wusste, dass ein Telegramm gekommen war. Ich bin daran gewöhnt, dass diese kleinen Häuser bei extremem Wetter alle möglichen Geräusche von sich geben: Die Bretter der Holzverkleidung ächzen, die Regenrinnen knarren, alles verschiebt sich bei Hitze und Kälte. Letzte Nacht war es drückend heiß, und auf der Straße war ein ganz anderes Geräusch zu hören: das Wehklagen von Ada Husting bis in die frühen Morgenstunden. Kein Wunder, dass Connie nicht schlafen konnte.

Ich versuche wieder, sie zum Aufstehen zu bewegen, aber sie rührt sich nicht. Ich sage ihr, dass ihr nichts fehlt. Dann sieht sie mir in die Augen. »Ma. Da ist ein Baby.«
»Was soll das heißen, da ist ein Baby? Hier? Im Garten?«
Ich schau sie an, wie sie dasitzt in ihren zerknautschten und verdreckten Sachen und ohne Schlappen, betrachte ihr bleiches Gesicht und ihr strähniges Haar und die Hände, die ihren Bauch umklammern. Wie dünn sie geworden ist. Wie blind ich war.
Ach, sie ist ein schlaues Ding. Ein wunderbar schlaues Mädchen. Ich bücke mich und ziehe sie auf die Beine und umarme sie. Sie ist überrascht, weil wir so etwas normalerweise nicht machen – wie meine Mutter immer sagte: *Es gibt ein Wort für Frauen, die die Finger nicht voneinander lassen können, und das ist kein sehr schönes.* Aber ich kann nicht anders. Sie ist Haut und Knochen in meinen Armen. Ordentlich Kotzen reinigt den Körper. Eine gesunde Schwangerschaft, ein gesundes Baby. »Connie. Oder besser Mrs Ward. Mrs Constance Ward. Klingt das nicht respektabel?«
»Ma.«
Die zwei müssen sich sputen. Bevor man es ihr ansieht. Aber bei einem Mann in seinem Alter, der schon verwitwet ist, erwartet niemand eine lange Verlobung. »Wir können die Hochzeit in sechs Wochen vorbereitet haben. Höchstens acht.«
»Ma, bitte!«
Ich kann das Zimmer neben dem Baby nehmen. In dem Haus in Hawthorn. Francis und Kip können sich ein Zimmer teilen, und sie wird ein Kinderzimmer brauchen. Wie viele Schlafzimmer gibt es dort wohl? Mehr als fünf, schätze ich. Ich kann die Bediensteten unter meine Fitti-

che nehmen. Es wird mehr als eine geben, und ich weiß besser als alle anderen, was für Tricks sich solche jungen Dinger einfallen lassen. Connie wird sich um nichts kümmern müssen.« Hawthorn ist weiter von St. Kevin's, aber das spielt keine Rolle. Und Kip! Vielleicht kann Mr Ward ihn beim *Argus* unterbringen.«

»Ma!«

Ich weiß! Kip kann Connies Stelle übernehmen. Das ist eine gute Idee. Er redet in letzter Zeit sowieso über nichts anderes als Fotografien. Connie wird nicht mehr arbeiten gehen nach der Heirat. Ehefrauen in Hawthorn arbeiten nicht, und außerdem muss sie sich ja um das Kleine kümmern und um die zwei von Mr Ward. Und wahrscheinlich kommen noch mehr. Ich hoffe, es ist ein Mädchen. Ist immer besser, das Mädchen zuerst zu kriegen, damit es eine kleine Mutter für das Nächste sein kann, den Jungen.

»Ma! Mr Ward hat nichts damit zu tun.«

»Von allein wirst du nicht schwanger, mein Mädchen. Dazu ist ein Mann erforderlich.«

»Es war nicht er.«

Für einen Moment bleibt mir das Herz stehen. Ich würde das Leben meines Sohnes dafür hergeben, dass sie nicht weiterredet. Ich würde wieder in die Kirche gehen, wieder zur Beichte. Auf die Knie fallen, hier und jetzt die Heilige Jungfrau anflehen, Fürbitte für mich einzulegen. Ich würde sogar aufhören, darum zu beten, dass Tom zurückkommt.

»Das kann nicht sein. So dumm bist du nicht.«

Sie sagt nichts. Ihre Hände legen sich wieder auf ihren Bauch, und sie lehnt sich gegen den Baum. Ich presse die Arme seitlich an meinen Körper, und trotzdem kann ich förmlich die roten Striemen meiner Hand auf ihrer Wange sehen, und der Gedanke gibt mir Trost.

»Tja, er wird dich heiraten, wer immer er auch ist. Was anderes kommt nicht infrage, wir sind anständige Leute.«

»Nein.« Sie lacht irgendwie kalt. »Nein, das wird er nicht.«

Für so etwas ist eigentlich ein Vater zuständig. »Mach dir deshalb keine Sorgen. Es gibt Mittel und Wege. Ich rede selbst mit ihm. Und wenn er sich weigert, spreche ich mit den Eltern und seinem Gemeindepfarrer.«

»Du willst mit seinen Eltern sprechen?«

Ich nicke. Wir sind eine anständige Familie. Wir sind auf halber Höhe des Hügels. »Jeder, der eine junge Frau ausnutzt, hat die Schande verdient.«

»Kannst du seine Eltern nicht in Ruhe lassen?«

»Nein! Dieser Bursche. Wie heißt er?«

Sie antwortet nicht. Ich frage noch einmal. Sie schüttelt den Kopf.

»Ich will nicht, dass alle es wissen«, sagt sie schließlich. »Sich über ihn das Maul zerreißen, ihn verurteilen.«

Natürlich werden die Leute ihn verurteilen, darum geht's ja gerade. Was glaubt sie denn, wo wir leben, in Toorak? Einem Viertel mit großen Häusern und breiten Straßen und Leuten, die nicht mal die Namen ihrer Nachbarn kennen? In unserer Gegend bleibt nichts verborgen.

»Dann geh ich weg. Es gibt doch Häuser für so was, nicht?«, sagt sie. »Wo ich es kriegen kann.«

Ich bin froh, dass ihr Vater tot ist, und ich bin wütend auf ihn, so wütend, dass ich gegen seinen Grabstein treten könnte. Wie ich diesen Mann hasse, stirbt einfach und lässt mich mit den Kindern allein. Ich schaue sie an und sehe die Entschlossenheit in ihrem Gesicht. Sie war schon immer eigensinnig, schon als sie klein war. Ich sehe sie blinzeln. Sie denkt so weit voraus, wie sie kann, und das ist nicht weit.

»Es gibt solche Häuser. Bei den Schwestern vom Guten Hirten in Abbotsford. Oder auf dem Land. Und weißt du, warum sie allgemein bekannt sind? Weil ich dir jede junge Frau aus Richmond aufzählen kann, die man dahin geschickt hat.« Besuch bei Verwandten in Brisbane, schlimmer Fall von Masern und was für einen Quatsch die Leute sich noch so alles einfallen lassen. Acht Monate später tauchen sie wieder auf und brechen in Tränen aus, wenn jemand sie nur schräg anguckt, mit einem dreimal so großen Busen, der tröpfelt, sobald sie ein Baby sehen. Finden keinen anständigen Mann mehr, der mit ihnen ausgehen will. Das Leben ruiniert. Und alle wissen Bescheid.

»Ich werd's bekommen. Ist mir egal.«

Es bekommen und dann wie eine streunende Katze den Nonnen überlassen. Frauen, die geschworen haben, dass Mutterschaft nichts bedeutet. Sieht sie denn nicht, was das mit einer jungen Frau macht? Du würdest niemals darüber hinwegkommen. Susan McCoy hat mir erzählt, ihre Tochter durfte das Baby gerade mal zehn Minuten halten und hat es danach nie wiedergesehen. Ist ihr egal, sagt Connie. Oh Muttergottes, schenke mir Geduld! Meine Tochter hockt da unter dem Baum, und ihrem Gesichtsausdruck nach muss sie sich gleich übergeben. Damit ist klar: Sie ist noch nicht zu weit. Sechs Wochen, höchstens. Noch ist Zeit.

»Ich kann das jetzt nicht entscheiden«, sagt sie. »Wir reden morgen.«

»Wenn es gemacht werden soll, dann am besten sofort.«

»Weggemacht, meinst du.«

»Wenn du erst mal in meinem Alter bist, wirst du wissen, dass manche Regeln von Jesus kommen und manche

Regeln von Menschen, die wollen, dass andere da bleiben, wo sie sind«, sage ich.

Sie sieht mich an. »Ich mach's nicht.«

Wir sind in unserer Familie keine Freunde von großen Reden, aber wie ich so dastehe unter dem Baum und der Morgen verstreicht, rede ich mehr, als ich je an einem Stück geredet habe. Ich rede über Schande und davon, dass es immer die Frauen sind, die sie tragen. Ich erspare ihr nichts. Ich sage *loses Frauenzimmer* und *keine Moral,* und ich sage *Bastard,* und ich sage *Flittchen*. Es schmerzt mich, solche Worte aus meinem eigenen Munde zu hören, und ich sage ihr, sie soll sich vorstellen, wie viel schlimmer sie klingen, wenn dreckige Bengel sie damit an Straßenecken beschimpfen. Ich beiße die Zähne zusammen. Als die Kinder klein waren und TB umging, mussten sie täglich einen Löffel Lebertran nehmen, auch wenn sie mich anflehten, sie nicht zu zwingen. Medizin schmeckt bitter, aber sie macht dich gesund.

Sie weint nicht. Nicht eine Träne. Sie gibt nicht nach.

Aber ich bin noch nicht fertig. Ich weiß, wie ich sie zur Vernunft bringen kann. Die Jungs. Nicht genug, dass alle Welt weiß, in welchem Zustand ihr Vater war, als er starb – was ist mit ihrer Schwester? Will sie, dass Kip sich auch noch ihretwegen schämt? Dass er so eine Last trägt? Ich sage, dass ihr Vater alles getan hat, um uns halb den Hügel hoch zu bringen, seinen Kinder zuliebe, und dass sie diejenige sein wird, die uns wieder ganz nach unten zieht.

Als ich von den Jungs rede, hebt sie den Kopf, und ich weiß, ich bin zu ihr durchgedrungen. Vor allem wegen Kip. Sie würde alles für ihn tun. Sie knetet und wringt ihren Rock zwischen den Fingern. Dann nickt sie, und ich sacke vor Erleichterung zusammen.

Ich lag mit Connie zwanzig Stunden in den Wehen. Sie

war ganz reglos, als sie herauskam, wie Wachs. Aber ich wusste, dass es ein Mädchen war. Und als die Hebamme mir Francis reichte, so winzig, fast lila und ganz glitschig – da sagte sie, es würde noch eines kommen, und ich dachte, sie wollte mich verschaukeln, und dann kam Kip rausgeflutscht, zappelnd und kreischend. Ein Ehemann und drei Kinder. Die schönste Zeit meines Lebens. Der Grund, warum Frauen auf der Welt sind. Es gibt noch Hoffnung für Connie, einen Mann zu finden und Kinder so zu bekommen, wie es sich gehört, sie zu behalten und nicht abzugeben.

»Also los«, sage ich. »Rein mit dir. Keine von uns geht heute arbeiten.«

Mütter müssen wissen, dass auf eine Brandwunde Butter gehört und auf eine Schnittwunde Spinnweben, Nelkenöl bei Zahnschmerzen, Kuchen und Tee bei einem Trauerfall. Und für Fälle wie diesen, für Mädchen wie Connie und um ihre Zukunft zu retten, betreibt eine unbescholtene Frau ein Geschäft in der Victoria Street.

»Gehst du heute nicht arbeiten, Ma?«, sagt Francis.

Sie sitzen noch am Küchentisch, wie zwei verwöhnte Rotzlöffel. Ich habe meine Arbeitskluft ausgezogen. Connie ist in unserem Zimmer, sitzt auf dem Bett und sieht aus, als wäre es schon zu viel für sie, sich saubere Sachen anzuziehen.

»Kip, hast du mal mitgekriegt, dass deine Schwester sich mit einem Jungen eingelassen hat?«

Er blickt auf, als hätte ich irgendwas fallen lassen. »Eingelassen? Mit einem Jungen?«

»Hast du Watte in den Ohren? Ja. Mit einem Jungen.«

»Die eigene Schwester«, sagt Francis. »Ich würde mir jeden vorknöpfen, der's probiert.«

»Dich hab ich nicht gefragt. Also?«
»Nein«, sagt er langsam und vorsichtig.
»Du würdest es mir sagen, wenn du was wüsstest.«
»Na klar.« Er blinzelt öfter, als es normal ist.
»Alles in Ordnung mit Connie?«, fragt Francis.
»Sie ist krank. Ich bleib zu Hause und kümmere mich um sie.«
»Das ist nicht fair«, sagt Francis. »Kip kann zu Hause bleiben, du und Connie könnt zu Hause bleiben. Wieso muss ich zur Schule gehen? Es sind Ferien.«
»Du wolltest doch den Förderunterricht. Sei froh, dass die Patres einverstanden waren.«
»Wenn ich ein reicher Anwalt bin, gibt es bei mir jeden Tag Brötchen zum Frühstück. Dann esse ich nie wieder Brot.«
Kip springt vom Tisch auf. »Ich zieh mich an«, sagt er. »Ich geh Charlie füttern.« Er rennt förmlich zum Schlafzimmer.
»Was ist denn mit dem los?«, sagt Francis.
»Dein Bruder hat ein weiches Herz.«
Ich ziehe die zweite Schublade auf, nehme einen Notizblock und einen Stift heraus und schreibe eine Einkaufsliste und in meiner saubersten Handschrift zwei Entschuldigungen. Ich rufe Kip zurück in die Küche und sage ihm, was er machen soll, wenn er das Pferd versorgt hat: erstens, zu dem großen Haus gehen und die Entschuldigung für mich abgeben. Gut möglich, dass ich den Job behalten kann. Seit immer mehr Frauen in die Fabriken gehen, sind gute Haushaltshilfen schwer zu finden.
Dann zum *Argus* und die zweite Entschuldigung bei Mr Ward abgeben. Connie ist erkältet. Schlimm erkältet. Sie bleibt am besten eine Woche zu Hause.
Dann sag ich ihm, er soll am Grab seines Vaters vorbei-

schauen und es mal wieder säubern und anschließend zum Vic Market und ein paar Hälse und Innereien besorgen, damit ich für Connie eine Suppe kochen kann. Und Francis: Der soll seine Cricketschuhe mitnehmen, damit er direkt von der Schule zum Training kann. Ich sage ihnen, dass Connie viel Ruhe brauchen wird.

»Dafür brauch ich ja den ganzen Tag«, sagt Kip. »Wenn Connie krank ist, lässt Mr Ward mich vielleicht heute mit den Fotografen losziehen. Er sagt doch immer, ich soll mal einspringen. Er sagt, die wären froh über jede Hilfe.«

Ich denke an Connie, wie sie unter dem Baum saß. An die Schande, die über dich kommt, wenn du dich nicht an die Regeln hältst. Kip hat seine Chance verschenkt. Ich schüttele den Kopf.

Als ich die Jungs los bin, gehe ich nach oben. Connie liegt zusammengerollt unter der Bettdecke, bei der Hitze. Ich sage, sie soll aufstehen, sich anziehen. Sie gehorcht ausnahmsweise mal, stellt keine Fragen. Bevor wir gehen, hole ich das Geldbündel unter meiner Matratze hervor. Ich zögere einen Moment, als ich es in der Hand halte, überlege es mir fast anders. Es ist alles, was wir haben.

An einem normalen Tag würden wir die Vaucluse runter zur Church Street gehen, aber heute nehmen wir drei Straßenbahnen: die Swan runter, die Church hoch und dann die Victoria hoch. In der letzten Bahn wirft die Schaffnerin einen Blick auf Connie und blafft dann einen Arbeiter an, er soll ihr seinen Platz abtreten. Connie widerspricht nicht, sondern sinkt auf den Sitz wie eine Marionette, der die Fäden gekappt wurden. Auf der Victoria Street lege ich einen Arm um ihre Taille. Sie lehnt sich gegen mich, lässt sich hängen. Sie will nicht, hat aber nicht die Kraft, sich zu wehren.

Ich weiß, was sie denkt. Sie denkt, es wäre besser für alle Beteiligten, wenn sie die Bahn in die andere Richtung nähme, zur Brücke an der Church Street, und kopfüber in den Yarra springen würde. Alle zwei Wochen, wenn sie diese dreckige Kloake mit dem Schleppnetz säubern, finden sie zwischen dem ganzen Müll auf dem Grund irgendeine arme Seele. Vielleicht sind die jungen Dinger ohne all die Sorgen besser dran, vielleicht auch nicht, aber eines steht fest: Es ist feige, sonst hätte ich es nämlich längst selbst getan. Drei Kinder und Schuften bis zum Umfallen, um sie zu ernähren. Das hätte ich mir so nicht ausgesucht.

Als wir an dem Laden ankommen, blickt Connie auf. Sie ist überrascht. Ich weiß, was sie erwartet hat: eine stinkende Seitengasse, übersät mit fauligem Gemüse und Pferdemist. Einen Chinesen mit dreckigen Fingernägeln und säuerlichem Atem. Als ob ich das meinem Mädchen antun würde. Wir stehen vor einer eleganten Damenschneiderei, die diskret zwischen einem Teeladen und einem Herrenausstatter liegt. Blitzblankes Schaufenster, goldener Schriftzug auf der Scheibe, innen sauber und adrett, Ankleidepuppen in der neusten Mode und Stoffballen an einer Wand. Ich denke, wie schön es wäre, Seide in einer der Farben da für Connies Aussteuertruhe zu kaufen, aber Geld kann man eben nur einmal ausgeben.

Ich drücke die Tür auf, und ein kleines Glöckchen bimmelt. Der Raum wird durch einen Samtvorhang in der Mitte unterteilt, und an einem eleganten Schreibtisch sitzt eine junge Frau. Der Schreibtisch hat dünne, geschwungene Beine, die in einem Geschäft wie diesem piekfein aussehen, aber da, wo ich aufgewachsen bin, jeden an Rachitis erinnern würden. Die Frau trägt ein Kostüm aus feinem Tweed. Sie nickt gewichtig und blickt an ihrer langen Nase hinunter. Sie fragt, was sie für uns tun kann.

»Wir möchten zu Mrs Ottley.«

Ihr Mund sagt: »Gern, Madam«, doch ihre Augen sagen: *Sollten Sie nicht den Dienstboteneingang benutzen?* »Möchten Sie sich in der Zwischenzeit vielleicht ein paar Musterbücher anschauen, Madam? Ist es für einen besonderen Anlass? Für Sie oder die junge Dame?«

»Meine Tochter Constance. Und es ist eine persönliche Angelegenheit.«

Sie sieht mich an, und ich weiß, sie hat verstanden. »Dann da lang«, sagt sie mit einer knappen Kopfbewegung und einer Stimme, die auf einmal etwas weniger nach Hawthorn und etwas mehr nach Richmond klingt. Ich setze Connie in einen der zarten französischen Sessel an der Wand. Sie fragt nicht, woher ich wusste, wohin ich sie bringen sollte. Es scheint sie kaum zu interessieren, wo wir sind oder was ich mache, um sie zu retten. Die junge Frau hebt den Vorhang, und ich folge ihr nach hinten.

»Warten Sie hier«, sagt sie, und von Madam ist keine Rede mehr, und die Leerstelle, wo dieses Madam war, ist wie ein Tritt in den Bauch. Mir wird klar, das ist der Grund, warum ich das hier mache. Ich tue es, damit Connie die Chance hat, eine Madam zu sein, für den Rest ihres Lebens, ebenso wie ihre Töchter und die Töchter ihrer Töchter.

Ich stehe hinten in der Werkstatt und warte. Niemand bietet mir einen Stuhl an. Vor einer Wand steht eine niedrige Bank mit einer Reihe Arbeiterinnen, die alle über Nähmaschinen gebeugt sind und Kleider und Blusen und Röcke unter den Nähfüßen hindurchschieben und auf die winzigen Stiche spähen. Ihre stämmigen Beine pumpen die Pedale, ihre flinken Hände wechseln die Richtung des Stoffs. Hin und wieder steht eine auf, nimmt eine kleine Schere und schneidet den Faden ab. Dann wählt sie aus einem gewaltigen Regenbogen an der anderen Wand eine Rolle Garn aus, geht zurück zu ihrem Platz, feuchtet das Ende des Garns zwischen den Lippen an und fädelt es ein. Das wäre ein guter Job, besser als meiner. Den lieben langen Tag sitzen, schonender für die Gelenke. Wahrscheinlich wären meine Augen aber nicht mehr gut genug. Die Frauen sagen kein Wort, blicken nicht mal auf. Als wäre ich gar nicht da.

In einer Ecke hockt eine alte Frau mit einer geblümten Schürze auf einem Schemel und flickt irgendeinen schweren Stoff, vielleicht Kattun. In dem breiten Lichtstrahl, der durch die Fenster hoch oben an der Rückwand fällt, kann ich ihre Nadel blitzen sehen. Manchmal, wenn der Stoff zu dick ist und die Nadel nicht ganz durch will, drückt sie mit der Daumenkuppe auf das hintere Ende und stößt die Spitze wie einen Speer hindurch. Dabei verzieht sie keine Miene. Ihr Daumen muss ein einziger Schwielenknoten sein.

»Mrs Westaway«, sagt Mrs Ottley. Sie ist unbemerkt hinter mich getreten, und als ich mich umdrehe, hat sie die Arme über ihrem Busen verschränkt, als wäre sie die Queen, die sich dazu herablässt, unter uns zu wandeln. Das Haar trägt sie in einem Knoten, passend zu ihrer strengen Kleidung. Auf der Nasenspitze hat sie eine kleine Brille und um die Taille einen Gürtel mit einem Nadelkissen, das dicht bespickt ist mit glänzenden Stecknadeln. Mrs Ottley ist ein Paradebeispiel für gute Haltung und die beste Reklame für sie selbst: In ihren Rockbund ist eine diskrete Tasche für ihre Visitenkarten eingenäht. Aber ihre Hände sind rau und schuppig, mit dicken, knotigen Knöcheln. Ich vermute, dass sie nicht immer so damenhaft war.

»Mrs Westaway.« Ihr Blick gleitet schnurstracks zu

meinem Bauch.« Es ist einige Jahre her, seit Sie zuletzt unsere Hilfe benötigt haben.«

»Und da mein Mann nicht durch ein Wunder wieder lebendig geworden ist, habe ich sie auch jetzt nicht nötig.« Ich ziehe die Schultern nach hinten. Als hätte sie ein Recht, mich so herablassend zu behandeln. »Mrs Ottley«, dass ich nicht lache. Ich habe mein ganzes Leben in Richmond verbracht und noch nie was von einem Mr Ottley gehört. »Aber meine Tochter wartet vorn im Laden.«

»Wie weit?« Keine Spur mehr von der vornehmen Damenschneiderin; die Augen sind so stechend wie ihre Nadeln.

»Ein paar Wochen vielleicht. Kann noch nicht lange her sein. Ihr ist dauernd schlecht.«

»Bringen Sie sie nach hinten in den letzten Anproberaum rechts. Und es kostet mittlerweile fünfundzwanzig Pfund, Mrs Westaway.« Sie lächelt mich an. »Kriegsauslagen.«

Ich schließe kurz die Augen. Das ist alles, was ich habe. Keine Reserven mehr, falls ich krank werde oder um Connies Hochzeit zu bezahlen oder falls Kip irgendwas passiert und wir auf seinen Lohn von den Hustings verzichten müssen. An manchen Tagen spüre ich, wie das Unheil diese Familie umlauert, so wie sich der Ruß von den Fabriken über ganz Richmond legt, ob anständig oder nicht.

»Aber da Sie in der Vergangenheit eine gute Kundin waren, könnte ich Ihnen zwei für fünfundvierzig anbieten«, sagt sie. »Eine jetzt für Ihre Tochter, die andere irgendwann mal für Sie.«

»Das wird nicht nötig sein.« Ich strecke die Hand aus, um ihr das Bündel Scheine zu geben, doch sie hebt abwehrend die Hände, als würde es ihr Feingefühl verletzen, das Geld zu berühren.

»Nein, nein«, sagt sie. »Geben Sie es Katie, am Empfang.«

Ich tue, was sie sagt, und hole Connie. Es kostet mich meine ganze Kraft, sie auf die Beine zu ziehen. Wir gehen durch den Vorhang, vorbei an den Näherinnen. Sie würdigen uns keines Blickes. Der letzte Anproberaum ist größer als die anderen und hat eine Tür statt eines Vorhangs. Drinnen steht ein langer Arbeitstisch, und auf einer Schale liegen einige Metallinstrumente. Ein Eimer mit Deckel steht in einer Ecke. Es riecht stark nach Karbol und irgendwas anderem. Kampfer? Hoch oben an einer Wand ist ein Fenster mit dreckigen Glaslamellen.

»Zieh die Schuhe aus, Connie«, sage ich, und sie gehorcht. Ich stelle sie in die Ecke, wo sie nicht im Weg sind. Es sind gute Schuhe. Ich will nicht, dass jemand darauftritt.

»Deine Strümpfe.«

Ich stehe hinter ihr, während sie sie auszieht, und ich falte sie zusammen und stecke sie in meine Handtasche, um sie mit heim zu nehmen.

»Jetzt rauf auf den Tisch.« Sie gehorcht und sitzt dann da, Augen nach vorn, Hände auf dem Bauch.

»Ma«, sagt sie, als ich sie hinlege. »Es ist alles, was ich von ihm habe.«

»Du wirst andere haben. Zieh die Knie an, ja, so ist brav«, sage ich. »Die Füße flach auf den Tisch. Und zieh lieber den Schlüpfer aus. Sonst wird er noch ruiniert.«

Sie packt meine Hand, als wollte sie sie mir vom Handgelenk reißen. Ich würde ihr gern sagen, dass sie sich keine Sorgen machen muss. Dass die Hälfte aller verheirateten Frauen von Richmond irgendwann mal hier auf dem Tisch gelegen hat, dass man das einfach durchstehen muss. Dass es zum Frausein dazugehört. Mrs Ottley hätte so ein Geschäft nicht aufbauen können, wenn sie nicht gut arbeiten würde. Sie macht bestimmt zwei oder drei am Tag, ohne Probleme, so ist das heutzutage.

Die Tür geht auf: Die alte Frau, die den Kattun genäht hat, kommt herein. Sie hat ihre geblümte Schürze durch eine aus Leder ersetzt und trägt einen Eimer voll mit dampfendem Wasser.

»Machen Sie's sich nicht gemütlich«, sagt sie zu mir. »Und das ist kein Cricketspiel. Wir haben keinen Platz für Zuschauer.«

»Ma, bitte!«

»Geben Sie ihr das hier«, sagt sie, öffnet den kleinen Schrank unter dem Spülbecken und nimmt eine Flasche mit brauner Flüssigkeit heraus, Whisky vielleicht, und ein kleines Glas. Sie gießt etwas davon für Connie ein, gut zwei Finger breit.

Ich nehme das Glas und halte es ihr an die Lippen. Sie blickt mich an, und wieder muss ich daran denken, wie ich ihr den Lebertran verabreicht habe, diese großen Augen, voller Vertrauen, dass das, was ich tue, gut für sie ist. Jetzt wie damals trinkt sie, ohne zu murren, und erst als sie geschluckt hat, verzieht sie das Gesicht von dem bitteren Geschmack und hebt eine Hand an die Kehle. Sie ist Hochprozentiges nicht gewöhnt. Wenigstens darüber kann ich froh sein.

»Wenn du vor dieser Kleinigkeit Angst hast, wie hättest du dann je ein Baby kriegen können?«, sage ich.

»Babys sind schlimmer«, sagt die alte Frau. »Kein Vergleich.«

Meine Finger tun weh, weil Connie sie so fest drückt. Ich schaue nach unten: Unsere Hände sind bleich und so eng verschlungen, dass ich für einen Moment nicht mehr weiß, welche ihre Finger sind und welche meine. Auf ihrem Handrücken kann ich das Netz aus blauen Adern sehen, wie kleine Flüsse. Es nutzt nichts. Ich kann nicht den ganzen Tag hier stehen. Ich nehme meine andere Hand und löse ihren Klammergriff.

Es hat keinen Sinn, in Mrs Ottleys Laden zu bleiben und alle zwei Minuten nachzusehen, wie es läuft, nutzlos auf und ab zu tigern wie ein Mann vor der Entbindungsstation. Ich mach es besser so, wie die Ärzte mit Kranken umgehen. Gefühlloser, gnädiger. Manchmal dauern solche Sachen Stunden, deshalb gehe ich schnell nach Hause, um alles auf Vordermann zu bringen: Connie wird mindestens ein paar Tage das Bett hüten müssen, und sie kann sich besser ausruhen, wenn alles erledigt ist. Ich kann mich nicht erinnern, wann ich zuletzt allein im Haus war.

Das ist ein Genuss, den ich längst vergessen hatte. Ich glaube, seit ich mit Connie schwanger war, hatte ich nicht eine Minute für mich allein. Die ersten Regungen im Bauch, das vergisst du nie. Das erste Mal, wenn du es spürst, eine Mischung aus Strampeln und Treten, und dir klar wird, dass ein anderer vollständiger Körper in dir eingeschlossen ist, und er ist dein eigen Fleisch und Blut. Solange ein Kind von dir am Leben ist, stirbst du eigentlich nie richtig. Kinder sind ein Teil deines Körpers, der ohne dich weiterlebt. Connie hielt mich die ganze Nacht wach und machte mir den ganzen Tag mit ihrem Gezappel zu schaffen. Da war ich zum Beispiel beim Einkaufen, und auf einmal – puff! Ein winziges Knie in die Niere oder eine Ferse, die sich mir zwischen die Rippen drückte. Sie war das Erste, das ich austrug, deshalb dachte ich, das wäre normal. Heute weiß ich, dass sie ein unruhiges Kind war. Die Jungs waren da drinnen zusammen eingezwängt, und sie waren träge wie Dachse.

Den eigenen Haushalt zu machen ist anders, als den von anderen Leuten zu machen, obwohl die Arbeit genau die gleiche ist. Den Besen schwenken, die Wäsche scheuern, die Bewegungen sind dieselben. Es macht Freude, wenn du dabei ganz allein bist. Es tut gut. Als ich den Küchenboden mit Wasser aus dem Waschtrog wische, blicke ich aus dem Fenster zu den Hustings hinüber; die Vorhänge noch immer zugezogen, als wäre keine Menschenseele da drinnen. Zugegeben, einen Sohn zu verlieren muss schlimmer sein, als einen Ehemann zu verlieren. Von Ehemännern erwartest du, dass sie auf sich selbst aufpassen. Und wenn sie so blöd sind, sich dermaßen zu betrinken, dass sie sich auf einer fahrenden Straßenbahn nicht mehr festhalten können, ohne Rücksicht auf das Leben ihrer Angehörigen, was soll eine Ehefrau dann machen? Sie brachten ihn nach Hause, die Polizisten, die ihn von der Straße aufgelesen hatten. Sie sagten, hier würde er am besten liegen, obwohl wir keinen Platz dafür hatten. Schließlich schickte der Bestatter ein paar Männer mit zwei Stützböcken, und wir hängten die Tür von der Waschküche aus, und sie legten ihn im Wohnzimmer darauf und wuschen ihm das Gesicht und zogen ihm frische Sachen an, bevor wir ihn auf seine letzte Reise schickten. Wenn ich es noch mal tun müsste, würde ich ihn nicht hier aufbahren lassen. Ich würde sagen, sie sollen ihn wieder mitnehmen. Er stank nach Rum, und er hatte sich in die Hose gemacht. So sollten Kinder ihren Vater nicht in Erinnerung behalten.

Die Hustings haben keinen Leichnam zum Aufbahren. Ein Kind verlieren. Die Trauer wäre nur die eine Hälfte. Es ist deine Aufgabe, auf sie aufzupassen, dafür zu sorgen, dass alles so abläuft, wie die Natur es vorsieht: erst du, dann sie. Ich kann die oberen Fenster sehen. Der Vorhang bewegt sich, hängt dann wieder reglos wie zuvor. Vielleicht war es der Wind. Heute wird es am schlimmsten sein. In dem Haus zu sein, allein, verlassen, kinderlos.

Bei uns wird es heute Abend hektisch. Connie wird sich ausruhen, aber alle Frauen aus der Nachbarschaft werden vorbeischauen, um über das Telegramm zu sprechen und darüber, was drin stand und wie es genau passiert ist und wo er war und wie die Hustings es aufgenommen haben. Es ist eigentlich kein Tratschen. Es geht darum, sich auf den neuesten Stand zu bringen, dafür zu sorgen, dass alle wissen, was Sache ist, bevor sie an die Tür klopfen, um ihr Beileid auszusprechen. Ich gehe vom Fenster weg und schaue auf die Uhr. Zeit, Connie zu holen.

Ich hatte vorher schon gefunden, dass sie blass aussah. In dem schwachen Licht, das durch Mrs Ottleys dreckige Fensterlamellen fällt, ist sie weiß und leicht wie eine Wolke. Sie liegt noch auf dem Tisch, und in einer Ecke sehe ich einen Haufen verschmutzter Tücher. Der Laden ist still und leer: Alle Näherinnen sind nach Hause gegangen. Mrs Ottley und Katie sind nach Hause gegangen. In der Tür steht die alte Frau, nach deren Namen ich vergessen hatte zu fragen. Sie hat mich hereingelassen, als ich klopfte. Sie hebt Connies Schuhe vom Boden auf und zwängt ihre gespreizten Füße hinein. Connie sträubt sich weder, noch hilft sie mit.

»Ich habe ihr einen Bindengürtel und eine Binde gegeben. Die müssen Sie wechseln.«

Ich nicke.

»Und sie darf eine Weile nichts Schweres heben.«

Connies Augen sind nur halb offen, aber sie blickt mich an. Sie kann mich sehen.

»Ma. Ich will nach Hause.«

»Ja, ja. Dann komm. Ich hab dein Bett frisch bezogen. Es ist alles vorbereitet.«

Die alte Frau fasst Connie hinten an den Schultern und setzt sie auf. Sie schwenkt Connie an den Beinen herum und legt sich einen ihrer Arme um den Hals, und ich nehme den anderen, und wir bugsieren sie zur Vordertür. Sie lehnt Connie gegen das Schaufenster, während sie ihre Tasche und ihren Hut holt, und macht dann das Licht aus. Wir gehen zusammen nach draußen.

»Süßen Tee. Wenn sie am Wochenende noch blutet, ein heißes Bad, um den letzten Rest rauszuholen. Und keinen Verkehr in den nächsten zwei Wochen.«

»Ich bitte Sie«, sage ich.

Auf der Straße verriegelt die alte Frau die Tür hinter uns. Sie rückt ihren Hut zurecht, nickt uns zu, dreht sich um, und ihr breiter Rücken bewegt sich die Straße hinunter und über die Kreuzung. Das ist das Letzte, was ich von ihr sehe.

Es ist irgendwie heißer als heute Mittag, als die Sonne noch direkt über uns stand, und der Wind wirbelt Blätter und Papier die Straße hinunter. An Abenden wie diesem fahren junge Leute mit der Straßenbahn nach St. Kilda und schlafen am Strand. Die Zeitung wird morgen voll sein mit Fotos von ihnen, samt Kissen und allem. Ich muss Connie nach Hause bringen, ehe die Jungs kommen.

Auf der Straße ist Connie nicht die geringste Hilfe, aber irgendwie ist sie nicht so schwer wie heute Vormittag. Passanten weichen uns aus, mit gesenkten Köpfen, stoßen fast mit diesen beiden Frauen zusammen, die so dicht nebeneinandergehen, Schulter an Schulter. Eine Bahn kommt: Wir steigen ein, und sie schiebt eine Hand durch eine Halteschlaufe und hängt halb daran. Sie ist benommen, das ist kein Wunder.

In den nächsten zwei Bahnen sind kaum Leute. An unserer Haltestelle hebe ich sie fast die Stufen hinunter, ohne Mühe.

Gleich haben wir's geschafft. Wir sind vor dem London Tavern, als sie sich zusammenkrümmt, als hätte sie einen Tritt in den Bauch bekommen. Ich lehne sie gegen die Hauswand, um sie anders zu greifen, aber sie entgleitet mir und rutscht nach unten, bis sie auf dem Boden sitzt.

»Connie.« Es muss kurz vor fünf sein. Im Augenblick ist niemand in der Nähe, aber das wird sich bald ändern. »Du musst aufstehen.«

Keine Reaktion. Ich gehe in die Hocke und überlege, wie ich sie am besten packe, und meine Knie tun weh, als würde jeden Moment etwas reißen. Und dann sehe ich einen dunklen Fleck unten an ihrem Kleid und denke: Wäre ja auch zu schön gewesen, wenn sie sich nicht ausgerechnet in eine Pfütze gesetzt hätte. Ich muss das Kleid einweichen, sobald wir zu Hause sind, vielleicht den Fleck mit etwas Eukalyptusöl auswaschen. Sie hat sonst nichts, was sie nächste Woche zur Arbeit anziehen kann.

Ich greife nach dem Saum und sehe, dass der Bürgersteig darunter trocken ist. Der Fleck kriecht unten am Kleid entlang und breitet sich nach oben aus. Ich berühre ihn mit der Hand, und noch ehe ich die Hand an die Nase heben kann, rieche ich es: satt und metallisch. Ein rostiges Blechdach, das nach Regen in der Sonne dampft.

Ich hebe das Kleid etwas weiter an, und ich sehe einen Strom von Blut zwischen ihren Beinen hervorsickern. Etwas Blut wäre normal, aber das da ist zu viel, da kann was nicht stimmen, das weiß ich. Ich versuche, sie wieder hochzuheben, schaffe es aber nicht. Sie ist nicht mehr leicht. Sie ist schwer wie Blei in meinen roten Händen.

»Connie. Du musst hierbleiben, ich hole rasch Hilfe. Nicht bewegen.«

Sie öffnet ein Auge und sagt: »Wir ziehen in den Westen. Da wird's ihm gefallen.«

»Bleib schön hier«, sage ich und setze sie gerade gegen die Hauswand, und ich wünschte, ich hätte mein Schultertuch oder einen Mantel, um sie warm einzupacken wie im Bett. »Auf der Swan Street sind bestimmt Leute. Ich bin im Nu wieder da.«

»Tut mir leid, dass ich es dir nicht früher gesagt hab, Ma.«

»Das ist doch jetzt nicht wichtig.«

»Ich wollte es bekommen«, sagt sie, glockenklar, als ob sie am Küchentisch säße und wir darüber sprächen, was wir noch für die Jungs zum Abendessen im Schrank haben. »Ich war fest entschlossen. Ich hab ihm geschrieben. Er wollte zu mir zurückkommen, und ich wäre hier, und das Baby wäre hier, und wir beide würden auf ihn warten.«

»Schsch.«

»Ma, es ist unten an der Seite in einer Keksdose. Er und ich.«

»Warte hier. Ich hole Hilfe.«

»Keine Sorge, Ma«, sagt sie. »Ich lauf nicht weg.«

Als Connie ein Säugling war, hab ich sie manchmal in der Waschwanne allein gelassen, wenn ich sie gebadet habe. Sie strampelte mit ihren dicken Beinchen und versuchte, das Wasser mit den Fingern zu greifen. Jede Mutter kennt die Gefahren, und ich weiß nicht, wieso ich darauf vertraut habe, dass sie macht, was ich sage. Mit den Jungs hätte ich das nie gemacht, aber Connie, die war anders. Ich hab dann zu ihr gesagt: *Ich bin mal kurz weg* und *Sei jetzt brav* und *Schön aufrecht im Wasser sitzen und nicht ertrinken*, und dann hab ich die Wäsche aufgehängt oder bin zum Briefkasten gegangen, und ja, wenn ich wiederkam, saß sie da, ganz brav, und planschte fröhlich vor sich hin.

Daran muss ich denken, als ich sie in dem schwächer werdenden Licht auf der leeren Straße nur für einen Moment allein lasse. Hier kann uns niemand sehen, auch wenn ich mir die Lunge aus dem Hals schreien würde. Ich will zur nächsten Ecke laufen, vielleicht zwanzig Meter weit weg, um jemanden zu finden, der mir hilft, sie hochzuziehen. Damit ich sie nach Hause bringen und ins Bett legen kann. Es ist heiß, aber ich zittere, und ich laufe, dann schaue ich die Swan Street rauf und runter, sehe die Leute, die nach Hause hasten, die Hand am Hut wegen des böigen Winds. Ich werde höchstens eine Minute weg sein. Nur deshalb lasse ich sie allein.

Alec

Stellt euch Folgendes vor: die Punt Road in der Dämmerung. Blätter wehen durch die Rinnsteine, Stoßstange glänzt an Stoßstange, dumpfes Licht hüllt alles in seinen milchigen Schein. Autos voll mit Leuten, die nach Hause fahren, zurück in den Schoß ihrer liebevollen Familien. Das Zinnoberrot glänzender Anstriche, das Smaragdgrün der Bäume rings um das Cricketstadion. Die Wolken über mir sind frei, gleiten dahin, prahlen gegenüber der Erde mit ihrer Flaumigkeit, treiben mit dem Verkehr nach Hause. Ganz weit oben fliegt ein winziger Jet irgendwohin, wo es besser ist als hier. Frieden ist weit weg.

Trotzdem bin ich hier. Weg von zu Hause in einer Welt von Fremden. Allein. Vergessen.

Ich sitze auf dem Bürgersteig zwischen dem Pub und dem Bordell an einen weißen Lattenzaun gelehnt. Mit den Fingern forme ich ein Quadrat und rahme damit einen Baum, den Rand eines Gebäudes, die Bahngleise auf der Brücke ein. Ein sinnloser Versuch. Ich habe keine Staffelei hier, kein Skizzenbuch. Nicht mal meinen Rucksack. Ich bin so überstürzt abgehauen, dass ich nichts mitgenommen habe. Nichts außer dem Objektiv meiner Augen, dem Bleistiftstummel meiner Erinnerung.

Wenn ich ein Handy hätte, könnte ich die Jungs anrufen und fragen, wo sie sind, aber natürlich hab ich kein Handy. Charlotte erlaubt mir keines, weil sie in Angst vor hirnschmelzenden Todesstrahlen lebt und, ja, fest entschlossen ist, aus mir einen Aussätzigen zu machen. Einen Leprakranken. Was ich praktisch schon bin. Mir könnte gleich hier vor dem Cricketers' Arms ein Fuß abfallen.

Die Jungs haben wahrscheinlich gerade irgendwo echt Spaß, etwas, wovon Charlotte noch nie was gehört hat und was sie, falls doch, ablehnen würde. Vielleicht sind sie im Kino. Oder bei Tim und spielen Xbox in der Garage. Tim, der ein eigenes Handy hat, für das er nicht mal zahlen muss. Tim, der eine Mutter hat, die ein Auto besitzt, das sie extra auf der Straße parkt, damit die Garage für ihn und seinen großen Bruder frei ist; eine Garage, in der eine Tischtennisplatte steht, unter der er das Bier versteckt, das sein Bruder für ihn kauft.

Alter, hat Tim gesagt, als er hörte, dass ich heute Abend nicht raus darf. *Scheiße.*

Als ich heute Nachmittag aus der Rowena Parade abgehauen bin, rief Charlotte hinter mir her: *Wag es nicht, mich einfach so stehen zu lassen, Alec, wag es nicht!* Sie ruiniert mein Leben.

Im Unterschied zu Tims Mutter, die cool ist, kommt Charlotte einfach in mein Zimmer marschiert, als würde es ihr gehören. Kein Anklopfen, kein *Darf ich reinkommen*, kein nichts. Ich darf nicht mal einen Schlüssel für die Tür haben, einen Schlüssel, der Charlotte aussperren würde. Ein Irisscanner wäre vielleicht die Lösung. Der wäre echt geil. Der würde sogar Libby aufhalten. Vielleicht kann ich selbst einen installieren; kann doch nicht so schwer sein. Vielleicht gibt's die Teile ja bei Bunnings oder Stewart's oder in einem von diesen Riesenbaumärkten.

Ich schaue auf meine Uhr, die symbolische Fessel, die mich als den einzigen Menschen im Universum ohne Handy brandmarkt – obwohl, wenn ich eines hätte, würde sie ständig anrufen und sagen, ich soll nach Hause kommen und den Tisch fürs Abendessen decken.

Stanzi dagegen würde niemals anrufen. Stanzi versteht, dass ich fast siebzehn und praktisch erwachsen bin. Bald krieg ich meinen Lernführerschein, dann, in zwei Jahren, hallo, Freiheit. Dann heißt es, nichts wie weg, das schwör ich. Charlotte benimmt sich total unlogisch. In zwei Jahren entscheide ich ohnehin für mich selbst: Da sollte sie mich doch schon mal ein bisschen üben lassen. Ich bin in allen Fächern gut und in Kunst der Beste. Ich kiffe nicht, bin noch nie beim Ladendiebstahl erwischt worden. Sie hat also echt keinen Grund, sich wegen irgendwas Sorgen zu machen.

Die Sonne geht unter, und ich würde am liebsten einfach weitergehen. Runter zur Richmond Station und in einen Zug steigen, sehen, wohin er mich bringt, zuschauen, wie die Landschaft sich entfaltet. Berge und Flüsse und Wüsten und Ozeane. Dieses Warten darauf, dass mein Leben anfängt, macht mich ganz kirre. Ich stehe auf und gehe den Hügel hoch. Zeit, nach Hause zu gehen.

Als ich zur Tür hereinkomme, ist es kurz vor sechs. Libby steht am Esstisch, der in die Mitte des Raumes gerückt und zu voller Länge ausgezogen wurde. Sie poliert Messer und Gabeln und Löffel und stellt sie aufrecht in verbeulte

Metallbecher, die Charlotte nach endloser Sucherei in den Trödelläden in der Bridge Road gefunden hat, weil ja alles, was wir besitzen, aus zweiter Hand sein muss, damit man uns im ganzen Viertel für Freaks hält. Auf dem Tisch liegt außerdem ein Haufen Stoffservietten in verschiedenen Farben, beschwert von einem glatten Stein. Einem richtigen Stein vom Yarra-Ufer in Abbotsford. Charlotte Westaway, Ökokriegerin.

»Muuuum«, brüllt Libby. »Er ist wieder daaaa.«

»Das ist der Weltrekord im Schleimen 2006«, sage ich.

Sie läuft dunkellila an. »Du blöder Sack«, flüstert sie, damit Charlotte es nicht hört. »Ich hänge hier seit Stunden fest.« Sie hält mir ihre Finger vors Gesicht. »Ich musste zwei Tonnen Tomaten häuten. Zwei. Tonnen. Ganz. Allein. Guck dir meine Fingernägel an. Guck sie dir an!«

»Heul doch, Justin Blödmann Timberlake.« Jetzt wird sie puterrot. Ich kann die Wut förmlich hinter ihren Augen lodern sehen. Ich wedele mit der Hand vor ihrem Gesicht. »Kommt dir da etwa Rauch aus den Ohren? Libby? Ich hab dich gewarnt: Du sollst nicht denken. Hilfe, schnell, ruf einer die Feuerwehr, ihre Neuronen schmelzen!«

Sie knirscht mit ihren Metallzähnen. »Das ist voll gemein. Ich dürfte mir das *nie* erlauben. Nur weil du ein Junge bist.«

Was erwartet sie von mir? Dass ich mich auf den Boden werfe und ihr die Kehle hinhalte und um Vergebung bettele? Ich zucke mit den Achseln. »Chromosomen sprechen eine harte Sprache, Transformer-Mündchen.«

Libby straft mich mit ihrem *Verpiss-dich-und-stirb*-Blick. Ich gehe nach oben in mein Zimmer und lege mich aufs Bett, hole meinen Skizzenblock hervor und stelle mich auf die mütterliche Wut in dem Gesicht ein, das mit digitaler Präzision hier auftauchen wird. Bingo. Nach genau drei Minuten geht die Tür auf.

»Herein«, sage ich.

»Mach das ja nie wieder«, sagt Charlotte. »Einfach weglaufen, wenn ich mit dir rede!«

»Jawohl, Charlotte!« *Ich bleibe für immer und ewig hier und warte auf deinen Befehl, tanze nach deiner Pfeife, meine Königin.*

»Und nenn mich nicht Charlotte!«

»Jawohl, *Mutter*!«

»Und wieso musst du so gemein zu deiner Schwester sein? Sie ist vierzehn. Sie schaut zu dir auf. Und zieh die Schuhe aus, bevor du dich aufs Bett legst! Die Bettdecke wäscht sich nicht von allein.«

Ich kicke meine Converse von den Füßen, und sie landen dumpf auf dem Boden. »Wie Sie wünschen, Frau Direktor. Aber ich war rechtzeitig zum Appell wieder da. Haben die anderen Insassen mich vermisst?«

Sie schließt die Augen, und dann fangen ihre Lippen an, sich zu bewegen. Lautloses Zählen, ihre neueste Aggressionsbewältigungsmethode. Besser gesagt, Alec-Bewältigungsmethode. Ich mache eine grobe Zeichnung in circa acht Sekunden. Ich hab dieses Gesicht schon hunderttausendmal gesehen. Ich kann die Einzelheiten später ergänzen: die Farben, ihre geblähten Nasenlöcher, dass ihr Gesicht aussieht wie Stanzis und meines und nur ein bisschen wie Libbys, die Bens Augen hat. Die Ähnlichkeiten, die Unterschiede. Als sie mit Zählen fertig ist, öffnet sie die Augen.

»Geh nach unten und hilf deiner Schwester den Tisch decken. In einer halben Stunde sind sie da.«

»Nein danke. Ich glaube, ich bleib lieber in meinem

Zimmer und spiel mit meiner Xbox. Ach ja. Stimmt. Ich hab ja gar keine Xbox. Egal, dann guck ich eben in meinem Zimmer fern. Ach ja, stimmt. Ich darf hier oben ja keinen Fernseher haben. Nicht mal, wenn ich anbiete, mir einen Job zu suchen und ihn *selbst* zu bezahlen. Weil ich nämlich in Nazideutschland lebe.«

»Weißt du was? Wenn du erwachsen bist, kannst du machen, was du willst. Dann kannst du rund um die Uhr Computerspiele spielen. Einmal im Jahr duschen, wenn Joss Whedon Geburtstag hat.«

»Gut. Vielleicht mach ich das sogar. Aber als Allererstes lass ich mir ein Tattoo stechen, sobald ich achtzehn bin. Genau hier.« Ich mache eine Faust, rolle einen Ärmel hoch und zeichne die Umrisse auf meinen Trizeps.

»Ja, das wäre schlau. Vor zehn Jahren war dein sehnlichster Wunsch eine Ninja-Turtle-Puppe. Die Menschen verändern sich, Alec. Ein Tattoo behältst du dein Leben lang, verstehst du?«

Verstehst du? Als ob ich ein Idiot wäre. »Ich hab keine Angst davor, Entscheidungen zu treffen, die Folgen für mein ganzes Leben haben.« Anders als sie, die fleischgewordene Bindungsangst. Ergebnis: zwei Kinder, kein Partner.

Sie dreht sich um und geht zur Tür. »Stanzi«, schreit sie. »Komm und sprich mit deinem Neffen, bevor ich ihn in einen Karton packe und zu den hungernden Kinder in Afrika schicke!«

Charlotte Westaway, die letzte mitfühlende Seele auf Erden.

Auf dem Weg nach unten wird ihr Stanzi entgegenkommen, die ebenfalls sofort springt, wenn sie gerufen wird. Sie könnte gerade eine Niere spenden, sie würde trotzdem kommen. Und zwar weil sie beide panische

Angst davor haben, dass Libby und ich plötzlich denken: *Moment mal! Keine Ahnung, warum mir das nicht schon früher aufgefallen ist, aber ... wir haben keinen Vater!* Ich meine, ich habe einen langhaarigen alten Bluesmusiker, der auf einer Avocadofarm bei Mullumbimby lebt und mir zu beliebigen Zeiten im Jahr Geburtstagskarten schickt, und Libby hat irgend so ein Softwaredesigner-Ass aus Singapur mit eigener Familie, die sie für zwei Wochen in den Weihnachtsferien besucht, aber das war's auch schon. Charlotte und Stanzi füllen jede Lücke, beantworten jede Frage. Die Gluckenmütter.

Charlotte geht sicher langsam, mit der Welt im Reinen (außer mit mir). Ich höre Stanzi die Treppe hochlaufen, zwei Stufen auf einmal, als würde sie nicht genug Kalorien verbrennen, wenn sie den ganzen Tag wie verrückt durch die Gegend joggt. Wie jemand auf die Idee kommen kann, Personal Trainer zu werden, ist mir schleierhaft, erst recht, wo doch all ihre Klienten depressiv und fett sind. Stanzi leidet unter einem Totalausfall der Phantasie. Es gibt keine andere Erklärung dafür, warum sie hier wohnt.

Da die Tür schon auf ist, klopft auch Stanzi nicht an. Sie kommt rein und legt sich quer über das Fußende von meinem Bett, so wie früher immer, als ich klein war. Sie trägt schon ihre Partyklamotte: ein schwarzes Paillettenkleid aus Kunstfasern, das regelmäßig chemisch gereinigt werden muss. Ich vermute, sie trägt das Teil, um Charlotte zu ärgern. Einer der Gründe, warum ich sie mag.

»Was liegt an, Kleiner?«

Ich stöhne. »Du meinst, abgesehen davon, dass meine Mutter mich als Amischen großzieht?«

»Diese schwarzen Hüte – die sind doch praktisch. Als UV-Schutz jedenfalls.« Sie legt sich auf den Rücken, reckt

Arme und Beine Richtung Wände. »He, weißt du, was deine Männlichkeit richtig zur Geltung bringen würde? Ein Kinnbart.« Sie greift nach unten zum Boden, wo meine Pastellstifte liegen, schnappt sich den schwarzen und schwingt ihn mit einem Gekicher, das wohl dämonisch klingen soll.

Ich rolle mich weg. Sie versteht nicht, womit ich mich rumschlagen muss. »Kann ich in diesem Haus überhaupt irgendwas entscheiden? Irgendwann mal? Bin ich vielleicht gefragt worden, ob ich Bock habe auf ein blödes Hochzeitstagsdinner an einem Samstagabend, wenn alle anderen im uns bekannten Universum Spaß haben?«

»Es ist sehr wichtig für deine Mutter. Ich glaube, sie hat vor, uns zu verkünden, dass wir die Nachfahren eines entlegenen Zweiges des russischen Zarengeschlechts sind. Es wird Zeit, Zar Alecowitsch, dass wir uns den Thron zurückholen.«

»Das ist nicht witzig.« Ich rolle mich herum und drücke das Gesicht ins Kopfkissen. »Ich komm mir vor, als würde ich im Mittelalter leben. Ein Wunder, dass ich überhaupt Freunde habe. Die Jungs halten mich wahrscheinlich für einen totalen Freak.«

»Das ist doch gut, oder?« Sie wirft den Stift in die Luft und fängt ihn auf, ohne auch nur hinzuschauen. Ihre Hand-Augen-Koordination ist der Wahnsinn. »Ich wette, alle Kids, die mit Jackson Pollock zur Schule gegangen sind, haben ihn für einen Spinner gehalten. *Für wen hält der sich? Constable?*«

»Kann sein.«

»Ganz schön scheiße, in deinem Alter zu sein, was? Ich weiß. Hormone, Mädchen, Freunde, Druck. Echt stressig.«

»Als wenn du dich noch daran erinnern könntest. Als

du sechzehn warst, war das Wort Stress noch gar nicht erfunden.«

»Harr. Harr. Harr.« Sie steht auf. »Kommst du jetzt mit nach unten oder nicht?«

Ich komme. Grandpa ist jeden Moment da. Ich schneide mir doch nicht ins eigene Fleisch.

Ich wünschte, ich wäre Schriftsteller. Wenn ich Menschen mit Worten unsterblich machen würde statt mit Farbe und Bleistift und digitalen Bildern, könnte ich still in der Ecke sitzen und vor mich hinschreiben, und keiner wüsste, was ich da so verzapfe. Aber zeichnen ist eine öffentliche Sache. *Was machst du denn da, Alec? Oh, wie hübsch. Was soll das denn sein?* Bis zum Erbrechen.

Also zeichne ich nicht. Stattdessen konzentriere ich mich auf die Szene vor mir, damit ich mich später daran erinnern kann. Was nicht nötig wäre, wenn ich ein Handy mit Kamera darin hätte statt eine richtige Kamera, so ein vorsintflutliches Relikt, das bloß fotografieren kann.

Apropos Relikte: Wir sitzen alle um den Esstisch, Grandpa an einem Ende, Onkel Frank am anderen. Sie sehen beide gleich aus und doch verschieden, so wie Charlotte und Stanzi auch. Auf der anderen Seite des Tisches sitzt Libby zwischen Charlotte und Stanzi. Grandma sitzt neben mir.

»Das ist lecker, Charlotte«, sagt Grandma mit vollem Mund und mampft Charlottes Auflauf, der aussieht wie in Milch eingeweichtes Zeitungspapier. In ihrem zartblauen Kleid, zu dem sie immer auch passende Schuhe und Handtasche trägt, sieht sie aus wie Queen Mum. »Ich könnte es fast für Fleisch halten, wenn ich es nicht besser wüsste.«

»Das ist kein Fleisch?«, sagt Onkel Frank. »Was denn

dann? Ich esse nichts Grünes, Charlotte. Gemüse verträgt mein Dickdarm nicht.«

»Mecker nicht.« Grandpa, elegant wie immer, trägt eine blaue Krawatte, die zu Grandmas Kleid passt. »Für dieses Essen hat ein Tofu sein Leben geopfert.« Er lächelt, isst aber nicht viel. Charlottes Küche ist der perfekte Appetitzügler.

Jetzt redet Onkel Frank auf Libby ein, was ihr ganz recht geschieht, der alten Schleimerin. Er erzählt ihr von früher: von der Zeit, als sie alle hier gewohnt haben. Dass es das Haus unserer Urgroßeltern war und dann Onkel Franks, bis ich geboren wurde und er es Charlotte und Stanzi geschenkt hat und ins Altersheim gezogen ist, weil er von Leuten in seinem Alter umgeben sein wollte. Er fühlt sich da sauwohl. Boule spielen, Bingo. Was das Herz begehrt. Libbys Augen werden glasig. Gleich fängt er wieder davon an, wie klein das Haus war, bevor Grandma und Grandpa den Dachausbau bezahlten, wo Libby und ich unsere Zimmer haben.

Charlotte und Stanzi sind echt beknackt. Nie im Leben bleibe ich in diesem Haus wohnen, wenn ich erwachsen bin. Ich werde machen, dass ich wegkomme, und ziehe in ein Loft in New York. Oder ich lebe in Indien. Ich könnte mit dem Rucksack durch Indien reisen und Indisch sprechen und Bilder von Tempeln und bunten Saris und lächelnden Babys malen.

Das eigentliche Essen ist früh zu Ende, weil sich alte Leute, wenn sie nach acht essen und besäuselt werden, in Gremlins verwandeln. Nachdem wir die Teller abgeräumt haben, steht Grandpa auf und schlägt kurz mit der Gabel gegen sein Glas und sagt: »Ähm. Ich möchte ein paar Worte sagen.«

Das nun wieder. Ich hab Grandpa echt lieb, aber jetzt heißt es: Achtung, Achtung, Langeweilealarm.

Er fängt damit an, dass heute vor fünfzig Jahren der beste Tag in seinem langen und glücklichen Leben war, denn da hat er »die wunderschöne Frau, die da sitzt, geheiratet. Annabel Crouch«. Grandma wird rot und prostet ihm zu. Charlotte sagt: »Bravo.« Sie hat zwei Gläser Wein intus und lächelt sogar.

»Du warst schon immer der Glückspilz von uns beiden, Kip«, sagt Onkel Frank.

»Und ich bin sehr glücklich darüber, meinen Bruder hier zu haben und unsere zwei wunderschönen Mädchen und unsere zwei wunderbaren Enkelkinder.«

Jau. So weit, so langweilig.

»Du trägst den Anhänger deiner Mutter, Charlotte, wie ich sehe.«

Sie lächelt und öffnet ihren Kragen etwas weiter. Und da ist er: der lila Schmuckstein, den sie über alles liebt. »Nur zu besonderen Anlässen, Dad.«

»Aber ich fand's immer schade«, sagt er, »dass wir nur einen Anhänger hatten bei zwei Töchtern.«

»Ich hab das Geld genommen, Dad«, sagt Stanzi. »Du hast mir mein erstes Auto gekauft. Weißt du noch?«

»Trotzdem. Eure Mutter und ich haben beschlossen, dass ihr beide heute beschenkt werdet, obwohl es unser Hochzeitstag ist.« Grandma kramt in ihrer Handtasche herum, holt einen Briefumschlag und ein kleines Päckchen hervor und reicht beides Grandpa. »Da.«

Der Umschlag ist für Mum. Es ist Bargeld drin, das seh ich von hier aus. So viel, dass Mum die Tränen kommen. Sie umarmt alle, sogar Onkel Frank. Das Päckchen ist für Stanzi: Es enthält eine altmodische Münze, mattes Silber, mit dem Kopf eines Königs auf einer Seite. Durch ein

Loch in der Mitte ist eine Silberkette gefädelt. Stanzi sieht aus, als müsste sie auch gleich losheulen.

»Ich hab ihn mir immer gern angesehen, in dem Rahmen in meinem Arbeitszimmer«, sagt Grandpa. »Aber ich bin nicht mehr der Jüngste. Es ist wichtiger, dass du ihn bekommst. Er ist eine schöne alte Münze, nicht wahr, Stanzi? Lass ihn mich ein letztes Mal anschauen.«

Stanzi gibt ihm die Münze an der Kette, und Grandpa sucht umständlich nach seiner Brille: erst in seinen Jacketttaschen und dann in Grandmas Handtasche. Schließlich kommen sie zu dem Schluss, dass er sie in Stanzis Auto liegen gelassen hat.

»Alec«, sagt er, »bist du so lieb und holst sie? Ich glaube, ich hab sie unter den Beifahrersitz gelegt.«

»Na klar macht er das«, sagt Charlotte. Sie gibt mir Stanzis Schlüssel.

Draußen nehme ich mir einen Moment Zeit und lehne mich gegen den Zaun. Es macht mir nichts aus, Grandpa diesen Gefallen zu tun. Ich meine, er ist achtzig. Was hätte ich machen sollen? Ihm sagen, er soll seine Brille selbst holen?

Mittlerweile ist es dunkel. Muss weit nach acht sein. Es ist ein merkwürdiger Gedanke, dass in diesem Haus mal ein ganz anderer Haufen Westaways gelebt hat. Ich versuche, es mir als 3-D-Gemälde vorzustellen: eschermäßig, eine Schicht auf der anderen, verschiedene Zeiten, verschiedene Menschen. Ich stelle mir diese anderen Menschen vor, wie sie mit ihren altmodischen Klamotten und Frisuren über Flure gegangen und in Betten geschlafen haben. Geister, die unter uns wandeln.

Alle, die da drinnen am Tisch sitzen, wissen, wer sie sind. Sie kennen jeden Tropfen Blut in ihren Adern. Woher sie kommen, was für Charakterzüge und Gesten an sie weitergegeben worden sind. Sie nehmen das als selbstverständlich hin. Auch ich und Libby sind halbe Westaways. Aber wir wissen nicht, was zur anderen Seite gehört, und das ganze Zurückschauen bringt nichts. Grandpa kann seine Abstammung zurückverfolgen. Onkel Frank hat recht: Er ist ein Glückspilz.

Ich öffne die Autotür und knie mich hin. Die Brille ist genau da, wo er gesagt hat, aber daneben liegt ein Päckchen in hellblauem Geschenkpapier mit einer kleinen Karte in einem Umschlag. Auf dem Umschlag steht: *Alec*. Ich öffne ihn. Auf der Karte steht in der zittrigen Handschrift eines alten Menschen: *Heute Abend bekommt jeder ein Geschenk! Obwohl das hier besser unter uns bleibt! In Liebe, Grandma und Grandpa*. Ich öffne das Päckchen und falle vor Schock fast tot um: Es ist ein nagelneuer Nintendo DS, noch in der Verpackung.

Keine Ahnung, woher sie gewusst haben, was genau das richtige Geschenk für mich ist, die absolut geniale Sache, die mich umhaut, aber sie haben es hingekriegt. Ihr zwei, Grandma und Grandpa, ihr seid der Hammer! Und sie haben recht: Das bleibt wirklich besser unter uns. Wenn ich den Nintendo mit auf mein Zimmer nehme und Libby und Mum was davon spitzkriegen, bin ich ihn sofort wieder los. Ich muss ihn irgendwo verstecken, und zwar schnell. Die fragen sich bestimmt schon, wo ich bleibe.

Der Garten vor dem Haus ist ganz klein, und ich sehe nichts, was als Versteck infrage käme. Vergraben kann ich das Päckchen nicht, dann wird es dreckig. Ich öffne das Tor und gehe seitlich am Haus vorbei. Vor dem Zaun sind ein paar lose Steinplatten gestapelt: Ich ziehe sie kurz in Betracht, hebe sogar eine hoch, aber da ist alles voller

Spinnweben. Ich gehe in die Hocke und fahre mit den Händen an den Backsteinen des Fundaments entlang. Einer sieht ein bisschen locker aus, also wackele ich leicht daran – und tadaaa! Ich ziehe den Backstein raus, und dahinter ist ein ganz passabler Hohlraum. Die Größe müsste ungefähr hinkommen, aber das Päckchen will einfach nicht rein. Ich senke den Kopf, um besser sehen zu können – Moment mal, da ist ja schon was drin. Vorsichtig schiebe ich die Hand hinein. Ich nehme es heraus.

Zurück im Haus, gebe ich Grandpa die Brille. Dann setze ich mich an den Tisch, ein wenig verlegen. Der Nintendo steckt im Briefkasten: Ich hole ihn später, wenn alle weg sind. Aber ich hab da dieses coole Teil gefunden, und ich muss es den anderen zeigen.

»Guckt mal, was ich hier habe«, sage ich. »Die hab ich draußen gefunden.«

Und ich stelle die Blechdose mitten auf den Tisch. Vorne drauf ist ein Papagei, der einen Keks frisst, und die Oberfläche ist ganz matt und rostig.

»Sieh sich das einer an!«, sagt Grandma.

»Gott, ist die dreckig«, sagt Libby.

»Mach sie auf, Alec«, sagt Charlotte. »Du hast sie gefunden.«

Also öffne ich die Dose. Ich muss die Fingernägel unter den Deckel klemmen, so fest sitzt er, und als er aufgeht, hole ich einen braunen Umschlag hervor, in dem ein Foto steckt. Ein altes Schwarz-Weiß-Foto, aber die Grautöne sind noch kräftig und frisch. Man sieht ein Menschengedränge. An einem Zug. Es sind vor allem Soldaten. In der Mitte ist einer, der sich aus einem Zugfenster lehnt. Er ist gut zu erkennen: Bürstenschnitt, Uniform. Er reckt sich hinunter zu einer jungen Frau, die er küssen will. Die Frau sitzt bei jemandem auf der Schulter und sie reckt sich zu ihm hoch. Sie ist nicht so gut zu sehen, bloß ihr altmodisches welliges Haar und ihr Profil.

»Dad«, sagt Charlotte. »Ist alles in Ordnung?«

Zuerst hat er auf das Foto gestarrt. Er hat nichts gesagt. Er hatte bloß so einen komischen Ausdruck im Gesicht, als würde seine Haut schmelzen. Dann ist er aufgestanden und hat so einen merkwürdigen Laut von sich gegeben. Dann ist er umgefallen.

Jetzt liegt Grandpa auf der Couch. Mum wollte einen Krankenwagen rufen, aber er hat Nein gesagt. *Sei nicht so hysterisch, Charlotte*, hat er gesagt.

»Wenn dein Vater sagt, es geht ihm gut, dann geht's ihm gut.« Grandma rührt seinen Tee um, klimpert mit dem Löffel gegen das Porzellan.

»Du bist zusammengebrochen. Unter ›gut gehen‹ versteh ich was anderes«, sagt Charlotte.

»Ist nur zu schnell aufgestanden, mehr nicht. Blutdruck«, sagt Onkel Frank.

Grandpa verzieht das Gesicht. »Blutdruck? So ein Quatsch.«

»Mum. Was ist denn? Was ist denn los?«, sagt Libby.

»Tu's nicht, Kip. Es gehört sich nicht, schlecht über die Toten zu sprechen«, sagt Onkel Frank.

Grandpa setzt sich auf und zieht Libby halb auf seinen Schoß. »Es ist ein Liebesbrief, Schätzchen. Bloß als Foto.« Er sagt, dass früher alles anders war. »Niemand hat große Leidenschaft erwartet, weißt du.« Er drückt Grandmas Hand. »Uns waren kleinere Dinge wichtig: die Gesundheit unserer Familie, dass wir es warm hatten, in Sicherheit waren.«

»Ich weiß noch, wie Ma mal gesagt hat, dass wir vor Dads Tod so reich waren, dass es keine Rolle gespielt hat, wie dick sie die Kartoffeln schälte«, sagt Onkel Frank.

Ich halte das Foto in den Händen. Es war das Erste, das er je aufgenommen hat, sagt Grandpa. Deshalb hat er sich entschieden, Fotograf zu werden. Nach dem, was er so erzählt, mussten damals anscheinend alle möglichen blöden Sachen geheim gehalten werden. Als er erzählt, dass seine Schwester nicht an der Grippe gestorben ist, nickt Stanzi bloß. Charlotte schwingt sich gleich wieder aufs hohe Ross und ereifert sich über »lächerliche sexistische Tabus und Lügen« und »nichts, weshalb man sich schämen muss«. Grandma schmunzelt. »Ihr könnt euch nicht vorstellen, wie das damals war«, sagt sie. »So viel Schmerz, und alles wurde vertuscht.«

»Und du hast die ganze Zeit gewusst, dass er es war«, sagt Onkel Frank. »Du hast es keiner Menschenseele erzählt.«

»Sie hat mich darum gebeten. Ich hatte keine Ahnung, dass sie das hier hat entwickeln lassen. Sie muss es selbst versteckt haben.« Grandpa nimmt meine Hand: nicht so, als würde er die Hand eines kleinen Jungen halten, sondern so, als ob er sie schütteln würde, als ob ich ein Mann wäre und er sich freuen würde, mich kennenzulernen. »Dieses Foto lass ich von nun an nicht mehr aus den Augen. Du hast mir meine Schwester zurückgegeben, Alec. Sie hätte dich gemocht, dich und deine Kunst. Wo immer sie auch ist, ich bin mir sicher, sie hat ein Auge auf dich.«

Kaum geht es Grandpa wieder besser, beschließen alle, nach Hause zu fahren. Charlotte hat alle Hände voll damit zu tun, Onkel Frank und Grandma in Stanzis Auto zu verfrachten. Sie klappt Grandmas Rollator zusammen und verstaut ihn im Kofferraum. Dann erst merkt sie, dass Grandpa weg ist.

»Alec«, sagt sie, und das heißt so viel wie: *Sklavenjunge, such ihn, aber dalli!*

Grandpa kann nicht mehr gut Treppen steigen, deshalb muss er irgendwo draußen sein, und prompt finde ich ihn im Garten, wo er unter dem Baum steht und die Rinde betastet, als hätte er noch nie einen Baum gesehen. Dabei sieht er aus, als wäre er tausend Jahre alt. Er ist dünner, als ich ihn in Erinnerung habe, und steht leicht vorgebeugt, als wären seine Schultern zu schwer. Ich ziehe meine eigenen Schultern nach hinten.

»Der Shuttlebus fährt jetzt los. Alle einsteigen.«

»Hier hab ich sie zuletzt gesehen. Genau hier. Sie saß gegen diesen Baum gelehnt und sprach mit meiner Mutter. Sie hat deine Mutter oder Stanzi nie gekannt. Hat nicht mehr erlebt, dass ich Annabel geheiratet habe. Sie war neunzehn, als sie starb. Er muss einundzwanzig gewesen sein.« Er deutet mit einem Arm auf die Trattoria nebenan.

»Grandpa. Die anderen warten.«

»Genau hier. Unter diesem Baum.«

Ich fasse ihn am Arm und führe ihn zurück durchs Haus. In der Diele bleibt er stehen. Er nimmt mein Gesicht in beide Hände, hält es dicht vor sich fest, mit stärkeren Fingern, als ich gedacht hätte. Er hat ganz schön viel Kraft für einen Oldie. Ich bin gezwungen, ihm direkt in die Augen zu sehen.

»Alec. Eines musst du wissen. Menschen verschwinden. Schwups, sind sie weg. Lösen sich in Luft auf. Jedes Mal, wenn du jemanden siehst, könnte es das letzte Mal sein. Nimm die Menschen, die du liebst, in dich auf, Alec. Küss sie. Das ist sehr wichtig. Lass niemanden, der sich verabschiedet, wenn auch nur für kurze Zeit, ohne einen Kuss gehen. Hände können alles Mögliche berühren. Türen öffnen, Kameras halten, Wäsche aufhängen. Auf die Lippen kommt es an.«

»Verschwinden. Könnte letztes Mal sein. Kuss geben. Lippen. Kapiert.« Ich will ihn weiterziehen, bevor Charlotte wieder nach uns ruft.

»Du verstehst es nicht.« Er entlässt meinen Kopf aus seinem Zombie-Todesgriff und gibt mir einen Kuss. »Na, schon gut. Ich hoffe, du musst es nie verstehen.«

Dann geht er einfach zur Haustür.

Ich schaue ihm nach. Als er da am Baum stand, sah er gebrechlich aus. Seine Haut ist fleckig und trocken wie die Rinde, als hätte jemand einen feinen Pinsel genommen und Adern und Blutergüsse und weiße und rote Tupfer daraufgemalt.

Als ich und Libby klein waren, war Grandpa für den ganzen Kram zuständig, den sonst ein Vater übernimmt. Er hat Fotos von uns gemacht, Hunderte. Er hat sie immer noch, in der Wohnung in der Seniorenresidenz. Er war derjenige, der uns Pokerspielen beigebracht hat und mit uns zum Football gegangen ist.

Ich weiß noch, wie ich mal heulend von der Schule nach Hause kam. Da muss ich so sechs oder sieben gewesen sein. Ich war im Sport bei irgendeiner Mannschaftsauswahl als Letzter übrig geblieben. Ich mal wieder, der Junge ohne Vater, West die Pest, die Sportkrücke. Grandma war immer hier nach der Schule, um sich um uns zu kümmern, wenn Mum und Stanzi arbeiten waren, und sie rief Grandpa an, und er war im Handumdrehen da. Er hatte irgendein Fotoshooting Hals über Kopf verlassen, das Model und den Auftraggeber einfach stehen lassen. *Ein familiärer Notfall*, hatte er erklärt.

»So«, sagte er, als er in mein Zimmer kam. Ich lag mit dem Gesicht nach unten auf dem Bett, den Kopf im Kissen vergraben, und der Klang seiner Stimme erschreckte mich so, dass ich mich umdrehte und aufsetzte. Er zog sein Jackett aus, nahm die Krawatte ab und hängte beides an die Türklinke. »Wo ist der Junge, der behauptet, er kann keinen Ball fangen?«

An diesem Herbstnachmittag war die Luft ziemlich kühl, und Grandpa stand stundenlang mit mir im Garten und warf mir einen Tennisball zu, auch dann noch, als die Sonne unterging. Als es dunkel wurde und ich gelernt hatte, seine sanften Lobs von unten zu fangen, ging er mit mir auf die Rowena Parade, wo er sein Auto auf dem Bürgersteig parkte und die Scheinwerfer anließ, damit wir Licht hatten, um weiterzumachen. Selbst als Grandma rief: *Der Junge hat genug*, gab er noch keine Ruhe. Irgendwann war ich durstig und müde, und die Schultern taten mir weh, und er warf den Ball hart und schnell und hoch, und ich fing ihn jedes Mal. Er ließ mich nicht aufhören. Und ich blieb im Sport nie wieder als Letzter übrig, wenn Mannschaften aufgestellt wurden.

Nachdem Grandpa uns allen einen Kuss gegeben hat und sie abgefahren sind, ist es still im Haus, nur mit uns dreien. Stanzi wird sie an ihrer Seniorenresidenz absetzen und dann mit Freunden ausgehen. Sie wird erst in einigen Stunden zurückkommen, vielleicht erst morgen früh. Charlotte ist müde vom Kochen und beschließt, die Küche erst morgen sauber zu machen. Wir wollen gerade zu Bett gehen, als wir uns umdrehen und es beide gleichzeitig sehen. Das Foto von Connie am Bahnhof liegt auf der Couch. Ich weiß nicht, wieso es uns nicht früher aufgefallen ist.

»Oh nein. Wenn Dad merkt, dass es nicht da ist, kriegt er Zustände.« Charlotte blickt mich an.
»Ich bring's ihm morgen.«
»Er war so glücklich über das Foto. Er ist so gebrechlich.«
»Morgen früh als Erstes. Gleich nach dem Aufstehen schieb ich los.«
»Er hat gesagt, er lässt es nie wieder aus den Augen. Er hat gesagt, du hast ihm seine Schwester zurückgegeben.«
»Ruf doch Stanzi auf dem Handy an. Sie kann noch nicht weit sein. Sag ihr, sie soll noch mal herkommen und es abholen.«
»Kommt nicht infrage. Wenn sie einen Gehirntumor haben möchte, ist das ihre Sache, aber ich werde nichts dazu beisteuern.«
»Okay, okay. Ich mach's. Ich fahr mit dem Rad. Schließlich verpasse ich hier sowieso nichts Spannendes.«
»Kommt nicht infrage. Jetzt im Dunkeln.«
Das ist mal wieder so ein Beispiel für die Sinnlosigkeit meines Lebens. *Fahr*, sagt sie. *Also schön*, sag ich. *Nein*, sagt sie. Der reine Wahnsinn.
»Mit der Bahn nach Kew muss ich einmal umsteigen. Ich bin müde. Da bin ich vor elf nicht wieder da.«
»Alec. Er ist alt. Was, wenn er diese Nacht stirbt? Was, wenn du ihn heute Abend zum letzten Mal gesehen hast, und du hättest die Chance, etwas für einen Menschen zu tun, der so viel für dich getan hat, verpasst? Wie könntest du damit leben?«
Bitte gib mir Kraft. »Er wird diese Nacht nicht sterben. Wie kannst du in der Welt funktionieren, wenn du so denkst?«
»Alec.« Sie macht ganz große und runde Augen wie so ein Manga-Hündchen, das ist ihre übliche Manipulations-

technik. »Bitte. Dann musst du morgen auch nicht spülen. Auch nicht abtrocknen oder sonst was. Und Libby bringt den Müll raus.«

»Was? Libby macht was?«, sagt Libby mit ihrer weinerlichsten Stimme. »Muuuum. Das ist total gemein! Ich kann zu Grandpa fahren. Mir macht das nichts.«

Das war's dann. »Okay, okay«, sage ich. »Ich mach's.«

Es muss so gegen neun sein, als ich die Lennox Street runter Richtung Bridge Street gehe. Mit dem Rad würde ich über die Victoria fahren: Der Teil von Richmond ist um einiges cooler, als wäre man in Saigon. Ich Pechvogel muss natürlich auf dem Hügel wohnen, im langweiligen Anglo-Teil. Connie ist zurück in ihrem Umschlag, zurück in der Keksdose, sicher in meinem Rucksack. Auf der Bridge Road ist noch der Bär los: Die Pubs und Clubs und Restaurants sind voll, Leute wuseln herum, aber außer mir wartet niemand auf die Bahn. Ich stehe allein an der Haltestelle, als ich eine Hupe höre.

Vor mir hält der schärfste Wagen, den ich in meinem ganzen Leben gesehen habe. Er ist knallrot, so glänzend, dass er nass aussieht, tiefergelegt. Ein aufgemotzter Ford, Chromfelgen, Eminem donnert aus den Woofern und lässt das ganze Chassis beben. Die Beifahrerscheibe senkt sich. Ich fass es nicht. Es ist Tim!

»Lecster. Alter. Los, steig ein!«

Jetzt gehen alle Fenster runter. Tims Bruder Andy sitzt am Steuer, ein breites Grinsen im Gesicht. Andy ist der lebende Beweis dafür, wie bescheuert meine Mutter ist. Ständig liegt sie mir in den Ohren, ich soll einen guten Schulabschluss machen, zur Sicherheit, falls das mit meiner Kunst nicht hinhaut. Und da ist Andy, Klempnerlehrling, stolzer Besitzer einer voll coolen Karre, und ich versichere euch, er ist nicht unbedingt der Hellsten einer. Ich könnte jetzt sofort von der Schule abgehen und mir irgendeinen Job suchen und käme prima klar. Auf der Rückbank sitzen Cooper und Wade und Henry. Ich kann ihre grinsenden Gesichter sehen. Ich sage Hi.

»Nettes Auto. Neu?«

»Hab ich vorhin abgeholt«, sagt Andy. »Gerade eben.« Er lacht wie ein Irrer, prustet durch die Nase.

»Westie«, brüllt Cooper. »Spritztour. Wir fahren ans Meer, nach Rye.«

»Wir wollten gerade zu dir nach Hause«, sagt Tim, »als wir gesehen haben, dass du hier auf uns wartest. Du denkst voraus, Kumpel.«

»Wir hätten nicht vorm Haus geparkt«, sagt Cooper und tippt sich an die Schläfe. »Wir haben unsere Lektion gelernt.«

»Wir hatten alles geplant. Um die Ecke parken, Tim reinschicken und fragen, ob du bei ihm schlafen kannst«, sagt Wade. »Kein Grund, die Hippie-Oberführerin zu alarmieren.«

»Wir haben Bier.« Henry hebt etwas hoch, das aussieht wie ein fast volles 24er-Pack.

»Ist noch reichlich Platz«, brüllt Andy vom Fahrersitz. »Steig ein und zisch dir ein Bier.«

Das hier, Ladies and Gentlemen, ist Leben. Mit deinen Kumpels in einem geilen roten Flitzer an den Strand fahren, zuschauen, wie die Sonne über dem Wasser aufgeht, Bier trinken, rumlabern. Gott, vielleicht lernen wir sogar ein paar Mädels kennen. Keine Mädels aus der Stadt, Strandmädels. Die Osterferien sind eben erst vorbei. Nicht zu kalt für Bikinis, noch nicht ganz. Ich habe meine komplette Existenz bis jetzt vergeudet. Ich habe absolut nichts mit meinem Leben angefangen. Ich habe bloß die

Monate gezählt. Sechzehn Jahre, völlig sinnlos. Ich lebe mit drei Frauen zusammen. Bei mir zu Hause ist es ein super Abend, wenn auf ABC ein Jane-Austen-Marathon läuft. Mann, was geht mir diese Bennet-Tusse auf den Keks! Sie soll ihn endlich heiraten und uns mit dem ganzen Theater verschonen!

Dagegen könnte heute Abend der tollste Abend meines Lebens werden. Ich kann schon fast den Sand spüren, das Meer riechen. Das würde uns für immer und ewig zusammenschweißen: mich und Tim und Andy und Cooper und Wade und Henry. Ich hätte es geschafft. Ich wäre einer von ihnen.

Cooper macht die hintere Tür auf. Auf dem Boden liegt irgendwas aus Pappe. Es hebt sich von dem weißen Teppich ab. Und dann rieche ich es. Oh. Mein. Gott. Pizza. In dem Wagen sind Pizzas. Keine selbst gemachten aus Vollkornmehl, nein, echte Pizzas, die in ihrem ganzen käsigen Leben noch kein Gemüse gesehen haben. Mit künstlichen Geschmacksstoffen und echtem Fleisch, von einem Tier.

»Westaway«, sagt Cooper. »Steig ein. Sei einmal im Leben kein Weichei.«

Ich habe schon meine Hand an der Tür, als ich den Riemen meines Rucksacks spüre. Ich hatte Connie ganz vergessen.

Ob ich die Jungs bitten kann, vorher am Altersheim vorbeizufahren? Nein, das wäre voll daneben. Ich kann mir genau vorstellen, was ich mir dann für Sprüche anhören müsste. *Westie muss Opa und Oma besuchen. Was bist du doch für ein braver Junge!* Das hab ich schon oft genug zu hören bekommen. In der Grundschule skandierte die halbe Klasse: *Westies Eier sieht kein Geier*, weil sie meinten, von den Mädchenpheromonen in der Luft bei mir zu Hause würden meine Hoden auf Winzgröße schrumpfen.

Einmal, in der Achten, kam ich dahinter, dass alle dachten, ich hätte gelogen und Charlotte und Stanzi wären gar keine Schwestern. Alle dachten, sie wären lesbisch, ich hätte zwei Mums, und sie fingen an zu behaupten, ich wäre schwul. Charlotte musste zum Schulleiter. Und wenn ich den Jungs das mit dem Foto von meiner Großtante erzählen würde? Selbst wenn sie mich nicht für einen Schlappschwanz halten würden, was sie garantiert täten, würden sie auf alle Fälle sagen: *Bruder vor Luder*. Andy lässt den Motor aufheulen.

»Alter, grüner wird's nicht«, sagt Tim. »Steig endlich ein!«

»Hey, schon klar. Westie interessiert sich nicht für Bier oder Autos«, sagt Andy. »Wir wissen doch alle, der malt gern hübsche Bilder. Ist mehr der Typ, der zu Hause hockt und mit den Mädchen Oprah glotzt.«

Ich möchte in den Wagen steigen. Wirklich. Aber *Was, wenn er diese Nacht stirbt? Was, wenn du ihn heute Abend zum letzten Mal gesehen hast?* Ich will meine Beine zwingen, sich in Bewegung zu setzen, aber dann denke ich an Grandpa und wie gebrechlich er ausgesehen hat, an die Farben seiner Haut. An den Tennisball, den er mir stundenlang zugeworfen hat. Ich denke an das, was er in der Diele zu mir gesagt hat. *Jedes Mal wenn du jemanden siehst, könnte es das letzte Mal sein.*

Aus, vorbei. Ich bin ohne Zweifel der größte Schwachkopf in der Geschichte der Schwachköpfigkeit. Mein ganzes Leben ist total im Arsch.

»Nee«, sage ich. »Ich muss noch was erledigen.«

Zum Beispiel die Schule schmeißen und all meine Habseligkeiten verschenken und an einer Antarktisexpedition teilnehmen, auf der ich mir am Ende den Schwanz abfriere und meinen eigenen Hund aufesse.

»Westikel«, sagt Tim. »Erzähl keinen Scheiß, und beweg deine Schrumpftestikel ins Vehikel.«

»Hab zu tun«, sage ich.

»Zum letzten Mal, Westie«, sagt Cooper. »Steig jetzt ein, oder du bist für immer 'ne Memme!«

Tja. Im Arsch. Für immer. Danke, Charlotte. Danke, Grandpa. »Trotzdem danke.«

»Du bist so ein Scheißloser«, sagt Cooper. Sie lehnen sich alle aus den Fenstern auf meiner Seite und zeichnen sich ein L auf die Stirn.

»Nix zu machen«, sage ich. »Amüsiert euch gut.«

Ich winke, als sie davonbrausen. Eine leere Bierdose fliegt aus dem hinteren Fenster, trifft mich voll am Knie und landet scheppernd im Wartehäuschen. Die Reste träufeln auf den Zement. Ich sehe dem Wagen nach, wie er dröhnend davonfährt und die Leute sich danach umdrehen. Er bringt Leben in diese Straße, den ganzen Stadtteil. Ehe er schließlich abbiegt, sehe ich noch eine ganze Weile, wie sich die knallrote Lackierung in Pfützen auf der Straße spiegelt, und für einen Moment ist es so, als wären da ein echtes Auto und ein Geisterauto, die beide die Bridge Road hinunterrasen und mich und das Foto weit hinter sich lassen.

An der Hochsicherheitseinrichtung für Alte und Schwache muss ich auf dem Tastenfeld neben der Tür eine Zahl eintippen, wie an einem Geldautomaten. Bitte geben Sie Ihre sechsstellige PIN ein, und wählen Sie den gewünschten Oldie aus, den Sie abheben möchten. Ihr aktueller Oldie-Stand wird auf dem Bildschirm angezeigt. Was für eine beschissene Sicherheitsvorkehrung, denke ich, weil die Zahl auf einem laminierten Blatt an der Tür pappt. Jeder, der die Zahl liest, kann rein. Und dann fällt bei mir der Groschen: Die Tür soll verhindern, dass demenzkranke Alte abhauen.

Verdammt. Grandpa und Grandma und sogar Onkel Frank tun mir richtig leid. Mum hat monatelang nach einer Einrichtung gesucht, wo Platz für sie drei ist, und das hier ist die beste, die sie finden konnte. Das Heim ist in unserer Nähe, und sie sind zusammen, hat sie gemeint. Wir können sie jetzt nicht trennen.

Der Typ am Empfang ruft im Zimmer von Grandpa und Grandma an und schickt mich dann hoch. Grandpa steht im Pyjama an der Tür und wartet.

»Was ist? Was ist passiert?«

»Nichts. Ich dachte, ich leiste euch ein bisschen Gesellschaft. Es soll hier jede Menge Mädels geben, die noch solo sind.«

»Du würdest keine fünf Sekunden durchhalten.« Grandma taucht hinter ihm auf, Lockenwickler im Haar und ein Netz darüber. Ich hab immer gedacht, Lockenwickler gäbe es nur in alten Filmen. Wie kann sie damit schlafen? Das ist doch wie Akupunktur am ganzen Kopf. »Das sind die reinsten Barrakudas«, sagt sie. »Die würden dich bei lebendigem Leib auffressen.«

Grandpa sagt: »Sie können zartes junges Fleisch riechen. Du solltest die Beine in die Hand nehmen, solange du noch kannst.«

Ich schnalle den Rucksack ab und hole die Dose hervor. »Und ich dachte, ich bring das hier vorbei.« Ich öffne sie und ziehe das Foto aus dem Umschlag.

»Mein Gott.« Grandpa hebt die Hände ans Gesicht und schwankt leicht. Einen Moment lang fürchte ich schon, er fällt in Ohnmacht. »Meine Schwester.«

»Kip. Du kannst doch Connie nicht vergessen haben!«

»Muss ich wohl. Ich hab's nicht mal gemerkt.«

Moment mal, *was*? Was hat er gesagt? Er hat's nicht mal gemerkt? Ich verzichte auf eine Spritztour mit den Jungs und ruiniere mein Leben bis in alle Ewigkeit, ich komme extra den ganzen Weg hierher, mit der Bahn, muss sogar einmal umsteigen, weil ich denke, er ist total verzweifelt, und er hat nicht mal gemerkt, dass er sie vergessen hat? Ich könnte jetzt Pizza essen und Bier trinken. Scheiße, scheiße, *scheiße*. Ich schlage meinen Kopf gegen den Türrahmen.

»Lieb von dir, dass du sie vorbeigebracht hast.« Grandma gibt mir einen Kuss auf die Wange, dann nimmt sie mir Connie aus der Hand und wiegt sie in den Armen. »Was ist denn? Hast du Kopfschmerzen? Möchtest du ein Aspirin? Komm rein. Trink eine Tasse Tee. Wir haben Monte-Carlo-Plätzchen. Bleibt auch unter uns. «

»Danke, nein. Die Lagerkommandantin wartet.«

»*Eine* Tasse«, sagt Grandpa. »Ein Plätzchen. Zwei Minuten.«

Was soll's. Ich könnte nach Hause gehen und mir zusammen mit Libby auf der Couch die Wiederholung einer *Veronica-Mars*-Folge angucken, oder ich könnte kurz reingehen. Die ganze Wohnung riecht nach alten Leuten, aber das stört mich nicht. Ich trinke nicht bloß eine Tasse Tee, ich trinke zwei, verdammt noch mal. Und esse vier anständige Plätzchen aus einer richtigen Plastikpackung. Grandma geht nach kurzer Zeit ins Bett, und ich bleibe mit Grandpa sitzen, und wir unterhalten uns. Er erzählt mir von früher, von einem Pferd, das er mal hatte, von dem Ärger, den Onkel Frank sich einhandelte, als er so alt war wie ich, aber er stellt auch allerhand Fragen nach der Schule und meiner Kunst. Er ist echt super. Er versteht, wie es ist, unter lauter Frauen zu leben. Die ganze Zeit, während er redet, hält er das Foto von Connie in den Händen. Er legt es kein einziges Mal hin.

Ich stelle mir vor, wie es wäre, Libby nie wiederzusehen, nie die Chance zu haben, mich von ihr zu verabschieden. Sosehr sie mich auch immer wieder nervt, das wäre echt scheiße. Solange Libby am Leben ist, weiß ich, dass ich nie ganz allein sein werde. All die Dinge, an die ich mich erinnere, alles von meinem Leben, unserer Familie, meiner Kindheit: Es ist real, weil Libby es auch weiß.

Aber das, wovon Grandpa da redet, dass Leute einfach so auf Nimmerwiedersehen verschwinden? So was gab's doch nur damals. Im Krieg und so.

Ich kann das noch so sehr schönreden, aber auf dem Weg nach Hause wird mir schlagartig klar: Ich hab soeben den Samstagabend in einem Seniorenheim verbracht, mit einem alten Mann, statt mit meinen Freunden in Rye am Strand rumzuhängen. Die Jungs haben recht. Ich bin ein Scheißloser.

»Alec!«, kreischt Mum, kaum dass ich den Schlüssel im Schloss umdrehe. »Wo in Gottes Namen hast du gesteckt? Du hättest doch schon vor Stunden wieder zu Haus sein müssen!«

Ich dachte, sie würde längst schlafen, aber sie steht in der Diele, in ihrem unmodischsten Pyjama, und starrt mich an, weil ich anscheinend für jede Sekunde, die ich weg bin, Rechenschaft abzulegen habe. Wieso verpasst sie mir nicht einfach eine elektronische Fußfessel? Sie könnte ihren Anteil an der globalen Erwärmung deutlich verringern, wenn sie mich nicht mehr alle zwei Sekunden fragen muss, wo ich gewesen bin.

Ich will gerade sagen: *Du weißt, wo ich war, bei Grandpa. Du hast mich hingeschickt.* Meine Freunde – genauer gesagt, meine Exfreunde – sind unten in Rye am Strand und essen Pizza und trinken Bier, und ich bin hier, doch ehe ich weiß, wie mir geschieht, umarmt sie mich. Sie schlingt mir die Arme um den Hals und klammert sich an mir fest, als würde sie ertrinken. Ich will mich schon beschweren, will mich losreißen. Ich bin sechzehn Jahre alt, ich bin kein kleines Kind mehr. Und da merke ich es auf einmal: *Meine Mutter ist kleiner als ich.*

Sie ist winzig. Ich weiß nicht, wann sie mich das letzte Mal so gehalten hat, aber ich könnte nach unten greifen und die Arme um sie legen und sie hochheben. Und das mach ich auch, ganz kurz, nur um zu sehen, ob ich es kann. Ich hebe sie glatt vom Boden, und ihre Füße baumeln in der Luft. Ich krieg so ein schummriges Gefühl, mit Funken vor den Augen. Scheiße. Ich bin größer als sie. Es ist irgendwie beängstigend. Ich werde jetzt für immer größer sein als sie. Sie wird kleiner und kleiner werden, wie Grandpa, bis sie stirbt, und dann ist sie futsch, und ich werde sie nicht mehr haben.

»Alec, Schatz.«

»Schsch, Mum. Alles in Ordnung. Ich bin ja da.«

Sie lässt mir kaum Luft zum Atmen.

»In den Spätnachrichten kam was von einem schrecklichen Autounfall«, sagt sie. »Jugendliche, auf der Monash-Schnellstraße. Zwei Tote, drei Schwerverletzte. Die Familien tun mir so leid. Jungs in deinem Alter. Ich hab daran gedacht, wie es wäre, wenn ich dich je verlieren würde. Und dann konnte ich nicht mehr aufhören zu weinen.«

Ich drücke sie wieder an mich, und sie stößt einen langen Seufzer aus. Und erst jetzt sehe ich aus dem Augenwinkel das Knallrot.

In dem schäbigen Haus, in dem ich schon mein ganzes Leben lang wohne, während meine winzige Mutter mich umarmt, sehe ich genau das Knallrot auf der flackernden Mattscheibe.

Ich hebe den Kopf, und sie lässt mich los. Ich gehe rüber zum Fernseher.

»Alec. Was ist denn?«

Ich falle auf die Knie und strecke die Hand aus und berühre den Bildschirm mit den Fingerspitzen, als könnte ich durch das Glas greifen. Knallrot ist die Farbe des Autowracks, die Farbe von dem, was von der Karosserie übrig ist, die sich um den Laternenmast gewickelt hat. Ein Teil ist mit einer Plane zugedeckt, aber er ist es: die Farbe, die Felgen, die jetzt verdrehte Form. Und ich sehe das Polizeiaufgebot rings um das völlig zerdrückte Metall, die kreisenden Blaulichter, das dunklere Rot des Feuerwehrwagens im Hintergrund. Ein Polizist wird jetzt befragt, nach Einzelheiten der Tragödie, ob Alkohol im Spiel war, überhöhte Geschwindigkeit, ob der Fahrer ein Anfänger war, der Wagen gestohlen sein könnte. Nach dem sinnlosen Tod von jungen Menschen, nach der Verzweiflung der Eltern, die ihre Söhne nie wieder werden umarmen können. Meine Mutter redet jetzt und Libby auch, aber ich kann nicht verstehen, was sie sagen. Meine Fingerspitzen berühren das dunkle Grau des Asphalts und die weißen Decken, die über die Erhebungen auf dem Boden gebreitet wurden, die Erhebungen, die einmal Menschen waren.

Dann verschwindet das Bild, und wir sind wieder im Studio. Die Nachrichtensprecherin blickt traurig, was ihre Aufgabe ist. Gleich wird sie eine fröhlichere Nachricht verlesen und wiederaufleben. Für sie ist das nur ein Unfall von Hunderten, die sie Jahr für Jahr vermeldet. Für sie bedeutet es nichts, dass sich diese Menschen in Luft aufgelöst haben und niemand sie je wiedersehen wird. Die Namen der Opfer, so sagt die Sprecherin in ihrem professionellen Tonfall, wurden noch nicht bekannt gegeben.

Connie

Der Regen kommt. Das spüre ich selbst durch die nächtliche Winterkälte. Die Luft ist schwer, leckt an meiner Haut. Ich hebe die Arme, und es ist, als würde ich in tiefem, stillem Wasser schwimmen, statt in meinem Bett zu liegen. Jeden Augenblick wird der Regen in dicken Tropfen aufs Dach klatschen. Es riecht schon grasig und taufeucht. Eine ferne Erinnerung ans Meer, ein salziger Hauch. Heute Nacht scheint dieses Haus gar nicht in Richmond zu stehen. Ich könnte die Augen schließen und in St. Kilda sein oder irgendwo noch weiter weg. Vielleicht bin ich doch ein bisschen eingedöst. Ich brauche einen Moment, um mich zu erinnern, wo ich bin.

    Ma spürt nichts von dem Gefühl in der Luft. Ich spähe um den Kleiderschrank herum, und da liegt sie, in ihrem Bett, in derselben Position, in der sie vor Stunden eingeschlafen ist, eine Erhebung unter der Bettdecke, die Hände wie zum Gebet gefaltet unter der linken Wange. Sie schläft wie ein Kind. Es ist ein Segen, so alles loslassen zu können. Etwas, das mir nicht vergönnt ist. Die ganze

Nacht überschlagen sich meine Gedanken, meine Füße zappeln. Selbst wenn ich mich lang ausstrecke, kann ich irgendwie nicht still liegen.

Ich greife unters Bett nach meinen Pantoffeln. Es bringt nichts, weiter liegen zu bleiben. Auf dem Flur verharre ich kurz vor dem Zimmer der Jungs. Francis schnarcht, und Kips Gesicht kann ich nicht sehen: Er hat sich wie immer ein Kissen übers Gesicht gezogen. Ich öffne die Haustür und schnuppere in der Luft. Es ist eiskalt. Unter der Straßenlaterne auf der anderen Straßenseite steht eine Gestalt. Ein großer Mann, der am Laternenpfahl lehnt, nachdenkt. Es ist Jack Husting.

Ich schließe die Tür und gehe zurück durch den Flur. Im Zimmer von Ma und mir stehe ich an meinem Bett, berühre mit dem Handrücken die Bettdecke. Sie ist kalt. In ein paar Stunden wird es hell, und ich habe morgen einen großen Tag. Heute. Ich sollte wirklich lieber schlafen. Ich bin drauf und dran, die Bettdecke zurückzuschlagen und wieder drunterzukriechen. Stattdessen streife ich mir das Nachthemd über den Kopf und ziehe das Kleid an, das an der Rückseite der Tür hängt.

Als ich diesmal die Haustür öffne, spüre ich seine Augen auf mir. Er beobachtet, wie ich näher komme, nickt kaum merklich bei jedem Schritt, den ich mache. Ich schaue nach rechts und links, ehe ich die Straße überquere: eine alberne Geste. Um diese Uhrzeit ist niemand hier draußen außer ihm und mir.

Und da sind wir nun, zusammen in der Dunkelheit, ich in Mantel und Schlappen, er in Hose und einem weißen Hemd, die Ärmel aufgekrempelt bis knapp unter die Ellbogen. Mir ist schleierhaft, wieso er nicht vor Kälte schlottert. Er ist gut einen Kopf größer, mit dem Bartschatten eines erwachsenen Mannes vor der Rasur. Wir schweigen eine ganze Weile.

»Bist du wirklich hier?«, sagt Jack. »Oder schlafwandelst du?«

»Ich weiß nicht. Ich hab das Gefühl, als ob ich halb schlafe und halb wach bin. Ist das wichtig?«

»Und ob das wichtig ist.« Seine Stimme ist ein raues Flüstern, tief und sanft. Er schiebt beide Hände in die Hosentaschen und blickt hinauf zu den Sternen. »Falls du wach bist, pass ich besser auf, was ich sage. Nicht, dass du mich morgen früh für einen Idioten hältst.«

»Und falls ich schlafe?«

»Dann wirst du das hier wahrscheinlich vergessen haben, wenn du morgen früh aufwachst. Und ich kann mich ruhig zum Narren machen.«

Ich schmunzele. Jack Husting gehört nicht zu der Sorte Männer, die sich jemals zum Narren machen würden. »Dann schlafe ich. Außerdem spielt es keine Rolle, was ich denke. Dein Urlaub ist zu Ende. Morgen bist du weg.«

»Stimmt.« Er reibt sich mit einer Hand über den Arm, als könnte auch er ihn spüren, den Druck in der Luft. »Morgen bin ich weg.«

In unseren Häusern, die bloß ein paar Dutzend Schritte entfernt sind, schlafen unsere Familien tief und fest. Wir sind allein hier draußen im Dunkeln. In diesem Augenblick stehen wir in einer eigenen Welt, in der wir die einzigen Lebenden sind. Die Straßenlaterne wirft einen Lichtkreis. Vielleicht reicht unsere Welt genau so weit.

»Wie hat deine Mum es aufgenommen, dass du dich zum Militär gemeldet hast?«

»Es ist schwer für sie. Sie kommt nicht mit zum Bahnhof, um mich zu verabschieden. Dad auch nicht. Hat sie beide völlig überrascht, schätz ich.«

»Das ist der Unterschied zwischen Männern und Frauen.« Ich betrachte sein Gesicht, braun gebrannt und kantig unter der Laterne. Die Art, wie er die Arme hält, wirkt angespannt. Er gibt sich lässig. »Wir Frauen tun, was von uns erwartet wird. Ihr könnt fast alles machen, wozu ihr Lust habt.«

Er schüttelt den Kopf. »Ich glaube, das hängt von der Frau ab und von dem Mann.«

Ich spüre einen Tropfen auf der Wange. Die Luft kann das Wasser nicht mehr halten.

»Oh nein.« Ich strecke die flache Hand aus, Finger zusammengepresst, um dem Himmel eine Chance zu geben, es sich anders zu überlegen. »Ich will noch nicht wieder reingehen.«

Ob ich will oder nicht, noch ehe ich den Satz ausgesprochen habe, prasseln Tausende Tropfen auf uns nieder, auf die Straße, die Häuser und die Zäune. Es schüttet wie aus Kübeln. Und laut. Mein Mantel ist sofort durchnässt, das Baumwollkleid klebt mir an Schultern und Oberschenkeln.

»Komm.« Jack muss schreien, und ehe ich weiß, wie mir geschieht, hält er meine Hand in seiner größeren, und wir laufen, rennen über die Straße und um die Ecke und an dem Laden vorbei, den schmalen Zementweg hinunter, vorbei an den Azaleen und den Kamelien, die den Weg säumen. Ihre Blätter glänzen dunkel. Unsere Hände sind glitschig vom Regen. Im Garten lässt er mich los, und ich schlinge mir die Arme um den Körper und bibbere, während er die Tür zum Stall aufschiebt. Drinnen ist es trocken und wärmer, als ich gedacht hätte, obwohl das Prasseln auf dem Blechdach sogar noch lauter klingt. Der Regenguss ist wie eine Wand aus Glas in der offenen Tür.

»Du brauchst eine Decke.« Er wühlt einen Stapel durch, der hinten auf dem Heu liegt.

»Ich bin lieber nass, als nach Pferd zu riechen.«

Charlie stößt ein leichtes Schnauben aus und sieht mich mit feuchten Augen an. »Du hast ihn beleidigt.« Jack krault ihm die Nase. »Sie hat das nicht so gemeint. Du riechst sehr angenehm.«

»Wenn du das denkst, warst du zu lange auf der Farm.«

»Ich war wirklich zu lange da. Ich hätte schon vor Jahren nach Hause kommen sollen. Wenn ich gewusst hätte, was wir für Nachbarn haben, hätte ich das auch gemacht.«

»Ach ja?«, sage ich und kann das Zittern meiner Hände kaum unterdrücken. »Was haben die Nachbarn denn an sich, das dich zurückgeholt hätte? Die sind ein zwielichtiger Haufen, was? Hast du vielleicht gedacht, deine Eltern wären nicht sicher?«

»Ich bin es, der nicht sicher ist, Connie«, sagt er. Er streicht mit der Hand seitlich an Charlies Kopf entlang, und Charlie stupst ihn mit der Nase an.

Ich streife den Mantel ab und wringe das Wasser aus, dann verschränke ich die Arme und schaue aus dem Fenster in den Regen. »Aber morgen bist du weg. Hast dich freiwillig gemeldet, nicht?«

»Ich fand es irgendwie richtig.«

»War es bestimmt auch. Du wirst sicher alle möglichen Abenteuer erleben. Die Welt sehen, für König und Vaterland kämpfen und so. Du wirst keine Zeit haben, auch nur einen Gedanken an uns zu Hause zu verschwenden.«

»Du wirst ja auch alle Hände voll zu tun haben.« Er wendet sich von Charlie ab und blickt mich an, die Arme verschränkt, genau wie ich. »Deine Ma erzählt jedem, der es hören will, dass du dich demnächst mit diesem Zeitungsmann verlobst. Wie heißt er noch gleich?«

»Er heißt Ward. Und meine Ma ist ein bisschen vorschnell, wenn sie das gesagt hat.«

»Aha«, sagt er, als hätte ich ihm gerade erklärt, wie ein Verbrennungsmotor funktioniert.

Der Regen scheint jetzt weniger heftig, ein dumpfes Rauschen im Hintergrund.

»Es hat nachgelassen. Ich lauf schnell rüber.«

»Bleib.«

»Du kannst mir nichts befehlen. Ich bin keiner von deinen Soldatenjungen.«

»Du hast recht.« Er kommt näher und stellt sich vor mich hin, ganz dicht. »Bleib bitte.«

Es wird Zeit, dass ich zurück ins Bett komme, in das Zimmer, das ich mir mit Ma teile.

»Du bist noch ganz nass.« Mit einer Hand schiebt er einen Ärmel meines Kleides hoch bis zur Schulter, fährt dann mit den flachen Fingern an meinem Arm hinunter, mit sanftem, gleichmäßigem Druck. Er verharrt am Ellbogen und schnippt das Wasser weg. »Du wirst dir noch den Tod holen.«

»Jack.«

Diesmal streckt er beide Hände aus und fasst mein Kleid in der Taille, eine Hand an jeder Seite. Er zerknautscht es mit seinen braunen Fäusten, sodass es sich um mich strafft, wringt den Stoff aus. Zwei kleine Rinnsale tropfen zu Boden.

»Du bist es, an die ich denke«, sagt er. »Jede Nacht, wenn ich nicht schlafen kann, wenn ich durch die Straßen gehe. Heute Nacht ist es, als hätte ich dich herbeibeschworen.«

Ich schaue in seine Augen, und das ist ein Fehler. Sie sind sanft, goldbraun wie dunkler Honig. Alle möglichen Gedanken schwirren mir durch den Kopf, Dinge, die ich sagen sollte, tun sollte, aber ich kann mich nicht bewegen. Ich schaue bloß, und dann ist mir, als würde ich fallen.

Er zieht jetzt an dem Kleid, eine kleine Bewegung, aber kraftvoll. Ich sehe, wie sich seine Unterarme anspannen, die Muskeln fest unter dem durchnässten weißen Hemd, und ich bewege mich auf ihn zu. Mit winzigen Schritten, in meinen Pantoffeln. Meine Arme hängen schlaff herab, bis ich bei ihm bin, mich an ihn drücke, bis hinunter zu den Zehen. Dann heben sich meine verräterischen Arme und legen sich auf seine Brust.

»Lass mich dich küssen, Connie. Ich würde als glücklicher Mann sterben.«

Ich bewege kaum den Kopf. Er beugt sich näher, näher. Er streift mit der Wange mein Gesicht – sie ist rau, sie kratzt und kribbelt. Ich spüre seinen offenen Mund seitlich an meinem, spüre seine Nässe und seinen Atem, und ich versuche stillzuhalten, aber es gelingt mir nicht. Auf einmal bin ich auf Zehenspitzen, die Arme um seinen Hals. Ich erwidere seinen Kuss.

Dieser Kuss. Jacks Geruch, sein Geschmack. Ich bin in Jack Hustings Armen, und er hält mich, und da ist eine Leidenschaft, wie ich sie nie zuvor erlebt habe. Ich bekomme nicht genug Luft, aber ich verlange nicht nach Luft. Er dreht mich auf die Seite, hält mich fest umschlungen. Er küsst meinen Mundwinkel, die Rundung meines Kinns, die Stelle hinter meinem Ohr und meinen Mund, wieder und wieder. Ich hebe den Kopf, als ich das Gefühl habe umzufallen, und er greift hinter sich. Langsam sinken wir nach unten, und dann sitzt er auf dem Boden, mit dem Rücken gegen die Wand, und ich sitze quer auf seinem Schoß.

»Connie«, sagt er an meinem Hals. »Ich muss dich zurück in dein Bett schicken.«

»Ja.« Er hebt den Kopf, und ich finde seine Kehle mit den Zähnen. »Das wäre besser.«

»Wir dürfen das nicht.« Er streift mit einer Hand seitlich meine Brust, und als ich nichts sage, nur zischend Luft einsauge, umschließt er eine Brust, und sie liegt schwer und voll in seiner Hand, fügt sich vollkommen in sie ein. »Es ist nicht richtig, Connie. Wir sollten warten.«

»Ja«, sage ich. »Warten.« Meine Zähne schließen sich über seiner Haut.

Mit der rechten Hand öffnet er die Knöpfe vorn an meinem Kleid. Einen. Zwei. Drei. Er schiebt die Hand hinein und beugt dabei den Kopf, wie ein Betender. Sein Daumen gleitet über meine Brustwarze, reibt sie. Jesus, Maria und Josef. So ist das also. Das stellen Männer und Frauen nachts im Bett miteinander an. Er dreht uns ein wenig, sodass ich im Heu liege.

»Bis hierher und nicht weiter«, sagt er. Seine Stimme ist ein einziges Krächzen und Seufzen.

Aber *bis hierher und nicht weiter* reicht mir nicht. Ich will weiter. In mir ist ein Brennen. Ich will seine Hände innen an meinem Oberschenkel, ich will sie dort sehen, ich will es spüren. Ich will, ich will. Ich kann kaum atmen vor lauter Wollen. Mir ist, als hätte es mein Leben lang nichts gegeben, was ich begehrt habe, als hätte ich alles Begehren aufgegeben. Jetzt weiß ich, wie es sich anfühlt, etwas zu wollen, und ich werde alles dafür geben, es auch zu bekommen. Ich kann die Gedanken kaum fassen, aber in meiner Mitte ist eine Nässe und bei ihm eine Härte, und ich spüre ein Aufwallen von etwas, das ich nie für möglich gehalten hätte: Macht. Ich bin Königin eines fernen Landes, und alles untersteht meinem Befehl. Ich lasse die Zunge in seinen Mundwinkel gleiten, und er stöhnt wie vor Schmerz. Ich drücke meinen ganzen Körper gegen ihn, und ein Teil von mir sieht zu, wie er um Beherrschung ringt, aber ich weiß, er wird sie nicht finden, nicht hier, nicht jetzt. Ich ziehe ihm das Hemd aus der Hose, und er schließt die Augen und neigt den Kopf nach hinten. Die Welt gehört mir.

»Jack«, sage ich.

Er ist mir ausgeliefert. Ich berühre seinen Gürtel, und mein Mut verlässt mich, doch er liest meine Gedanken und macht es selbst: Er öffnet seine Hose, macht sich bereit, schiebt mein Kleid bis zur Taille hoch, und ich spüre die Luft da unten an mir. Er starrt mich an, doch es ist sein Körper, der schön ist, das Schönste, was ich je gesehen habe. Als er in mich eindringt, überkommt mich plötzliche Panik, die Angst vor Schmerz, und ja, da ist ein Schmerz, aber er ist süß und stechend, und er schwindet und verwandelt sich in mehr und mehr Verlangen, und Jack ist eine Weile reglos, wie versteinert. Und dann wird die Reglosigkeit unerträglich, und es ist mein Verlangen, das uns antreibt. Jetzt verstehe ich, wie eng Wollen und Wollust verwandt sind. Ich bewege die Hüften unter ihm, kreise und stoße. Ich kann nicht anders. Ich kann einfach nichts dagegen tun.

»Connie«, sagt Jack. »Um Gottes willen, nicht bewegen!« Doch ich höre nicht auf ihn. Ich hebe die Hüften, um ihn aufzunehmen, und zusammen heben und senken wir uns, und sein Gesicht verzerrt sich, als er sich in mir verliert, und einige selige Augenblicke lang sind wir ganz und gar zusammen, berühren einander mit Armen und Beinen und Mündern und Haut und Schweiß und Atem. Das Gefühl ist unglaublich, erstaunlich. Kein Mensch hat je so empfunden.

»Ich bitte dich nicht, auf mich zu warten«, sagt er. »Hörst du? Ich bitte dich nicht darum.«

Ich knöpfe mein Kleid zu, traue mich kaum aufzustehen. Es ist, als wäre alles Leben aus meinen Beinen gewichen: Sie können mein Gewicht kaum tragen. Ein Wunder, dass verheiratete Frauen überhaupt stehen können, geschweige denn gehen. Er hat in einem alten Krug Wasser vom Hof geholt, und ich habe mich notdürftig gewaschen und mit einem Handtuch abgetrocknet.

»Ja, ich höre.« Meine Oberschenkel sind klebrig. Die Sonne wird jeden Moment aufgehen. Ich muss nach Hause und ein Bad nehmen.

»Du hast Pläne für dein Leben«, sagt er.

»Pläne, die meine Mutter gemacht hat.«

»Ich zieh in den Krieg.«

»Das ist mir klar.«

»Ich kann dir gar nichts bieten«, sagt er.

»Ich weiß«, sage ich. »Komm einfach nur zurück.«

Heu klebt seitlich an seinem Hemd, und seine Hose sieht aus, als hätte sie nie ein Bügeleisen gesehen. Er fährt sich mit einer Hand durchs Haar und befördert dadurch noch mehr Heu hinein. »Es wäre eine ziemlich armselige Liebe, wenn ich nicht das Beste für dich wollte«, sagt er.

Ich höre auf, an meinem Kleid zu nesteln, und drehe mich zu ihm um. »Ist es das denn, Liebe?«

»Es spielt keine Rolle, was es ist. In ein paar Stunden bin ich weg, verdammt. Du bist hier, und du musst tun, was für alle am besten ist.«

Ich stelle mich vor ihn und fahre mit einem Finger an seiner Wange entlang und die Klippe seines Kinns hinab und über die Schönheit seiner Kehle. Ich spüre, wie er unter meiner Fingerkuppe schluckt, und er schließt einen Moment lang ganz fest die Augen.

»Obwohl«, sagt er, »das ganze Theater wahrscheinlich in ein paar Monaten vorbei ist, und dann komme ich wieder.«
»Möglich.«
Er räuspert sich. »Und wenn du frei wärst, wenn ich zurückkomme, wenn du rein zufällig noch frei wärst, dann würde ich den Rest meines Lebens damit verbringen, der Mann zu werden, den du verdienst.«
»Was du nicht sagst.«
»Rein hypothetisch.«
»Rein hypothetisch. Deine Mutter würde rot anlaufen.«
»Scharlachrot.« Er lacht. »Sie hat ihre Zeit gehabt. Das Heute gehört dir und mir.« Er küsst mich wieder, tief und lange. »Und Connie«, sagt er. »Um eines möchte ich dich bitten.«

Auf dem Bahnsteig gehe ich durch ein Gewimmel von Fremden, und irgendwie merkt es keiner. Niemand bleibt stehen und starrt, niemand zeigt auf mich. Ich kann unmöglich noch so aussehen wie gestern, das kann unmöglich sein. Aber Kip ist an meiner Seite, und nicht mal er sieht einen Unterschied. Er spricht mit mir wie an jedem anderen Tag. Selbst als ich heute Morgen aus der Wanne kam, obwohl es nicht mein üblicher Badetag ist, hat Ma mich bloß gefragt, ob wir noch Eier hätten und wo ich die Stärke hingestellt habe. Nicht ein Fitzelchen an mir ist gleich, trotzdem fällt ihnen überhaupt keine Veränderung auf.
»Sieh dir bloß all die Leute an«, sagt Kip. »Und so viele Soldaten! Ob die wohl alle in den Zug passen?«
Ich bin nicht bloß eine Frau geworden, auf einmal kann ich mir auch Dinge einfallen lassen, um zu erreichen, was ich will. Es war ein Leichtes hierherzukommen: Mr Ward

ist ganz begeistert von meinen Ideen und fand auch, dass die Abreise von Soldaten nach Nordafrika ein hübsches Foto für den *Argus* abgeben würde. Es ist allerdings noch kein Fotograf hier. Einer ist unterwegs zu einem Großbrand auf der anderen Seite der Stadt. Ich habe eine Ersatzkamera bei mir, für den Fall, dass dem Fotografen die Filme ausgehen, und sie ist einsatzbereit: Ich habe sie aus der Hülle genommen und Blende und Zeit eingestellt. Die Brennweite des Objektivs, das ich ausgewählt habe, reicht aus, um den größten Teil des Zugs aufs Bild zu bekommen. Kip ist hier, weil er einen freien Tag hat – die Hustings haben den Laden heute zugemacht, um in Ruhe über Jacks Abreise weinen zu können – und weil ich ihn gebeten habe mitzukommen. Wenn Kip dabei ist, werde ich mich am Riemen reißen. Unter lauten Fremden könnte es passieren, dass ich losheule.

Kip hat recht, was die Menschenmenge angeht: Sie ist riesig und wird immer größer. Es sind alle möglichen Leute hier: eine ältere Frau mit einem breitkrempigen Hut, die ein Baby mit Mütze auf dem Arm hält; Männer in ihren schicksten Anzügen, eine Gruppe junger Frauen, die sich ebenfalls in Schale geworfen haben, Taschentücher schon an den Augen; patrouillierende Polizisten und Leute vom Bahnhofsschutz. Eine Trillerpfeife schrillt. Der Zug fährt jeden Moment ab. Die Soldaten sehen sich alle ein letztes Mal um, und die Nachzügler steigen ein. Ich hatte gedacht, wir hätten noch mehr Zeit.

»Guck mal!« Kip packt meinen Arm und zeigt mit dem Finger. »Da ist Jack Husting.«

Er lehnt in Uniform aus dem Zugfenster: Kakihemd mit großen rechteckigen Taschen, ein Riemen quer über der Brust, an dem seine Bettrolle hängt. Er schaut nach links und rechts. Er sucht jemanden.

»Ja, stimmt«, sage ich.

»Jack, Jack!«, schreit Kip.

Sein Kopf fährt herum, und er sieht uns. Ich verfluche mich dafür, dass ich Kip mitgebracht habe, denn jetzt ist mir völlig egal, was die Leute denken. Ich möchte zu Jack laufen, ihn festhalten, ihn anflehen, nicht zu fahren.

»Connie!« Jack schwenkt einen Arm über dem Kopf.

»Der Zug fährt gleich ab«, sagt Kip. »Und der Fotograf ist immer noch nicht da.«

Vor dem Zug herrscht wildes Gedränge. Wenn ich da irgendwie durchkomme, kann ich es bis zu ihm schaffen.

»Hier«, sage ich zu Kip, und ich nehme den Riemen der Kamera und hänge sie ihm um den Hals. Er sackt ein bisschen zusammen, richtet sich aber sofort wieder auf: Er hatte nicht damit gerechnet, dass der Apparat so schwer ist. »Halt einfach die Kamera, ja? Bleib aus dem Gedränge weg, und pass auf, dass ihr nichts passiert. Und nichts anfassen. Vor allem nicht das hier.« Ich zeige auf den Auslöser, damit er genau weiß, was ich meine.

»Würd ich sowieso nicht«, sagt er.

Jeden Moment wird Jack fort sein. Ich laufe zu der Menschenmenge, dränge mich hindurch, setze die Ellbogen ein wie ein Fischweib. Er ist noch da, lehnt sich aus dem Fenster. Ich kann sehen, wie sein Mund Worte formt, die er nicht sagt, ich kann sehen, wie er schluckt. Ich strecke den Arm nach oben, und er nimmt meine Hand. Wir sehen uns an, schauen und schauen, aber Ansehen und Hände sind nicht genug. Ich setze einen Fuß auf einen Vorsprung am Waggon, aber er ist zu schmal. Mein Fuß findet nicht genug Halt für mein Gewicht, und jeden Moment wird der Zug anfahren, und wenn ich nicht aufpasse, stürze ich zwischen Waggon und Bahnsteig. Auf einmal bemerke ich einen Soldaten neben mir, einen älteren Mann in der gleichen Uniform. Er ist so groß wie Jack oder größer. Er hat jemanden zum Zug gebracht.

»Der ist ein Glückspilz.« Der Mann deutet auf Jack, der sich jetzt so weit aus dem Fenster lehnt, dass ich schon fürchte, er fällt raus und landet mit dem Kopf auf dem Bahnsteig. »Darf ich behilflich sein, Miss?«

Und der Mann geht tief in die Hocke und schlingt einen Arm um meine Taille, und als er sich aufrichtet – Himmel! –, werde ich wie ein kleines Kind in die Luft gehoben und sitze auf der Schulter eines Fremden. Ich bin bestimmt zweieinhalb Meter über dem Boden. Ich packe den Griff an der Zugtür, um das Gleichgewicht zu halten, doch der Mann ist stark genug. Er hat ein breites Grinsen im Gesicht, und er drückt meinen Allerwertesten.

»Na, machen Sie schon«, sagt er.

Und ich mache. Jack sagt nichts, und ich sage auch nichts. Es ist bereits gesagt. Ich recke mich hoch, und Jack beugt sich nach unten, und ich küsse ihn. Ich bin es, die ihn küsst. Ich habe es geschafft, ich habe mich bis hierher durchgekämpft. Ich spüre seinen Mund, und der Kuss dauert und dauert, und als ich gerade denke, dass ich gleich vor Schwindel von meinem Hochsitz falle, höre ich die Trillerpfeife, und der Fremde geht in die Knie, und ich stehe auf dem Bahnsteig, und der Zug fährt los. Alles ist verschwommen, bis auf Jacks Augen, Jacks Gesicht. Ich sehe ihm nach, bis der Zug verschwunden ist.

Ich blinzle. Der Fremde ist fort, die Menschen sind fort, der Zug ist längst fort. Plötzlich durchzuckt mich Angst. Was, wenn ich seinen Gesichtsausdruck vergesse? Den Blick in seinen Augen, seine Wangenpartie? Vielleicht sehe ich ihn erst in Monaten wieder. Was passiert, wenn ich vergesse, dass ein Kuss ewig dauern kann? Irgendwie schaffe ich es, den Kopf hochzuhalten, dann spüre ich ein Zupfen am Ärmel. Kip steht neben mir.

»Ich hab genau gemacht, was du gesagt hast«, sagt er, die Kamera noch immer um den Hals. »Ich hab nichts angefasst.«

Weiß der Himmel, was geschehen wird. Jede Nacht liege ich hier in meinem Bett, in dem Zimmer, das ich mir mit meiner Mutter teile. Kip und Francis schlafen nebenan: Wenn ich angestrengt lausche, höre ich Francis schnarchen. Ich kenne jedes Quietschen jeder Bettfeder, ich weiß, dass der Kleiderschrank aus schwerem Holz ist und in der Mitte einen Facettenspiegel hat und man die Tür etwas anheben muss, wenn man sie öffnet.

Der Schlüssel zum Glück ist Dankbarkeit. Ich denke an Ma, verwitwet mit drei Kindern, und Grandma, die ihr Leben lang geschuftet hat, erst als Haushaltshilfe, dann für Grandpa, dann wieder in der Bügelfabrik, als sie Witwe geworden war. Ich habe eine wunderbare Arbeit. Ich habe meine Mutter und Francis, und ich habe Kip, meinen geliebten Kip.

Und ich habe das Wunderbarste überhaupt erlebt: eine Nacht mit dem Mann meines Herzens. Und dieses eine Mal habe ich etwas erlebt, das ich selbst wollte. Was auch immer passiert, ich werde diese Nacht sicher verwahren, wie die Bettwäsche in meiner Aussteuertruhe, seinen Atem auf meiner Haut, die kleine Mulde unten an seinem Hals, weich an meinen Lippen. Diese Nacht wird mir immer bleiben. Ich kann mein Glück kaum fassen. Alles wird gut.

Danksagung

Vorableser haben beim Büchermachen den schlimmsten Job, müssen sie sich doch durch träge, bleierne Erstentwürfe quälen. Mein aufrichtiger Dank gilt meinen. Außerdem kann ich mich glücklich schätzen, so großzügige Recherchehelferinnen gehabt zu haben wie Margaret Klaassen, Lee Falvey, Judy Stanley-Turner, Nada Lane und Katherine Sheedy. Clare Renner war so nett, den Namen Kip zu stiften, was den Stein ins Rollen brachte. Kevin Culliver scheute weder Zeit noch Mühe, um behutsam die vielen Fehler zu korrigieren, die mir im Zusammenhang mit den ersten Jahren des St. Kevin's College unterlaufen waren.

Ich habe Kate Darian-Smith oder Janet McCalman zwar nie persönlich kennengelernt, bin ihnen aber ein oder drei Drinks schuldig; ihre jeweiligen Bücher *On the Home Front* und *Struggletown* waren ein Geschenk des Himmels, und ich kann sie nur jedem, der mehr über Melbourne während des Zweiten Weltkriegs und über Richmond erfahren möchte, wärmstens empfehlen – und als großartige Lektüre obendrein. Sämtliche Fehler gehen natürlich auf mein Konto.

Bei Text Publishing war die unnachahmliche Mandy Brett wie gewohnt sehr geduldig und anspruchsvoll, und wie immer war die Zusammenarbeit mit ihr eine wahre Freude. Der Rückhalt von Jane Novak, Anne Beilby und Kirsty Wilson hat mir an dunklen Tagen wieder Auftrieb gegeben. Danke dafür.

Ich gehöre nicht zu den SchriftstellerInnen mit einem Vorrat an Ideen, die wie kreisende Flugzeuge nur auf die Landeerlaubnis warten. Mein kreativer Verstand ist eher wie eine Wüste, durch die gelegentlich eine Kugel Tumbleweed kullert. Michael Heyward versteht das, und dafür möchte ich einfach Danke sagen.

Anmerkung der Autorin

Die Anregung zu diesem Roman lieferte ein Foto aus der Melbourner Tageszeitung *The Argus*, von deren Kriegsfotografien sich eine Sammlung in der State Library of Victoria befindet. Über das Pärchen auf dem Foto ist nichts bekannt. Connie Westaway und Jack Husting sind reine Erfindung, und ihre jeweiligen Schicksale entsprechen nicht denen der beiden abgelichteten Personen.

»Ein Roman, genauso akrobatisch wie der Salto Comăneci.«

Le Figaro Littéraire

Hier reinlesen!

Lola Lafon
Die kleine Kommunistin, die niemals lächelte
Roman

Aus dem Französischen von
Elsbeth Ranke
Piper, 288 Seiten
€ 19,99 [D], € 20,60 [A], sFr 28,90*
ISBN 978-3-492-05670-0

1976, mit vierzehn Jahren, betritt sie erstmals olympisches Parkett – und versetzt die Welt in Staunen. Die kleine Rumänin Nadia Comăneci stellt alles auf den Kopf: das Computersystem der Punktetafel, das die perfekte 10.0 nicht anzeigen kann, die Fronten des Kalten Kriegs, die im Turnsport wie in der realen Welt zwischen der USA und der Sowjetunion verlaufen. Lola Lafon erzählt ein hoch dramatisches Leben – wie es gewesen sein könnte. Ein sprachlicher Parforceritt, vielstimmig und unwiderstehlich rhythmisch.

Leseproben, E-Books und mehr unter www.piper.de

»Andrea Molesini ist ein Erzähler von archaischer Kraft.«

Buchjournal

Hier reinlesen!

Andrea Molesini

Im Winter schläft man auch bei Wölfen

Roman

Aus dem Italienischen von
Barbara Kleiner
Piper, 272 Seiten
€ 19,99 [D], € 20,60 [A], sFr 28,90*
ISBN 978-3-492-05667-0

Italien in den letzten Monaten des Zweiten Weltkriegs: Auf sich allein gestellt, fliehen die beiden Waisenjungen Dario und Pietro vor den deutschen Truppen. Schon nach kurzer Zeit haben ihre Feinde sie eingeholt, und den beiden droht der sichere Tod – da taucht ein deutscher Soldat auf und erschießt ihre Verfolger …

Diese bewegende Geschichte einer Flucht wird getragen von der selbstbewussten Stimme eines jungen Erzählers, dessen kindlicher Mut die Schrecken des Krieges wie ein großes Abenteuer erscheinen lässt.

Leseproben, E-Books und mehr unter www.piper.de